KB275344

당연한 오늘은 없다

일러두기

이 책은 2021년 출간된 동일 저자의 『레스큐』(리더북스)를 개정한 도서입니다.

119 구조대원의
알려지지 않은 이야기

당연한 오늘은 없다

김강윤 지음

목차

프롤로그

십수년 전 차가운 겨울 어느 날, 나는 커다란 짐가방을 바닥에 끌며 부산역 광장을 빠져나왔다. 소방관이 되기 위해 생면부지 이 거대한 도시에 발을 들인 것이다. 낯설었지만 고귀한 일을 하게 되었다는 자부심과 기대를 동시에 가지고 당당하게 소방서 문으로 들어섰다. 평생 직업을 가지게 되었다는 기쁨과 직업적 가치를 무한하게 느끼며 시작한 119구조대원의 삶. 그 시작은 사는 동안 한 번도 본 적 없는 죽음의 현장이었다. 주황색 옷이 나에게 주는 사명감이 없었다면, 이름 모를 누군가의 죽음을 본 순간 그만두었을지도 모른다. 나는 서서히 타인을 위한 삶을 살게 되었다. 강산이 한 번 바뀌고 몇 해가 더 지난 지금, 지난날을 되돌아본다.

무덤덤하게 뱉어내는 이 기억들은 평범한 일상을 지내는 사람들이라면 평생 한 번 겪어볼까 말까 하는 삶과 죽음의 현장일 것이다. 이것을 실감 나게 전하기 위해 기억의 단편에 희끄무레하게 담긴 당시 모습을 끄집어냈다. 대폿집 술자리에서 자랑삼아 할 만한 이야기도 아니고, 내 직업에 대해 어떠한 연민을 가져달라고 하는 이야기는 더욱 아니다. 나는 내 일에 대한 자부심이 누구보다 높고, 이 일을 천직으로 알고 살아가는 사람이다. 굳이 피가 솟구치고, 살이 타들어 가는 쓰라린 기억을 꺼내어 쓰는 이유는 그 속에서 내가 본 삶과 사랑 그리고 사람에 관한 이야기를 해주고 싶어서다. 살고 죽는 일은 하늘의 뜻이라 하지만 죽음과 삶의 경계에서 사람을 살리는 일을 하는 119구조대원의 심정을 진솔하게 털어놓고 싶었다. 현장에서 본 그 속의 삶을 아낌없이 말하고 싶었다. 그러려니 하며 꾹꾹 눌러 담고 살아온 지난 세월의 기억들이 내가 아닌 누군가에겐 치유의 이야기가 될 수도 있다고도 생각했다. 그것이 내가 이 글을 쓰는 이유다.

어쩌면 대단한 것 없이 평범한 소방관의 기억일 수도 있겠다. 굳이 비교해 보자면 병원 응급실이나 수술실은 삶과 죽음이 더욱 치열하게 교차할 것이다. 쇳물이 들끓는 제철소의 산업 현장은 나의 일터보다 더 위험한 곳일 수도 있다. 그곳에서 일하는 이들을 나와 비교하고자 함이 결코 아니다. 전국의 수많은 소방 동료가 가슴속에 담아둔 채 말하지 못한 우리의 일이, 결코 당연히 일어나는 일이 아니라는 것을 말하고 싶을 뿐이다. 불에 탄 집에서, 깨지고 찌그러진 교통사고 현장에서, 차갑고 어두운 물속에서 죽어간 이름 모를 사람들을 구하지 못한 죄책감 역시 글을 쓰는 또 하나의 이유다. 살린 사람보다 그렇지 못한 사람이 더 많기에, 나의 기억 속 망자들에 대한 속죄의 글이기도 하겠거니와 다시는 그러지 않아야 하겠다는 다짐의 글이기도 하겠다.

기억을 들춰내는 것이 쉽지 않았다. 멀리는 삼풍백화점 붕괴나 성수대교 사고, 경주 마우나 리조트 붕괴, 세월호 침몰 같은 대형 사고 현장을 경험한 동료들에 비하면 내세울 것 없는 출동의 경험일 뿐이다. 30여 년을 크고 작은 사고 현장을 누비며 삶과 죽음을 수없이 본 선배들이 오히려 나보다 할 말이 더 많을 것임을 안다. 하지만 자신의 이야기를 가슴속에 꾹꾹 눌러 담은 채 살아가는 동료들 대신, 나라도 이야기를 털어 놔야 하겠다 싶은 마음에 펜을 들었다. 결국 사람이 하는 일이다. 오늘 하루를 숨 쉬고 살아가는 사람들과 그 하루가 얼마나 소중한지 알아야 할 이야기이다. 하루하루가 고통스럽고 힘들어 한탄하는 사람들에게 들려주고 싶다. 살고 싶어 울부짖던 사람들이 그토록 원하던 삶 자체이며 그런 사람들을 살려야 했던 119구조대원의 기억이다. 온전히 삶을 살아내고 편안히 자리에 누워 생을 마감하는 게 큰 행복이라는 것을 알게 해주는 이야기일 수도 있다.

평생을 몸 쓰는 일만 해온 내가 보잘것없는 글재주로 책을 쓴다는 게 한없이 부끄럽기만 하다. 지금도 밤낮을 가리지 않고 커다란 펌프차와 탱크차 그리고 구조공작차와 구급차에 몸을 싣고 현장으로 달려가는 동료들에게 내 글이 혹여 누가 되지 않을까 두렵다. 지난 세월 내가 겪은 수많은 사고 현장에서 생을 다한 구조대상자들에게도 미안한 마음이 든다. 세상을 떠난 사람들의 그들의 이야기를 풀어낸다는 것이 못내 죄스럽다. 꼼꼼하게 생각했다 해도 기억의 오류가 있을 수 있어 쓰는 동안 글자 하나하나 조심하고 또 조심했다. 출동 상황은 가능한 사실 그대로 적었으며 혹시 가물거리면 당시 동료들에게 물어보고 확인했다. 동료들의 이름은 허락을 받고 가능한 실명으로 썼다.

읽기를 좋아한다는 자신감으로 시작한 글쓰기였다. 하지만 타인에게 전달될 글을 만들어 내는 작업은 힘들었다. 많은 분이 용기와 격려를 보내주었다. 일일이 거론하지 못함을 미안하게 생각한다. 모든 분께 감사한다. 그리고 나의 아내와 딸에게 특히 감사를 표한다. 글을 쓰는 동안 가장 큰 힘이 되어주었다. 사랑한다는 말밖에 전할 것이 없다. 내 기억과 경험이 누군가에게 희망이 되기를, 더 나아가 삶의 소중함을 깨닫고 스스로 행복을 선택할 수 있게 하는 힘이 되기를 바라본다. 또한 세상의 사람들이 생의 마지막 날까지 안전하기를 기도한다.

바람 부는 낙동강 하구 인근에서

김강윤

Chapter 1

소방관 임명

전역

1월의 진해 앞바다는 잔잔하고 고요했다. 겨울 바다는 보통 거칠지만 이날은 그렇지 않았다. 석양이 지는 저녁 무렵, 부대 앞 물양장 훈련용 보트를 묶어 놓는 작은 계류장에는 두 척의 해상 침투용 고속보트만이 덩그러니 떠 있었다. 나와 같이 전역하는 동기 두 명은 오전부터 여단장님을 비롯하여 지휘관들에게 전역 신고를 하느라 정신없이 뛰어다녔다. 선후배 전우들에게 작별 인사를 했다.

점심 식사를 마치고 내무실 옥상으로 올라오라는 후배의 말을 듣고 그곳으로 갔다. 옥상에는 군에 남기로 한 동기들과 후배들이 먼저 올라와 우리를 기다리고 있었다. 다짜고짜 녀석들은 우리를 옥상 한구석에 몰아넣고 양동이에 담겨있는 차가운 물을 연신 들이붓는 전역 의식을 시작했다. 겨울이라 야외 수영장 물을 빼놓았기에 망정이지 안 그랬으면 먼저 전역한 선배들이 그랬듯 5미터 높이의 다이빙대에서 수영장 물속으로 던져졌을 것이다. 해군 특수부대 UDT/SEAL Underwater Demolition Team/Sea Air Land의 약자. 해군 특수전 전단의 영어 약칭
에서 나의 마지막 날이었다.

6년 가까운 시간이었다. 일반 사병으로 입대해 부사관으로 신분을 전환한 후 군함을 탔다. 그러다 UDT에 자원했다. 함정 생활이 무료해 체질에 맞지 않았기 때문이다. 해군에 특수부대가 있다는 얘기를 듣고 스스로 찾아갔다. 그땐 무슨 용기였는지 모르겠지만 내 인생을 바꿔놓은 선택이었다. 지옥 같은 BUD/S Basic Underwater Demolition/SEAL Training, UDT 요원이 되기 위한 기본 교육 과정는 지금 생각해도 끔찍하다. 개헤엄도 못 하는 내가 2마일약1.6km 수영을 했다. 매일 두 시간씩 이어지는 체력 단련 시간은 정신과 육체의 한계를 시험하는 시간이었다. 교관들의 손과 발은 무기 그 자체였다. 그들은 교육 기간 내내 끊임없이 우리를 압박했고 포기하게 했다. 하지만 매일 깨지고, 자빠질수록 내가 더 단련되는 것을 느꼈다.

교육이 계속되면서 교관들의 계획대로 포기하는 교육생들이 많아졌다. 지옥 주를 받기 전까지는 모두 그런대로 버텼다. 하지만 지옥 주는 달랐다. 일주일 동안 잠을 잘 수 없었다. 평소 훈련의 세 배 이상 강도로 강행하기 때문이다. 발톱이 빠지고 겨드랑이와 가랑이 사이가 옷에 쓸려 살이 썩어 들어갔다. 사흘 정도 지난 뒤에는 환각을 경험하며 정신과 육체가 분리되는 것 같은 고통을 느꼈다. 죽음이 멀지 않아 보였다. 일주일 사이에 동기들 절반 이상이 포기했다. 나는 버텼다. 어떻게 버텼는지 기억은 없다. 지금도 동

기들과 그때의 얘기하면 서로 기억이 다르다. 맞춰지지 않는 퍼즐처럼 각자 다르게 각인되어있는 것이다. 나는 일 분을 버티고, 십 분을 버티고, 또 한 시간을 버텼다. 하루를 버티고 또 한 달을 버텨냈다. 결국, 육 개월이 지났고, 130여 명의 동기 중 30여 명만 살아남았다. 하루가 천년 같았던 그 시절을 결코 잊지 못한다. 이 세상 그 어떤 고통이 그때보다 더 심할 수 있을까?

정식으로 UDT 부대원이 됐다. 아무것도 두려운 것이 없었고, 뭐든 다 해낼 수 있을 것 같았다. 하늘을 찌를 듯 자신감이 충만했다. 육체는 쇠처럼 단단했으며, 정신은 무섭게 무장되었다. 죽는 것이 두렵지 않았다. 오히려 한계를 극복했다는 자신감으로 가득 차 나의 육체가 어떤 임무에라도 빨리 쓰이길 바랐다. 매일 이어지는 힘든 훈련과 선배들의 엄한 기합도 기꺼이 받아냈다. 그래야 더 강해진다고 생각했기 때문이다. 고통에 쓰러지면 다시 일어나 맞았다. UDT 자부심. 그때는 그랬다.

직업군인이다 보니 부대 밖에 작은방을 얻어 동기들과 살았다. 매일 술을 마셨다. 20대 초반, 친구들이 대학에 다니며 아르바이트하거나 부모님의 용돈으로 생활할 때 난 100만 원 조금 넘는 급여를 매달 받았다. 당시 적지 않은 돈이었는데, 고스란히 먹고 노는 것에 썼다. 매일 밤 전우들과 술을 마셨다. 젊어서 좋은 것이 그렇게 마셔대도 다음 날 훈련에 지장이 없었다. 산을 뛴 후 바다에서 헤엄쳤다. 사격을 하고 잠수를 했다. 그러고도 매일 마시고 놀았다. 주말이면 고향으로 가서 친구들과 또 놀았다. 방탕했고, 세상 물정을 몰랐다.

3년 차쯤 되자 미래가 걱정되기 시작했다. 계속 군대에 머물 것이냐, 전역을 할 것이냐가 나와 동기들의 근심거리였다. 당시 해군 부사관은 임용 후 4년을 복무하고 다시 3년을 연장할 수 있었다. 그 후 평생 군인으로 살 것인지를 결정한다. 나는 고민했다. 다들 그랬듯 부대 생활은 지난했다. 소위 '제대병'이 난 것이다.

'그래, 나가서 돈을 벌자!'

그즈음 여기저기서 돈벌이에 몰두하는 고향 친구들을 보며 나도 그렇게 사회로 나가고 싶었다. 지금껏 매일 놀고먹으며 모아놓은 돈 한 푼 없이 살아온 군 생활이 부끄럽기도 했다. 그것은 돈을 벌어야겠다는 생각을 부추겼다. 어느새 나는 군대는 나와 맞지 않는다는 옹졸하고 어리석은 핑곗거리를 스스로 만들어 냈다.

먼저 전역한 동기가 있었다. 전역하고 무엇을 할 생각인지 물어보니 소방관 시험을 준비한다고 했다. 처음에는 '그런 거 할 것 같으면 군대에 있지 뭐 하러 전역을 할까' 생각했다. 큰 사업을 해서 돈을 벌 생각만 했지, 월급을 받으며 직장에 다닐 마음은 없었다. 군대 특기를 살려 경찰특공대나 해양 경찰에 들어가겠다는 동기들도 있었다. 나는 사내가 그렇게 통이 작아서야 어디다 쓰냐며 녀석들을 타박했다. 지금 생각해 보면 무슨 용심 같기도 하다. 나는 큰돈을 벌어 외제차를 타고 다시 진해로 돌아오겠노라고 술자리에서 동기들에게 소리쳤다.

하지만 전역을 앞두고 주변을 정리해 보니 모든 게 엉망이었다. 변변한 자격증도 없었다. 운전 면허가 있기는 했지만 장롱면허였다. 스쿠버를 배웠으니 그게 재주라면 재주였다. 하지만 군대의 스쿠버는 밖의 그것과는 다르다는 것을 먼저 전역한 선배들에게 익히 들어 알고 있었다. 그래도 무슨 자신감인지 나가면 뭐라도 할 수 있을 것 같았다. 대구에서 의류 도매업을 하는 친구는 그전부터 자기와 일을 같이 하자며 사업 구상을 알려줬다. 솔깃했지만 무슨 말인지 알아듣지 못했다. 대책 없이 하루하루 전역일이 다가왔다.

전역 일주일 전쯤 경리 하사가 나를 불러 퇴직금을 정산했다. 전역일에 천만 원 조금 안 되는 돈이 입금될 거라고 했다. 매달 급여에서 원천 징수되는 퇴직금이었다. 나는 통장에 입금되는 급여를 아낌없이 다 써버렸는데 이 돈은 급여에서 공제되었던 돈이었기에 쓸 수 없었던 것이다. 이 돈이라도 들고 나가는 게 다행이라고 여겨졌다.

전역 신고를 위해 주임원사를 찾았다. 좁은 사무실에 하늘 같은 원사 선배들이 빼곡히 들어앉아 있었다. 1월 초는 별다른 훈련이 없는 때라 모여서 담소를 나누고 있는 듯했다. 때마침 잘 되었다 싶었다. 안 그러면 한 명씩 찾아다녀야 했다. 경례하려고 부동자세를 취했다. 주임원사는 얼굴을 찡그리며 손사래를 쳤다. 막내 때부터 함께 생활한 주임원사는 나에게는 어머니와 같은 분이었다.

"마. 치아라. 뭐 한다고 그런 거 하노. 이거나 마셔라."

형식 따위는 원래부터 싫어하는 분이었다. 주임원사님은 책상 서랍에서 양주를 꺼냈다. 금색 부대 마크가 새겨진 흰색 머그잔에 양주를 가득 따라 나에게 건넸다.

"뭐 먹고 살끼고?"

단숨에 들이키려다 질문에 놀라 반만 마시다 멈추고 대답했다.

"딱, 딱히 할 거 없심다."

앉아 계시던 다른 원사들이 일제히 웃었다.

"그람 만다꼬 제대하노? 지금이라도 고마 눌러 있그라."

폭발물 처리대 원사님이 한 소리 하셨지만, 귀에 들어오지 않았다.

"인마 이거 대책 없네. 할 거 없거든 여기나 가봐라."

주임원사는 명함 하나를 나에게 건넸다. 거기에는 예비역 지역 회장의 이름이 적혀있었다. 나는 명함을 무심히 주머니에 넣고 나머지 양주를 다 들이켰다. 안주는 없었다. 양주는 목구멍을 따라 따갑게 위장으로 내려갔다. 금세 속이 쓰렸다.

"성공해서 다시 인사드리러 오겠습니다!"

정말 그럴 수 있을까 하는 생각을 하면서도 할 말이 그거밖에 없었다. 군대 말고도 잘 살 수 있다는 말을 돌려 하는 듯도 했다. 뒤돌아보지 않고 주임원사실의 문을 닫고 나왔다. 주임원사가 준 명함은 나오자마자 버렸다.

부대 정문을 나와 진해 시내로 걸어 나왔다. 함께 전역한 동기 두 명과 진한 포옹을 했다. 초임 하사 때부터 내내 같이 고생해 온 녀석들이 괜히 안쓰러웠다. 내가 동기들보다 나이가 많아서 그런 마음이 들었던 거 같은데, 남 걱정할 처지가 아니란 생각에 인사를 서둘러 마쳤다. 그리고 혼자 숙소까지 걸어갔다. 단골 포장마차 길을 지나 술집이 즐비한 번화가로 들어섰다. 자주 가던 호프집 앞을 지날 때 갑자기 코끝이 시큰해졌다. 부대 안에서 전우들과 작별할 때도 그렇지 않았는데 이 무슨 조화인가 싶어 얼른 정신을 차렸다. 숙소에 들러 옷을 갈아입고, 가방에 간단한 짐을 챙겨 넣은 후 버스터미널로 향했다. 큰 짐은 이미 택배로 보낸 터였다.

버스가 진해를 벗어나는 장복터널 앞에 이를 때쯤 창가 쪽으로 바짝 다가가 밖을 내다봤다. 군사도시라 높은 건물이 없는 진해 시내가 내려다 보였다. 심장이 두근거렸다. 6년 전 처음 이곳에 올 때처럼 말이다. 터널에 들어서고 버스 안이 어두워지자, 턱을 당겨 움츠려 앉았다. 눈을 감았다. 눈물이 뺨을 따라 흘렀다. 누가 볼까 얼른 옷소매로 닦아냈다. 눈을 다시 떴을 때 터널을 빠져나온 버스 안이 환하게 밝아져 있었다. 버스는 빠르게 기차역이 있는 마산을 향해 내달렸다. 그제야 진짜 내 마음이 슬그머니 고개를 들었다.

'이제 어떻게 하지?'

그냥 눈을 감아 버렸다.

먹고 사는 일

군대 밖의 생활은 달콤했다. 힘든 훈련도 없었고, 고된 작업도 없었으며 무엇보다 선배들의 눈치를 볼 필요가 없었다. 몸과 마음이 편했다. 전역하자마자 고향 친구와 단둘이 해남 땅끝마을로 여행을 갔다. 친구의 차를 타고 순천을 지나 보성 차밭을 구경했다. 강진에 들러 남도 정식을 맛본 후 해남 땅끝을 배경으로 사진을 찍었다. 군 시절 훈련 때문에 최전방 강원도 고성 앞바다부터 맨 아래 제주도 바다까지 안 들어가 본 곳이 없었지만, 해남의 바다는 군대의 바다와는 달랐다. 바다가 주는 느낌이 내가 어떤 신분인가에 따라 다르다는 것을 느꼈다. 자유로운 기분을 만끽했다. 그 기분이 평생 갈 것 같았다.

서너 달간 아무것도 안 하고 놀았다. 대학을 졸업하고 취업에 실패한 친구들이나 고향에서 장사를 시작한 선후배들을 매일 같이 만났다. 술과 고기를 매일 저녁 먹고 마셨다. 즐거웠다. 하지만 군에서 들여진 습관은 무서웠다. 새벽까지 술을 마셔도 아침 여섯 시만 되면 눈이 떠졌고 그 길로 밖에 나가 5킬로미터씩 뛰었다. 낮에는 수영장에 갔다. 다른 건 다 사라져도 단단한 몸은 그대로 남아 있어야 했기 때문이다. 마지막 자존심 같은 거였다. 하지만 전역 후 5개월쯤 되었을 때 독한 현실을 깨달았다. 퇴직금 천만 원이 바닥을 보였다. 그럴 만도 했다. 하릴없이 돈만 써대는데 이 정도 버틴 것만 해도 다행이었다. 등골이 오싹했다. 스무 살 이후 매월 일정한 돈이 통장으로 들어오는 생활을 했었다. 귀한 줄 모르고 써대는 거야 군 시절이나 전역 후나 같았다. 샘이 말라가는 줄도 모르고 퍼내다가 바닥을 본 것이다.

"일은 안 할 거냐?"

생전 싫은 소리 안 하시는 아버지가 아침 식사 자리에서 물었다.

"해야죠."

모기 목소리로 겨우 대답하고 밥을 떠서 얼른 목구멍에 쑤셔 넣었다. 마른 반찬을 한 움큼 집어 입으로 가져가는데 아버지 한숨 소리가 들렸다. 그럴 것이다. 특수부대 나왔다고 세상 씹어 먹을 듯한 표정으로 당당히 집으로 돌아온 둘째 아들이 매일 밤 주색에 빠져있으니 보는 부모 마음이 오죽했으랴. 누구 아들은 어디에 취업했고 누구 아들은 돈을 얼마를 벌었다는 소리도 심심찮게 들었을 터이다. 아버지 마음이 그대로 전해졌다. 나는 꾸역꾸역 먹어대는 내 모습이 싫어서 먹다 만 밥그릇을 그냥 두고 방으로 들어갔다. 아버지의 한숨이 아니더라도 당장 한 푼이 아쉬운 상황이었다.

고등학교 선배가 운영하는 대리운전 업체에 가서 일했다. 저녁마다 술도 덜 마실 겸 당장 용돈벌이라도 해보려고 시작하게 됐다. 매일 밤 술 취한 사람들을 실어 날랐다. 좁은 고향 바닥이라 한두 다리 건너 아는 사람들도 더러 태웠는데 다들 나보고 어디 갔다가 이제 나타났냐며 뒷자리에서 구시렁댔다. 군대 이야기를 다 하기도 그렇고 대충 얼버무리며 운전했다. 그러나 일을 오래하지는 못했다. 운전도 싫지 않았고 일도 어렵지 않았지만, 못난 자존심이 자꾸 고개를 들었다. 취객을 상대하기가 싫었다. 한 주먹도 안 되는 고주망태에게 욕지거리를 들을 때는 운전하는 차의 핸들을 확 꺾어버리고 싶은 충동이 일었다. 두 달도 안 되어 박차고 나왔다. 그래도 일하는 양태가 마음에 들었는지 선배는 나를 붙잡았다. 하지만 그때까지도 나는 돈보다 자존심이 우선이었기 때문에 두말없이 그만두었다. 미안한 마음이 들긴 했지만 내색하지 못했다.

다시 집에서 빈둥거렸다. 아침 일찍 일어나 운동하러 나갔다가 아버지가 출근하고 나면 집으로 들어왔다. 그렇게라도 미안한 마음을 가리고 싶었다. 어느 날 함께 전역한 군대 동기에게 전화가 왔다. 마산이 고향인 동기생은 나에게 해양 경찰 특공대 시험을 함께 응시해 보자며 제안을 해왔다. 창원에서 선후배들이 모여 운동하면서 준비 중이라고 했다. 싫었다. 다시 군대에 들어가는 듯해서였다. 해경특공대라면 어차피 총 쏘고 사람 잡는 일만 매일 할 것 같이 생각했다. 당시 체력이라면 합격에 문제가 없었다. 하지만 다시 군복을 입고 일한다는 것이 그냥 싫었다.

그러던 중 친한 고향 선배인 원석이 형이 나에게 물어왔다.

"너 특수부대 나왔으면 소방관 구조 특별채용에 응시해 봐. 나는 운전 분야에 한 번 도전해 보려고 한다. 같이 해보지 않을래?"

지푸라기라도 잡고 싶은 심정이었을까? 절대 하지 않을 거라고 생각했던 소방관 시험을 준비하기 시작했다. 선배와 나는 고향 김천에서 대구에 있는 소방공무원 준비 학원까지 매일 기차를 타고 수업을 들으러 다녔다. 하지만 이것도 오래가지 못했다. 애초에 마음이 움직여 시작한 일이 아니었기 때문이다. 빈둥거리는 나를 보는 부모님의 눈을 피하기 위한 요식 행위 정도였다. 선배와 나는 갈수록 학원을 빼먹는 날이 잦아졌다. 그렇게 결국 몇 개월 만에 소방관이 되겠다는 마음을 접었다. 하지만 이때의 도전이 결국 훗날 소방관이 되는 중요한 계기가 되었다. 지금도 원석이 형은 내가 자신의 권유로 소방관이 되었다며 자랑스러워한다. 정작 형은 소방관이 되지 않았지만 그때의 권유는 진심이었을 것이다.

학원을 그만두고 무인경비 시스템을 운영하는 회사에 들어갔다. 대기업 계열사고, 급여도 좋으며, 고향에서 일할 수 있었다. 무엇보다 특수부대 출신들을 우선 채용한다고 했다. 1차 합격을 하고 서울 본사까지 면접을 보러 갔다. 검은 정장을 차려입은 지원자들이 강당에 빼곡했다. 그렇게 많은 사람이 지원할 줄 몰랐다. 훤칠하게 큰 키에 뽀얀 피부, 탄탄한 몸을 가진 젊은 남자들이 무언가를 열심히 들여다보며 중얼거렸다. 예상 질문 같은 것을 보고 미리 대비하는 모양이었는데 난 그런 것도 없이 한 구석에 앉아 창밖 서울 풍경이나 구경하고 있었다. 무슨 자신감이었는지 떨어져도 그만이라 생각했다.

"군 생활 6년 정도 하면서 돈은 얼마 모으셨어요?"

금테 안경을 쓴 얼굴이 기다란 면접관이 나에게 물었다. 왜 하필 그런 거를 물어보는지 궁금했지만 머뭇거리지 않고 대답했다.

"모은 돈이 없습니다. 돈 벌러 UDT에 간 게 아니라서요."

어깨를 으쓱하며 대답했다. 진심이었고 부끄러울 일도 아니었다. 그러나 살짝 미소를 짓더니 더 이상 질문을 하지 않았다. 그리고 얼마 후 합격했다는 문자를 받고 아버지에게 알렸다. 아버지는 그래도 대기업 계열사이니 좋은 일자리라며 기뻐하셨다.

일은 단순했다. 밤에는 고객들의 업체를 순찰하고, 낮에는 요구 사항을 들은 뒤 처리를 해주거나 수금하는 일을 했다. 근무시간이 빡빡하기는 했지만 어렵진 않았다. 하지만 곧 벽에 부딪혔다. 회사에서 영업을 강요했다. 당연했지만 나는 싫었다. 매장 물건을 훔치는 도둑을 잡는 줄 알고 일을 시작했지, 물건 팔러 온 사람이 아니라고 생각했다. 그래서 아침저녁으로 이어지는 회의에서는 실적 때문에 늘 혼이 났다. 지점장과 주임은 늘 불같이 화를 내며 나를 닦달했다. 알아들을 수 없는 영업 관련 용어를 쏟아내며 소리를 질렀다. 벽에 걸린 화이트보드 속에 내 실적 그래프는 늘 바닥을 기고 있었다.

힘든 회사 생활이었지만 목구멍이 포도청이라 그만두기도 힘들었다. 급여는 어지간한 중소기업보다 높았고 상여금도 놀랄 만큼 많았다. 하지만 갈수록 내가 있을 곳이 아니라는 생각이 강하게 들었다. 연일 이어지는 실적 압박에 속이 탔다. 팔아 줄 생각도 없는 고향 선배의 옷 가게에 주야장천 찾아가 매일 진을 쳤다. 할 짓이 아니었다. 하루하루 버티듯 회사에 다녔다.

그러던 중 부산에서 군대 동기의 결혼식이 있었다. 함께 같은 팀에서 막내 생활을 했던 동기 녀석이라 휴가까지 내서 참석했다. 전역 후 2년 만에 다른 동기들을 다시 만나게 됐다. 인천에서 소방관 생활을 하는 동기와 많은 이야기를 했다. 소방관은 한번 시도한 끝에 일찍이 포기한 일이었지만, 어느새 동기의 소방관 생활에 난 귀 기울이고 있었다. 구조가 어떻고 화재가 어떻고 하는 말에 눈을 동그랗게 뜨고 들었다. 가장 귀가 솔깃했던 말은 '평생직장'이었다. 이제 뭘 하든 평생 먹고 살 만한 일을 찾아야 했다.

구체적인 소방관 생활을 직접 들으니 귀가 솔깃해졌다. 지금의 회사는 더 이상 버티기 힘들었고 모아놓은 돈도 없으니 장사도 요원했다. 마치 구석에 몰린 쥐같이 결혼식 내내 그 동기 옆에 붙어 다니며 그 '평생직장'에 관하여 묻고 또 물었다.

"일단 시험을 쳐 봐. 각 시, 도마다 매년 모집하니까. 근데 너 소방관 같은 건 안 한다고 하지 않았나?"

뜨끔했지만 실없는 웃음으로 대충 얼버무렸다.

"마! 목구멍이 포도청인데 뭘 못 하겠노? 우째 준비해야 하는지 자세히 말해봐라."

동기 놈은 알 수 없다는 듯 미소를 짓더니 자기가 어떻게 소방
관 시험을 준비했는지 자세히 설명해 주었다. 한 줄기 빛이 보이는
듯했다. 무슨 이유에서인지 소방관이라는 직업이 그 이후로 머릿
속을 떠나지 않았다. 사업을 해서 큰돈을 벌겠노라고 떵떵거리며
군대를 빠져나왔던 내가, 당장 먹고 살아야 하는 일에 매달려야 하
는 상황이었다. 어느새 소방관이라는 직업을 갈구하고 있었다.

지금 생각하면 민망하고 부끄럽지만 그만한 이유가 있었다. 지
금의 아내와 연애 중이었기 때문이다. 그래서 '평생직장'이 필요
했다. 내 나이 스물아홉 살이었고 삶의 안정을 찾고 싶었다. 20대
를 미친 듯이 질주하며 살아왔다. 그 피로감에 절어 있는 나에게 여
자친구는 한 줄기 빛과 같았다. 장사해서 돈을 많이 버는 것도 좋
았지만, 현실성이 없었다. 이놈의 회사에는 단 하루도 더 있기 싫었
다. 소방관이 된다면 이 사람과 결혼할 수 있을 것 같았다.

부산에서 올라오는 길에 여자친구에게 전화를 걸어 말했다.

"당장 사표 쓸란다. 나 소방관 준비할게."

그렇게 나는 소방관이 되기로 했다.

합격자 발표

한 시간째였다. 컴퓨터 모니터 속 합격자 명단 어디에도 내 이름은 없었다. 캄캄한 피시방 구석 자리에 쭈그려 앉아서 경남소방본부 홈페이지 필기시험 합격자 명단을 들여다보고 있었다. 명단을 아래위로 훑어보기를 수십 번 반복했다. 혹여 잘못 공고되었을까 봐 공고문 맨 아래 있는 담당자에게 전화했다.

"혹시 합격자 명단을 확인할 수 있을까요?"

"합격자 공고문에 다 나와 있습니다."

담당자의 사무적인 말이 차갑게 들려 더 묻지 못하고 전화를 끊었다. 소용없는 짓이라는 것을 알면서도 누군가에게 확인을 받고 싶은 심정이었다. 내가 또 떨어졌다고 느꼈을 때는 숨이 가빠지고 등허리가 뜨거워지며 식은땀이 났다. 손이 부들부들 떨렸다. 아무것도 할 수 없을 것 같은 공포감이 밀려왔다. 미래가 보이지 않았다. 네 번째 소방관 시험의 탈락을 맛보는 순간이었다.

피씨방에서 나와 혼자 걷는 초가을 거리는 한산했다. 여자친구에게 전화를 걸려다가 관두었다. 부모님께는 말할 엄두도 못 냈다. 1년 8개월가량 미친 듯이 시험에 매달렸지만 계속 낙방했다. 그때마다 부모님과 여자친구에게 다음에는 꼭 될 거라고 큰소리쳤다. 당시에는 지금의 채용 방식과 다르게 각 시도 마다 시험을 따로 치렀는데 나는 울산, 서울, 경기, 경남 시험을 연달아 떨어졌다. 갈수록 자신감은 사라졌고, 공부하는데 신물이 났다. 책상머리 앉아 있는 게 지긋지긋했다. 내가 갈 길이 아니라고 느껴지기 시작했다. 입에서 욕지거리가 나도 모르게 쏟아졌다. 탈락의 고배가 슬픔에서 부끄러움으로, 부끄러움에서 분노로 변하고 있었다.

십수 년 전이나 지금이나 소방관이 되기 위해 도전하는 사람은 늘 많다. 노량진 학원가는 늘 공무원 시험을 준비하는 수험생들로 넘친다. 나는 매일 샌드위치와 어묵으로 끼니를 때우면서 새벽 일찍 나가 학원 강의실 맨 앞자리를 차지하기 위해 애를 썼다. 유명 강사를 찾아가 공부하는 방법을 물었고, 책이 너덜너덜해질 때까지 보고 또 봤다. 코딱지만 한 고시원에서 숙식하고, 주말이 되면 학원비라도 벌어볼 요량으로 편의점 아르바이트까지 했다. 큰 덩치와 강한 인상 덕분에 야간 아르바이트 자리는 쉽게 구할 수 있지만 공무원 수험생들에게 시험 준비는 운명을 건 전쟁이었다. 돈은 늘 부족했고, 움직일 때마다 돈이 들었다. 부모님이 매달 고시원 비용을, 지금의 아내인 여자친구가 학원비와 생활비를 보내주었다. 피 같은 돈이었다. 그 돈을 쓸 때마다 처음의 용기와 자신감이 조금씩 녹아내리는 듯했다. 거기다가 불합격 소식까지 더해지면 상처를 받고 마음이 땅속 깊은 곳으로 꺼졌다. 수많은 공무원 수험생 중에 나만 합격을 못 하는 것 같았다. 서러웠다.

그러던 중 갑작스러운 소식을 들었다.

"안대가 죽었단다."

"어? 안대가?"

안대는 내 군대 동기의 별명이다. 불과 일주일 전에 통화했던 안대가 죽었다는 연락을 받았다. 안대는 나보다 6개월 먼저 전역하고 수중공사 일을 했다. 그러다 물속에서 심장마비로 세상을 떠났다. 책을 덮고 바로 안대의 고향 부산으로 내려갔다. 부산 동구 범일동의 한 병원 장례식장에 군대 동기들이 다 모였다. 오랜만에 본 동기들이 나에게 술을 권했지만 마시지 않았다. 공부한다는 핑계를 댔다. 솔직히는 마시고 싶지 않았다.

안대의 얼굴은 잠든 듯 편안해 보였다. 염이 끝나고 마지막 인사를 하는 자리에서 수의를 입고 반듯하게 누운 안대를 지긋이 바라보았다. 군 시절, 작지만 단단했고 누구보다 독기가 있어 모든 훈련을 잘했던 동기였다. 나보다 한 살 많았지만, 나를 오랜 친구처럼 대해 주었다. 같이 먹고 자고 훈련하던 전우이자 옛 동료인 안대의 육신은 말없이 굳어버린 채 누워만 있었다. 나는 현실감을 느끼지 못했다. 말을 걸면 안대가 살짝 감은 눈을 뜰 것 같았다. 그의 손을 잡아 보았다. 차가웠다. 더 바라보지 못하고 밖으로 나왔다. 눈물을 겨우 참으며 다른 동기에게 담배를 하나 얻어 피웠다.

"꼭 소방관 합격하그래이."

안대가 죽기 정확히 일주일 전 나에게 전화를 걸어 한 말이다. 수중공사를 하러 부산 어딘가로 간다고 했다. 안대는 이왕이면 자기가 있는 부산의 소방 시험에 응시하라고 말했다. 나랑 술 마시며 이야기하는 것을 좋아했는데, 가까이 있으면 좋겠다는 마음을 애둘러 표현한 듯했다. 그렇게 생각하니 오래 전에 끊었다가 다시 피우는 담배 맛이 더욱 썼다.

안대의 바람이었을까? 부산에 있는 해운대 공고에 다시 도전하게 됐다. 나의 다섯 번째 소방관 시험장이었다. 나는 이곳이 마지막 시험장이기를 바랐다. 물러설 곳이 더는 없었다. 입구에서는 공무원 입시 학원에서 나온 강사들이 컴퓨터용 사인펜을 나눠주고 있었다. 무심코 지나치려는 순간, '합격하세요.'라는 말과 함께 지긋한 나이의 강사가 사인펜을 건넸다. 받아서 들어 주머니에 넣었다. 그런 성격이 아니지만 그렇게라도 합격의 기운을 받고 싶었다. 구조대원 5명을 모집하는데 135명이 응시했다. 앞서 탈락한 네 번의 시험보다 훨씬 높은 경쟁률이었다. 하지만 시험장을 들어서는 내 마음은 비장했다.

시험이 어렵지 않았다. 국어시험의 지문이 길기로 유명한 부산 시험인데, 다른 시험과 달리 나에게 쉽게 다가왔다. 마지막이라 각오하고 임했는데 어느새 마음이 편해졌다. 시험이 시작되자 마치

풀어 본 기출문제가 몽땅 나온 듯 익숙했다. 시간에 쫓기는 다른 수험생들이 이상하게 보일 정도였다. 그렇게 시험이 끝나고, 잘 봤다는 마음보다는 홀가분한 마음이 먼저 찾아왔다. 이번마저 떨어지면 모든 것을 포기하리라 생각했다. 시험장을 나와 걷다가 문득 해운대의 바다를 보고 싶었다. 하지만 사치스러운 일이라 느껴 뒤돌아보지 않고 계속 걸었다.

형수님이 미역국을 차렸다. 고소한 소고기가 듬뿍 들어간 내가 좋아하는 미역국이었다. 반찬은 정갈했고 하얀 쌀밥에는 윤기가 자르르 흘렀다. 하지만 난 먹지 못했다. 배도 고팠고 형수님의 요리 솜씨를 익히 알기에 마다할 이유가 없었지만 나는 먹지 않았다. 나는 마음속으로 말했다.

'형수님! 합격자 발표 날에 미역국이라니요!'

형수님은 오늘이 합격자 발표인지 몰랐다. 형님이 외국에 나가 있어 가끔 형수님 혼자 시가인 우리집에 놀러 오곤 했다. 공부하느라 고생하는 시동생에게 정성스러운 아침 밥상을 차렸는데 숟가락조차 들지 않으니 형수님 표정이 심각했다. 하지만 나는 어쩔 수 없었다. 8시 55분. 밥상이 나온 시간이었다. 5분만 있으면 부산소방본부 홈페이지에 합격자 명단이 발표된다. 그때까지 미역국을 먹지 않았다. 형수님에게는 미안했지만, 미끌미끌한 미역국이 합격에 분명 영향을 끼칠 것만 같았다.

어둠으로 들어가는 느낌이었다. 내 방 불을 켜고 책상 앞에 앉왔다. 9시 정각. 부산소방본부 홈페이지에 접속했다. 방 안에는 찬 바람이 부는 듯했다. 마우스를 잡은 손이 작게 떨렸다. 숨소리는 거칠어졌다. 뜨거운 콧김이 연달아 나왔다. 심장이 얼마나 크게 뛰는지 밖으로 튀어나올 것만 같았다. 그 짧은 순간에 온갖 생각들이 가슴을 가득 채웠다. 나를 도운 모든 이의 기대와 나의 노력이 헛되지 않기만을 바라며 온 힘을 다해 확인 버튼을 눌렀다.

합격자 명단에서 내 이름을 발견했다. 다 식은 미역국을 앞에 두고 결국 눈물을 쏟아냈다. 어떤 감정이었을까? 과거와 현재가 만나 뒤섞인 느낌이었다. 아침상을 차려 준 형수님과 함께 부둥켜안고 눈물을 흘렸다. 밥 한 그릇을 미역국에 통째로 말아 물 마시듯 먹어 치웠다.

2007년 11월 30일, 나는 소방관 시험에 합격했다.

첫 근무지

서면은 하루 유동 인구가 20여만 명에 이른다. 서울의 명동처럼 부산의 대표적인 번화가다. 남녀노소 가릴 것 없이 많은 사람이 찾는 곳이다. 쇼핑과 문화, 먹거리와 유흥이 혼재한 화려한 밤거리를 자랑한다. 이곳 서면을 담당하는 부산진 소방서가 나의 첫 근무지였다. 사람도 많고 탈도 많은 부산 한복판에서 나는 소방 구조대원으로서 공직 생활을 시작하게 된 것이다.

소방관 시험에 최종 합격한 뒤에 부산소방본부現 부산소방재난본부로 가서 합격자 등록을 했다. 자신이 근무하고 싶은 소방서를 지망하면 되는데 나는 기차를 타기 편한 부산역과 가까운 중부 소방서를 지원했다. 남포동, 자갈치 시장 등을 담당하는 중부 소방서는 부산의 구도심이었다. 바다와 도심을 동시에 담당하는 중부 소방서의 환경도 나에게는 매력으로 다가왔다. 그런데 무슨 이유에서인지 바로 옆 동네라 할 수 있는 부산진 소방서에 배치가 되었다. 부산

소방관 임명

진 소방서는 관할구역에 바다가 없었다. 내심 아쉬웠지만 그러려니 했다. 딱히 나쁠 것도 없었다. 소방관이 된 것만으로도 마냥 좋으니 어디에 근무한들 무슨 상관이 있겠나 생각했다.

　경북의 작은 시골 마을 출신인 내가 대한민국 제2의 도시의 중심지인 서면으로 첫 출근을 했다. 그날은 그야말로 뭐가 뭔지 몰랐다. 군대 갓 들어온 신병처럼 어안이 벙벙했다. 선배가 대기실로 안내했고, 사물함을 지정해 주었다. 간단한 생활 수칙이나 근무 방식을 알려주며 꼼꼼히 챙겨주었다. 한 선배는 나를 차고로 데리고 가서 직접 타고 다녀야 할 소방차를 보여줬다.
　"이게 바로 구조공작차라는 거다."
　난생 처음 가까이에서 본 소방차였다. 그런데 흔히 보이는 소방호스가 보이지 않았다. 그렇다. 구조공작차는 화재에 대응하는 차가 아니라 구조 작업에 최적화된 소방 차량이었다. 그래서 물을 싣고 다니지 않는다. 대신 수백 점에 이르는 각종 구조장비가 적재되어 있다. 마치 영화 '트랜스포머'의 기계 로봇처럼 웅장하게 생긴 구조공작차가 나를 반기는 듯했다. 심장이 두근거렸다. 구조대 여기저기를 둘러보고 있는데 요란한 출동벨 소리가 울렸다. 나는 눈이 휘둥그레졌는데 선배는 두말 없이 그 자리에 나를 두고 출동했다. 차고를 벗어나는 구조공작차를 나는 뒤에서 바라만 보았다. 그 후 사무실에 혼자 남아 현장에 나간 선배들을 기다렸다. 모든 게 신기한 첫 날이었다.

나의 첫 출동은 문 개방 출동이었다. 오피스텔에서 친구가 자살한다는 휴대전화 문자 메시지만을 남기고 문을 잠근 채 열어주지 않는다는 신고였다. 현장으로 가는 내내 얼마나 심장이 두근거렸는지 모른다. '사람이 죽었으면 어떡하지?', '문은 어떻게 개방하는 걸까?' 온갖 생각이 다 들었다. 구조공작차 안에서 선배들 눈치만 보며 내가 할 일이 무엇일까 고민했다. 그런데 막상 현장에 도착하니 조금 싱거웠다. 아무 일 없다는 듯, 구조대상자는 스스로 문을 열었다.

팀장님을 비롯한 선배들은 차분히 현장 상황을 마무리했다. 아무 일이 없어 다행이었지만, 첫 출동의 두근거림은 여전히 나의 뇌리에 단단히 박혀 있다. 뭐든 열심히 해야겠다고 생각했던 시절이었다. 부산진 소방서 구조대는 출동이 많기로 유명했다. 아무래도 유동 인구가 많은 중심지고, 인근에 자동차 전용도로를 끼고 있으며, 인구밀도가 높은 지역이다 보니 어찌 보면 당연한 현상이었다. 사람이 많으면 탈도 많이 나는 당연한 이치다.

출동유형은 다양했다. 화재는 기본이었다. 겨울에 첫 발령을 받았는데, 여기저기에서 크고 작은 불이 자주 났다. 시커먼 연기에 한 치 앞도 보이지 않는 화재 현장 내부는 공포 그 자체였다. 신규직원은 팀장님과 짝이 되어 현장에 투입되는데 혹시나 팀장님을 놓칠까 봐 두려워 옆에 바짝 붙어 다니던 기억이 난다. 하지만 화재 현장에서 인명 검색이 최우선인 구조대 팀장님이 나를 돌볼 여유가 어디 있겠는가? 팀장님은 열심히 구조대상자를 찾고 연기배출을 하며 장애물을 걷어내는 작업을 했다. 지금 생각해보니 아무것도 모르는 새내기인 내가 얼마나 성가셨을까 하는 생각도 해 본다.

어느 날은 부암동에 있는 컴퓨터 도매 상가에 불이 났다. 다른 화재 출동과 마찬가지로 나는 팀장님의 숨소리라도 놓칠세라 아무것도 보이지 않는 화재 현장에서 팀장님의 뒤를 따라다녔다. 혹시 누군가 쓰러져 있을까 노심초사하며 검색하고 화점을 찾아다녔다. 상가 내부는 서너 평의 작은 컴퓨터 가게가 다닥다닥 붙어 있었다. 화재가 크지는 않았지만, 연기가 가득 들어차 있어서 시야가 전혀 확보되지 않았다. 다행히 사람은 없었다. 하지만 화점을 찾는 데 꽤 오랜 시간이 걸렸다. 그러던 중 내가 착용하고 있는 공기호흡기에서 소리가 울리기 시작했다.

남아있는 공기가 최소치에 근접하면 소방관들이 외부로 나갈 수 있도록 미리 경고를 알리는 경보음이었다. 나는 화들짝 놀라 밖으로 나가기 위해 팀장님을 바라보았다. 하지만 팀장님은 아랑곳하지 않고 계속해서 화점을 찾는 데 몰두하고 있었다. 애가 탄 나는 팀장님 뒤에 바짝 붙어 나의 경고음이 더 크게 들리게 했다. 팀장님은 그러고도 한참을 더 있다가 흘깃 나를 바라보시더니 밖으로 걸음을 옮겼다. 같은 양의 공기탱크이지만 공기를 마시는 호흡량은 개인마다 차이가 있어 일어나는 현상이다. 현장 경험이 많은 팀장님은 당연히 호흡량이 좋아 적게 호흡할 테고 나 같은 새내기는 심장이 벌렁거리고 움직이는 동작도 크니 호흡량이 많을 수밖에 없다. 괜한 민폐를 끼친 것 같아 나와서도 한참 눈치를 봤다.

교통사고 출동도 많았다. 이상하게도 교통량이 많은 낮시간보다 차량이 별로 없는 심야에 교통사고가 잦았다. 추측건대 유흥가가 밀집한 동네이다 보니 음주운전이나 과속 등이 원인인 것 같았다. 단순 추돌사고는 사람이 크게 다치지 않아 스스로 차 밖으로 빠져나와 있는 경우가 많다. 하지만 큰 사고가 나면 상황이 처참하다. 종잇장처럼 찢어진 차체에 낀 구조대상자는 말로 표현하기 힘들 만큼 신체가 훼손되어 있었다. 안전띠를 착용하지 않아 충돌과 동시에 차 밖으로 튀어 나가 도롯가에 널브러지듯 쓰러져 있는 구조대상자도 있었다.

한 번은 굵직한 가로수를 들이받은 택시가 있었다. 신속하게 출동해 내부를 확인했지만 사람이 보이지 않았다. 밖으로 튕겨 나간 줄 알고 한참을 찾았는데 사고 현장 근처 어디에도 튕겨 나온 사람은 보이지 않았다. 그런데 운전석 아래쪽, 그러니까 클러치와 브레이크 패들이 있는 작은 공간에 운전자가 온몸이 구겨진 채로 들어가 있던 것을 발견했다. 기겁하며 부랴부랴 사람을 끄집어냈다. 그 와중에 운전자는 크게 다친 곳이 없었다. 아무렇지 않은 듯 걸어서 나온 운전자는 오히려 머쓱한 표정으로 우리를 바라보았다. 사고의 경중을 떠나 교통사고는 늘 쉽지 않은 출동이었다.

서면 한복판에 개가 돌아다녀 잡으러 다닌 적도 있다. 크기가 제법 큰 황구였는데 주인을 잃었는지 혼자 여기저기 뛰어다니며 걸어 다니는 사람들을 불안하게 했다. 하지만 사람이 개보다 빠를 수는 없다. 그래서 동물포획은 여간 힘든 것이 아니다. 모든 팀원이 동원되어 시내 한복판에서 개를 잡기 위한 추격전을 하는데, 이리 뛰고 저리 뛰며 한참 쫓아다녔다. 보통 일이 아니지만 잡지 못하고 포기하면 누군가는 또 신고할 것이기 때문에 한 번 신고가 들어왔을 때 반드시 포획하는 것이 좋다. 커다란 포획 망을 들고 인파가 북적거리는 서면 한복판을 참으로 많이 뛰어 다녔다.

이런저런 출동을 하고 나면 벽에 걸린 출동 현황판이 어느새 꽉 차 있었다. 세 개의 팀이 주야로 3교대를 했는데 어느 팀 할 것 없이 늘 출동 현황판은 출동 기록으로 빡빡했다. 많을 때는 현황판에 더 적을 곳이 없어 옆쪽 벽에다가 이면지를 붙여 써놓기도 했다. 출동이 길어져 현장으로 교대하러 나가기도 했고 밥 먹다가, 샤워하다가, 용변을 보다가도 뛰쳐나갔다. 궁둥이를 붙일 만하면 울리는 출동 벨 소리에 마음 편하게 업무를 보기 힘든 날이 많았다.

부산진 구조대는 그런 곳이었다. 생존과 죽음, 활기와 고요가 공존하는 곳. 모든 것이 열악하고 매일 전쟁터 같은 곳. 앞으로 소방관으로서 살아야 할 나에게는 일종의 훈련소였다. 출동이 많음에 오히려 감사했다. 매일 달려 나가는 현장에서 나는 스펀지처럼 모든 것을 빨아들이고 배우려고 했다. 그토록 바라던 평생직장 속에 들어와 있다는 고마움을 매 순간 만끽했다. 구조대 화장실 청소를 하면서도 난 속으로 '일을 하게 되어 고맙습니다'를 수없이 되뇌었다. 언젠가 다시 돌아갈 고향 같은 곳이다. 모든 게 열악하고 힘든 막내 시절이었지만 지금까지도 여전히 나의 가슴속 깊이 소중하게 기억되고 있다.

옷의 무게

구조대원의 하루는 길다. 출동도 출동이지만 이런저런 행정 업무가 산더미다. 매일, 매달, 분기마다 보고서를 작성해야 하고 출동에 대한 기록도 늘 점검해야 한다. 관내 순찰이나 위험지역을 미리 파악하는 업무도 매일 이어졌다. 그런 외중에 신고가 들어오면 출동해야 했고, 출동이 끝나고 들어오면 또다시 행정 업무 처리해야 하는 일이 반복됐다. 사무실은 늘 분주했다.

소방관의 출동복 기동복 또는 활동복이라고도 한다은 주황색이다. 주황색이 주는 색의 의미가 경고나 위험이니 소방관에게 잘 어울리는 색이다. 또 눈에 잘 띄기도 하여 시민들이 현장에서 도움을 요청하거나 식별하기도 좋다. 우리는 기동복을 '당근복'이라고 불렀다. 색깔이 딱 당근색이니 이보다 더 잘 어울리는 별칭이 없을 것 같다.

구조대 옥상에는 항상 주황색 기동복이 빨랫줄에 길게 줄지어 널려 있었다. 그런데 기동복의 색깔이 다 같지 않았다. 그중에는 물이 다 빠져 희끄무레한 살색으로 변해버린 옷도 있었다. 구조대 막내 시절, 나는 받은 지 얼마 되지 않아 주황색이 선명한 기동복을 입고 생활했다.

기동복은 늘 때가 타 있었다. 금방 지저분해지는 색이기도 하거니와 구조대원의 현장은 옷이 오염되기 딱 좋은 환경이기 때문에 그렇다. 화재 현장의 그을음은 한번 배면 몇 번을 세탁해도 잘 빠지지 않았다. 거기에 소위 '불 냄새'가 찌들어 있었다. 옷에서는 늘 그을음 냄새가 났다. 교통사고 현장에서는 차량 기름이 옷에 튀어 잘 지워지지 않았다. 카센터의 작업복과 같이 군데군데 기름때가 묻어 있는 기동복을 심심찮게 볼 수 있었다. 구조대상자의 피가 튀기도 하고 동물 구조를 하다 보면 동물의 배설물이나 털이 묻기도 했다. 기동복은 구조대원의 전투복이나 다름이 없었다.

기동복을 입고 있으면 묘한 사명감이 솟아오른다. 동료들과 같은 유니폼을 입고 함께 일을 한다는 것은 행동이 일사불란해야 함을 의미한다. 생명을 구하는 공동의 작업에 중요한 한 축을 담당하고 있다는 무게감을 느끼게 해준다. 베테랑 팀장님부터 이제 갓 들어온 막내 구조대원까지 함께 몸에 걸치고 있는 옷을 통일하여 서로의 위험을 나눠 갖는다. 사지에서 자신의 생명을 각자에게 의지할 수 있는 용기를 준다. 현장에 가면 색이 바래졌더라도, 그을음과 기름때가 잔뜩 묻어 있더라도, 빠지지 않는 핏물에 절어 있더라도 내가 입은 옷이 주는 힘이 절대 약하지 않다는 것을 금세 알 수 있었다.

주차용 승강기에서 승용차가 추락했다는 신고를 받고 출동했다. 구조대와 가까운 전포동 인근 외제차 수리센터였다. 퇴근 시간이라 차가 막혀 가까운 거리라도 도착이 늦을 수 있었는데 노련한 기관원 반장님이 좁은 골목 사이 지름길로 차를 몰아서 빠르게 도착했다. 자동차 수리 센터 외부는 모두 불이 꺼져 있었다. 차량이 3층에서 1층 아래로 떨어져 있다는 내용의 신고였다.

현관 출입문을 지나 1층 차량용 승강기 문 앞으로 가서 확인해 봤다. 하지만 승강기 문이 열리지 않았다. 내부에는 작게 사람 소리가 들렸지만, 상황을 알 수 없었다. 팀장님의 지시로 계단을 통해 3층으로 올라갔다. 3층으로 올라가니 승강기 문이 활짝 열려 있었다. 열린 주차 승강기 문 아래를 확인해 보니 승용차 한 대가 뒤집어져 있었다. 아래는 불빛이 없어 캄캄했다. 가지고 간 랜턴으로 아래를 비추자 모두 아연실색했다. 운전석 방향 차량 옆에 한 한 남자가 쓰러져 있었고 시뻘건 피가 차량용 승강기 철판 바닥을 물들이고 있었다.

"로프 꺼내라!"

구조반장님이 두말 없이 구조용 로프를 승강기 문 앞 벽기둥에 설치했다. 나는 배운 대로 구조용 안전벨트를 착용하고 3층에서 차량이 추락해 있는 1층 바닥으로 내려갈 준비를 했다. 8자 하강기에 로프를 걸고, 엉덩이에 무게를 실은 다음 한 발씩 벽을 디디며 시커먼 주차타워 아래로 내려갔다. 팀장님이 랜턴을 비춰주셨지만 어둠이 완전히 해결되지는 않았다. 벽면 중간중간 징그럽게 튀어나와 있는 주차 기계의 속살이 소름 끼쳤다. 체인과 큼직한 기계장치를 피하며 천천히 1층 바닥에 착지했다.

"괜찮으세요?"

대답이 없었다. 어두워서 구조대상자의 상태가 잘 확인되지 않았다. 가까이 다가가 구조대상자의 어깨 옆으로 발을 내딛자 미끄덩거리는 무언가가 신발 바닥에 느껴졌다. 발을 들어 올리자 끈적거리는 피가 신발 바닥에 달라붙어 올라왔다. 구조대상자의 머리에서 흥건하게 흘러나온 피가 차가운 철판 바닥에 식어서 굳어있었다. 구조대상자의 머리에서는 출혈이 계속되고 있었다. 나는 신음하는 남자의 몸을 신속하게 뒤집었다. 순간 나의 동공이 커졌다.

팀장님이 위에서 비추는 랜턴 빛이 흐릿하게 남자의 얼굴에 고정됐다. 구조대상자의 왼쪽 눈썹 위쪽부터 정수리 부근까지 살가죽이 다 벗겨져 있었다. 눈썹 길이의 넓이만큼 시작해서 갈수록 넓어져 뒤쪽은 손바닥 크기만큼이나 크게 살가죽이 밀려 있었다. 허연 머리뼈가 다 드러났고 머리뼈는 벌건 피로 번들거렸다. 남자는 눈을 반쯤 뜬 채 나를 바라보고 있었다. 어딘가에 머리를 부딪치며 머리 가죽이 뒤로 밀릴 만큼 큰 충격을 받은 듯했다. 밀려 나간 살가죽은 종이처럼 구겨져 뒤통수 어딘가에서 너덜거리고 있었다. 나는 할 말을 잃었다.

구조반장님도 곧이어 내려왔다. 사태를 파악하고 뒤따라 내려온 것이다. 남자의 상태를 가까이에서 본 선배의 표정이 심각해졌다. 즉시 가지고 온 거즈로 환부를 감싸고 붕대로 압박했다.

"들것 내려 줘!"

즉시 팀장님과 기관원 반장님은 구조대상자를 옮겨 실을 들것을 내려 줬다. 나는 들것을 받기 위해 상체를 세웠다. 그때였다. 바닥의 흥건한 피를 밟고 미끄러져 순식간에 무게 중심을 잃고 넘어졌다. 오른손으로 바닥을 짚었지만, 무릎 주변은 구조대상자의 피로 물들었다.

"정신 안 차려?"

선배는 작지만 강한 어조로 말했다. 다시 일어서 구조대상자를 옮겨 실었다. 몸이 움직이지 않도록 결착하는 그때였다. 구조대상자의 휴대전화가 울렸다. 벨 소리는 텅 빈 주차타워 내부에 메아리를 크게 일으키며 자지러지게 울어댔다. 희미하게나마 의식이 있던 구조대상자의 눈이 커졌다. 나는 전화를 받을까 말까 고민하다가 이내 피 묻은 휴대전화를 들고 나는 통화버튼을 눌렀다.

"여보세요? 차가 높은 데서 떨어졌다고만 하고 전화를 끊어서요. 괜찮은 거죠?"

여자친구인 듯했다. 순간 머리가 하얘졌다. 뭐라고 대답해야 할지 몰라 마른 침만 삼켰다.

"저기, 그, 남자친구분이 지금 머리를 많이 다치신 거 같아요. 가죽이…"

순간 선배가 전화를 빠르게 뺏어 갔다.

"남자친구가 다치긴 했는데 괜찮을 겁니다. 부민병원으로 갈 것 같으니 일단 그쪽으로 와주십시오."

선배는 전화를 끊고 다시 들것에 로프를 결착했다. 나는 어안이 벙벙한 채로 작업을 거들었다. 들것을 위로 끌어올리고 대기하고 있던 구급대원에게 구조대상자를 인계했다. 그렇게 구조 작업은 마무리됐다. 나도 피 묻은 장비를 정리하고 구조공작차에 올라탔다.

"이놈아. 걱정하게 뭘 그렇게 자세히 설명해? 그리고 구조 작업 급한데 전화는 뭐 하러 받아? 다음부터는 정신 단디 차리거라!"

아니나 다를까 선배는 조금 전의 내 행동을 지적했다. 선배의 말이 맞았다. 구조대상자의 상태를 굳이 그렇게 사실적으로 전달할 이유가 없었다. 가족이나 지인들이 받을 충격을 생각했어야 했다. 나는 구조대원이지 의사나 간호사가 아니다. 환자의 상태를 이렇다 저렇다 설명할 시간에 신속하게 구조하는 것이 우선이었다. 선배는 크지 않은 목소리로 나를 질책했지만, 말의 무게는 무섭도록 무거웠다.

그날 이후 나는 현장에서 무엇에 집중해야 하는지 알게 되었다. 내가 할 일은 오로지 쓰러진 사람을 안전하게 구조하는 일이다. 오감은 오직 그 일에만 집중되어야 했고, 정신적, 육체적 본능으로 자리 잡아야 했다. 벗겨진 살가죽이나 흘러내린 핏물에 정신이 흐려지고 육체가 흔들려서는 안됐다.

출동에서 돌아와 사무실에 들어서니 나의 기동복은 피와 기름때로 물들어 있었다. 피는 구조대상자를 구조할 때 묻었을 것이고, 기름때는 타워에서 로프로 내려가며 벽면 어딘가에서 묻었을 것이다. 당장 옷을 갈아입고 싶었지만 잠시나마 피 묻은 아랫도리를 바라보았다.

"이제 구조대원 같네. 얼른 갈아입어라. 보기 안 좋다."

조금 전까지 나를 꾸중하던 선배가 내 기동복을 보고 한마디 했다. 그렇게 나는 구조대원이 되어 가고 있었다. 앞으로 내 옷을 물들일 더 많은 피와 기름에 대해선 생각하지 못한 채 말이다.

부산의 밤

"시동 한번 걸어봐."

구조반장 선배의 눈이 매섭다. 팔짱을 낀 채 살짝 내리깐 눈으로 나와 체인 톱을 번갈아 바라보며 말했다. 나는 배운 대로 움직였다. 바닥에 놓인 체인 톱의 수동 초크 밸브를 밖으로 당기고, 오른발 앞쪽으로 손잡이를 지그시 밟아 눌렀다. 왼손으로 가로대 손잡이를 잡은 다음, 오른손으로 시동 줄을 잡고 힘차게 당겼다. 한 번, 두 번, 세 번…. 당겨진 시동 줄이 팽팽하게 다 빠져나왔을 때 2행정 엔진이 흰색 연기를 강하게 내뿜었다. 시동이 걸린 것이다. 빠르게 초크 밸브를 안으로 밀어 넣은 다음 손잡이 버튼을 검지와 중지로 누르며 체인 톱을 움직였다. 체인 톱은 굉음을 내며 당장 무엇이든 잘라낼 듯 빠르게 돌아갔다.

"됐다. 꺼라."

선배의 지시에 시동을 끈 뒤 바닥에 체인 톱을 내려놓았다. 매일 아침 장비 점검 시간의 모습이다. 8.5톤짜리 대형 트럭을 개조한 구조공작차는 구조작업에 필요한 무수한 장비들이 적재되어 있다. 전체 무게는 10톤에 달한다. 찌그러진 차체를 펴고 자르는 유압절단기와 스프레더가 있고 목재를 자르는 체인 톱, 셔터나 샌드위치 패널 등을 절단하는 동력절단기와 같은 절단 장비도 실려 있다. 물체를 당기거나 고정하는 가반식 윈치, 중량물을 들어 올리는 에어백, 높은 곳에서 뛰어내리는 사람을 보호하는 에어매트도 있다. 공작 차를 운전하는 기관원運轉員과 대장팀장이 운전석과 조수석에 타고 두세 명의 구조대원이 그 뒷자리에 앉게 된다. 차량의 시트에는 바로 착용할 수 있도록 공기호흡기와 같은 개인 보호 장비가 항상 준비되어 있다.

이런 장비들을 사용하는 방법과 그 제원을 정확히 알아야 하는 것이 구조대원의 가장 기본적인 임무다. 특히 막내 구조대원은 장비의 위치를 정확히 파악하고 있어야 한다. 필요한 장비를 팀장님이나 선배들이 찾을 때 빠르게 찾아서 가져다주는 역할을 담당하기 때문이다. 카라비너와 같은 작은 소모성 장비까지 합치면 백여 가지가 넘는 종류의 장비를 모두 외우고 그 위치를 파악해야 했다. 장비의 위치와 사용법 등을 빠르게 익히기란 물리적으로 힘들었다. 매일 하나의 장비를 꺼내어 작동해 본들 한 달이 걸려도 다 익히기 힘들다. 그래서 구조대원들은 현장에서 배워야 한다. 기본적인 사용법은 매일 점검하며 익히되 적절한 현장과 맞닥뜨렸을 때

실제로 사용하면서 실전 감각을 익혀 나가는 것이다.

　야간 근무를 하던 어느 날 새벽. 조용하던 구조대 사무실에 전화벨이 요란하게 울렸다. 출동 벨 소리가 울리는 게 익숙한 구조대원들은 느닷없는 전화벨 소리에 졸린 눈을 치켜떴다.

"부산진 소방서 구조대입니다. 무엇을 도와드릴까요?"

"수고하십니다. 부산지방경찰청 광역수사대인데요. 지금 출동 협조를 좀 부탁드리려고 합니다."

　내가 막내였던 당시, 부산진 소방서 구조대 관할구역인 서면 시내 곳곳에는 불법 성인 오락실이 기승이었다. 현금을 상품권으로 환전한 후 상품권으로 불법적인 게임을 하는 것이었다. 경찰은 여기저기 숨은 오락실을 기습적으로 단속해서 오락실 운영자와 사용자를 검거하는 일을 했다. 문제는 이런 오락실은 이중삼중으로 된 철문으로 막아놓고 영업을 했다. 강제로 문을 개방하고 들어가기 위해서는 119의 인력과 장비가 필요했다. 이날도 새벽 기습 출동을 위해 우리에게 협조를 구하려고 전화를 한 것이다.

　팀장님은 경찰의 협조를 기꺼이 받아들이고 지시했다.

"장비 챙겨라."

　공작차는 거대한 몸집을 서서히 움직이며 구조대 차고를 빠져나왔다. 공작차는 서면 한복판을 질주했다. 서면의 밤은 화려했다. 평일과 주말을 가리지 않고 늘 많은 사람이 붐볐다. 무거운 덩치를 자랑하는 육중한 구조공작차의 빨간 차체가 화려한 네온사인에

반사되어 번쩍거렸다. 힘찬 사이렌 소리에 놀란 거리의 사람들이 무슨 일인가 싶어 공작 차를 놀란 눈으로 쳐다봤다. 이때만큼은 괜히 어깨에 힘이 들어가고 가슴에 뜨거운 것이 꿈틀거렸다.

하지만 낭만도 잠시, 경찰과 미리 약속한 어둑한 골목에 공작 차를 세워놓고 구조대원들이 차에서 내렸다.

"막내야. 충전식 유압 스프레더 챙겨라."

"빠루도 챙겨."

구조반장님의 지시가 있었고, 팀장님이 한마디 거들었다. 빠루배척 : 60센티미터 남짓한 쇠로 된 지렛대의 방언. 문 개방이나 파괴에 주로 쓰인다는 안 쓰이는 곳이 없을 만큼 요긴한 장비였고, 충전식 스프레더는 이동 거리가 먼 경우 휴대가 쉬워 문 개방에 자주 쓰이는 장비였다. 도착한 건물 지하에 경찰들이 미리 와 있었다. 경찰의 대략적인 설명을 듣고 우리 앞을 가로막고 있는 시커먼 철문을 살폈다. 손잡이도 없는 문이었다. 지체할 시간이 없었다. 구조반장님은 빠루로 철문의 틈 사이를 찍어 눌러 벌렸다. 스프레더의 날이 들어갈 틈을 만들기 위해서였다. 몇 번의 시도 끝에 10센티미터 남짓한 틈이 생겼고 그 사이로 스프레더 날 끄트머리를 넣었다. 그리고 스프레더를 작동시켜 문을 벌리기 시작했다.

철문은 괴성을 지르며 억세게 버텼다. 스프레더를 조작하는 선배의 이마에는 금세 땀이 맺혔다. 스프레더는 이내 철문과 벽 사이 틈새를 여러 군데 벌렸다. 그렇게 벌어진 틈 사이 빠루를 다시 넣고 두 명이 힘껏 벌리자, 철문이 '텅'하는 소리를 내며 열렸다. 쉽지 않은 작업이었지만 빠른 속도로 개방했다. 그런데 기쁨도 잠시, 철문 안에는 또 다른 철문이 있었다. 이번에는 손잡이가 있는 철문이었고 크기는 처음 것보다 작았다. 팀장님은 스프레더로 철문의 손잡이를 파괴하라고 지시했다. 그런데 스프레더가 충전식이다 보니 배터리가 소진되어 힘이 약했다. 다른 장비가 필요했다.

"얼른 가서 이동식 유압 스프레더 가지고 와라."

나는 말이 끝나게 무섭게 계단을 뛰어 올라갔다.

혹여나 잘못 들었을까 장비의 이름을 중얼거리며 달려갔다.

"이동식. 이동식."

공작차의 장비 적재함에서 이동식 유압 스프레더를 꺼내어 양손에 들고 다시 현장으로 갔다.

"이번에는 네가 해라."

구조반장님이 장비를 들고 뛰어오느라 헐떡거리고 있는 나를 보며 말했다. 드디어 장비 점검할 때만 만져 본 이동식 유압 스프레더를 실전에서 사용할 기회가 내게 왔다. 아무래도 긴급한 인명 구조 상황이 아니어서 기회를 주신 듯했다. 나는 긴장된 표정으로 장비를 조작했다. 유압호스를 스프레더와 엔진에 결합하고 시동을 걸었다. 스프레더의 몸체와 손잡이를 양손으로 움켜쥔 다음 스프레더의 양날을 벌려 파괴해야 할 철문의 손잡이에 가져다 댔다. 오른손으로 레버를 돌려 스프레더 날을 조였다. 스프레더 날이 손잡이를 종잇장처럼 짓이겼고, 쇠뭉치가 휘어지는 듯한 묵직한 감각이 양손으로 전해졌다. 10kg이 넘는 스프레더의 무게도 버거웠지만 휘어지는 철문의 손잡이를 끝까지 놓치지 않으려면 상당한 악력도 필요했다. 힘과 기술이 조화되어야 했고, 집중력 또한 놓지 않아야 했다. 그렇게 몇 번을 벌리고 조이고 한끝에 철문 손잡이를 뜯어냈다. 두 번째 문도 개방되었다.

불법 오락실 내부에 처음 진입했을 때는 불이 난 줄 알았다. 연기가 가득 차 있었는데 담배 연기였다. 희뿌연 연기로 가득 찬 오락실 내부는 어두컴컴했다. 벽 쪽으로 붙어 일렬로 늘어선 오락기 화면의 불빛만이 실내를 가득 채우고 있었다. 놀라운 것은 경찰과 소방관이 들어왔는데도 사람들이 아무렇지 않게 불법 도박게임을 계속하는 것이었다. 우리를 힐끗 보더니 다시 시선을 오락기 화면으로 가져갔다. 낯설고 신기한 광경이라 조금 더 보고 싶은 마음도 있었지만, 우리의 임무는 거기까지였다.

"고맙습니다. 이제부터 저희가 처리하겠습니다."

경찰의 인사를 뒤로하고 우리 팀은 장비를 챙겨 지하실 계단 위로 걸어 나왔다. 공작차에 장비를 싣고 돌아오는 길에 실전에서 장비를 무리 없이 조작했다는 뿌듯함이 밀려왔다. 고개를 숙여 양손을 보았다. 유압 장비가 주는 묵직한 진동이 아직도 손에 남아 떨고 있었다. 얼마나 힘을 주었던지 오른손 상완근은 핏대가 탱탱하게 솟아있었다. 그 핏대가 훈장처럼 느껴졌다.

귀소 출동 후 복귀하며 다시 서면을 지나쳤다. 번쩍이는 불빛 아래 어딘가에서 또 다른 사고가 우리를 기다리는 듯했다. 도시의 밤은 눈부시지만, 그 속살은 쉽게 보이지 않는다. 우리는 구조대에 도착한 후 간단한 정비를 하고 각자의 자리에 다시 앉았다. 모두 별다른 말은 없었다. 나는 오늘 조작한 장비 이야기를 하고 싶었지만 이내 그만두었다. 괜히 나만 흥분하고 있는 것 같이 보였기 때문이었다. 우리 팀은 아침이 올 때까지 출동대기를 했다. 공작차에 실려 있는 무거운 장비로 어둠 속 어딘가에 있는 위험 요소를 벌리고 잘라야 하는 일을 기다렸다. 피곤함이 몰려왔다. 도시를 지키는 119구조대의 밤은 항상 그랬다.

Chapter 2

잊을 수 없는 기억

동료와의 인사

까만 운구차 한 대가 구조대 차고로 천천히 들어섰다. 양옆으로 부산진 구조대 전 직원이 도열해 있었다. 표정은 비통했고, 눈물을 흘리고 있었다. 고인의 동생이 운구차에서 영정을 들고 내렸다. 소방관이었던 형의 사진을 들고 잠시 자리에 멈춰 선 동생은 천천히 구조대 청사를 둘러보았다. 불과 며칠 전까지 사진 속의 고인은 이곳에서 우리와 함께 일했다. 동생은 비통한 표정을 하고 천천히 사무실로 올라가는 계단으로 향했다.

김정철(가명) 반장. 부산진 소방서 구조대원이던 그는 2008년 여름 어느 날 안타깝게 순직했다. 내가 같은 해 1월에 임용되었을 때 그는 구조대의 서무반장이었다. 서무반장은 구조대의 행정적인 일을 처리하는 업무를 한다. 출동에 관한 기록을 정리하고 정기적으로 상부에 보고하며 어쩌면 구조대에서 가장 바쁜 하루를 보내는 역할이다. 통상 각 팀의 막내 직원이 서무반장을 맡는데, 김 반장은 나보다 한 살 어렸지만 2년 정도 소방에 먼저 발을 들였다.

그는 재주가 많았다. 본 임무인 서무반장 일은 부산진 소방서 전체를 통틀어도 가장 출중했고, 현장 업무도 누구보다 능숙했다. 문무를 겸비했다는 표현이 이런 사람에게 딱 들어맞는 말이었다. 훤칠한 키에 연예인 못지않게 잘생긴 얼굴이었다. 서글서글한 웃음이 매력이었는데 성격도 밝아 그를 싫어하는 사람이 없었다.

총각이었던 정철 씨에게 선배들은 언제 장가를 가느냐며 농담 삼아 묻고는 했다. 그때마다 그는 사람 좋은 웃음으로 대답했다. 착하고 순한 사람이었지만 현장에서는 매서웠다. 한번은 다른 팀 소속인 내가 그가 속한 팀에서 지원 근무를 했는데, 교통사고 현장에서 보게 된 정철 씨의 모습은 평소와 달랐다. 냉철하고 단호했으며, 특히 장비를 적재적소에 사용하는 판단력이 아주 우수했다. 긴급을 요구하는 구조현장에서의 머뭇거림은 자칫 구조대상자의 경각에 달린 목숨을 담보하지 못할 수 있다. 하지만 정철 씨는 선배들보다 더 빠르고, 침착하게 현장을 누볐다. 타고난 구조대원이었다.

정철 씨는 술을 좋아했다. 평소 숫기가 없어 속내를 잘 털어놓지 않는 사람이었는데, 회식 자리에서는 가끔 내 옆으로 먼저 다가와 술을 권했다. 그러면서 본인보다 나이가 많은 나에게 형이라고 하지 못하는 이유를 나름 꼼꼼하게 설명했다. 나야 나이가 많든 적든 응당 먼저 임용된 정철 씨를 단연코 선배로서 대하지 않을 이유가 없었다. 그래도 내심 그런 게 미안했는지 술자리에서는 형이라고 부르고 싶다고 했다. 안 그래도 된다고 했지만, 정철 씨는 술자리에서만큼은 나를 형이라고 불렀다. 그 마음이 너무 고마웠다.

임용 후 첫 겨울이 가고 두 번째 봄이 지나자 구조대는 분주해졌다. 여름철 해수욕장 파견 인원을 차출해야 했기 때문이다. 부산은 해운대, 광안리, 송정 등 총 일곱 개의 해수욕장을 운영하고 있었는데 여름이 시작되는 6월이면 소방관들이 각 해수욕장에 특정 기간 파견되어 해수욕장 안전 근무를 한다. 내가 속한 부산진 소방서 구조대에서도 네 명 정도 나가게 되었는데 거기에 정철 씨가 포함되었다. 나도 물에서 하는 활동이라면 빠지고 싶지 않았지만 아직 시보 기간 공무원이 정식 직급을 부여받기 전 약 6개월의 수습 기간이 아직 남아있어 사무실을 지켜야 했다.

"우와~ 새 휴대전화네요? 샀어요?"

"네. 멋지죠? 하하. 큰마음 먹고 하나 장만 했어요."

해수욕장 개장 행사에 가는 날 아침, 정철 씨는 마지막 야간 근무를 하고 오전에 교대하면서 새로 산 휴대전화를 쑥스럽게 자랑했다. 반질반질한 액정에 얼굴이 훤히 비치는 새 휴대전화를 손에 들고 즐거워했다. 눈웃음을 지으며 새 휴대전화를 만지작거리는 모습이 어린아이 같아 보였다.

"정철아. 근데 너 송정해수욕장까지 자전거 타고 갈 거야?"

"네. 운동도 할 겸 그렇게 가려고요."

기관원 선배가 정철 씨에게 물었다. 만능 스포츠맨인 정철 씨는 특히 자전거 타는 것을 좋아했는데 이날도 자전거를 타고 나가려고 했다. 사무실이 있는 서면에서 먼 송정해수욕장까지 자전거를 타고 가려고 했던 것이었다.

"날도 덥고 거리도 먼데 그냥 차 타고 가거라."

"괜찮습니다. 개장 행사만 지원해 주고 바로 퇴근이라 힘든 것도 없어요."

원래 정철 씨는 광안리해수욕장 파견이 확정됐었는데 갑자기 송정해수욕장 개장 행사에 동원된 것이었다. 자신의 근무처가 아닌 곳이었지만 워낙 바다를 좋아하는 정철 씨는 어디든 자신을 불러 주는 곳이라면 마다하지 않았다. 그는 결국 자전거를 타고 구조대를 나섰다. 동료들은 정철 씨가 늘 열정적이라며 그가 자리를 뜬 뒤에도 한참을 칭찬했다. 나도 그런 정철 씨의 열정이 부러웠다.

그런데 얼마 지나지 않아 전화가 한 통 왔다.

"거기 부산진 구조대지? 혹시 김정철이 거기 직원이야?"

해운대 소방서 구조대의 팀장님이셨다. 전화기 너머 들리는 목소리는 다급했고 주변은 시끄러웠다.

"네. 팀장님. 부산진 구조대 맞습니다. 실례지만 어떤 일로 그러시는지요?"

"교통사고가 나서 출동했는데, 구조대상자 신원을 확인해 보니 거기 직원 같아서 말이야!"

순간 모골이 송연해지고 등골이 싸늘해졌다. 나는 놀란 눈으로 뒤를 돌아 팀장님을 바라보며 외쳤다.

"팀장님. 전화 받아보십시오!"

아직 살아있다고 했다. 몇 톤인지 그 무게조차 가늠되지 않는 커다란 컨테이너 트럭이 자전거를 타고 가는 정철 씨를 뒤에서 덮쳤다. 무시무시한 크기의 타이어가 정철 씨의 가슴을 그대로 밟고 지나간 듯했다. 현장에 도착한 구급대원과 구조대원의 말에 의하면 정철 씨는 그 와중에 의식이 있었다고 한다. 담당 해운대 구조대 팀장님과 대화도 어느 정도 했다. 우리는 즉시 수영구에 있는 한 병원으로 달려갔다. 출동에 필요한 최소 인원만 남기고 대장님, 팀장님 그리고 내가 팀장님의 차에 올랐다. 가는 내내 팀장님의 전화기는 계속 울렸다. 걸려 오는 전화를 받는 팀장님의 얼굴은 시간이 흐를수록 점점 어두워져 갔다. 정철 씨의 상태가 급격하게 악화하여 병원에서 도저히 손 쓸 수 없는 상태라는 것을 마지막으로 더 전화는 오지 않았다. 전해오는 말을 믿을 수 없었다. 동료의 상태를 확인해야 했다. 분명 아무 일 없이 살아있을 거라 믿었다.

병원 입구에 들어설 때 정철 씨를 이송했던 구급대원들을 마주쳤다. 침울한 표정이었다. 팀장님의 물음에 구급대원들은 우리가 도착하기 바로 전에 의사가 사망 판정을 내렸다고 말했다. 먼저 도착한 가족들이 오열하고 있었다. 오늘 아침 새로 산 휴대전화를 들고 웃으며 나갔던 사람이었다. 지금도 새 휴대전화로 전화하면 받아야만 하는 사람이었다. 솔직히 지금 기억으로는 그 이후에 내가 무엇을 했는지 잘 생각나지 않는다. 팀장님과 대장님의 지시로 이 곳저곳에 연락하며 정철 씨의 죽음을 알리고 여러 행정적인 처리를 위해 사무실에 남은 직원들에게 뭔가를 부탁한 것 같기는 한데 당최 기억이 안 난다. 가슴이 벌렁거리고 숨이 차서 온갖 생각을 다 했던 것만 같다. 패닉이었을까? 제정신이 아니었다.

장례가 준비되고 영정사진이 빈소에 놓였다. 나는 그날부터 장례가 끝나는 날까지 자리를 지키며 문상객을 맞았다. 부산진 구조대 직원들은 출동 인원을 제외하고 모두 장례식장에 상주하며 일을 도왔다. 장례식장은 삼 일 동안 많은 문상객으로 발 디딜 틈이 없었다. 이십 대 젊은 구조대원이 비명에 가버린 현실을 다들 안타까워했다. 정철 씨의 고향 친구들이나 군대 동기들은 서로를 부둥켜안고 울부짖었다. 그들은 안타까운 마음에 술을 들이켰고, 취기가 오른 누군가는 현실을 부정하며 고래고래 소리 지르며 장례식장이 떠나가도록 오열했다.

그 마음을 내가 왜 모르겠는가? 생과 사를 넘나들며 함께 일했던 전우이자 동료인 안대를 떠나보낸 것이 불과 몇 년 전이었다. 정철 씨 어머니는 비통한 표정으로 우리에게 다가와 손을 붙들고 함께 울었다. 아버지는 말없이 고개를 숙이고 있었고, 바닥으로 눈물만 하염없이 떨구었다. 나도 눈물이 났다. 소방관이 되고 처음으로 본 동료의 죽음이 삼일 내내 받아들여지지 않았다.

발인하기 전에 대장님이 기동복을 깨끗이 다려 입고 오라고 했다. 운구해야 했기 때문이다. 장례식장 지하, 서늘한 방안에 정철 씨가 있는 관이 놓여있었다. 관은 새하얀 태극기로 쌓여 있었다. 각진 모서리가 태극기를 뚫을 만큼 팽팽하게 당겨져 있었다. 반듯했다. 광목천이 위아래로 가지런히 묶여 쉽게 들 수 있도록 했다. 동작을 맞추어 고인을 들어 올렸다. 그렇게 한 발 한 발 장례식장 밖으로 걸어 나갔다. 큰 키에 건장한 체격이었던 정철 씨의 무게가 고스란히 내 손과 어깨에 전해졌다.

"고인도 가기 싫은가 봐요. 모두 힘 좀 써주세요."

앞서가던 장례지도사가 슬픈 표정으로 말했다. 그런 거 같았다. 앞으로 할 일이 많은 사람이었다. 사고 현장을 누비며 많은 사람을 살려야 할 사람이었다. 아쉬움에 발걸음이 떨어지지 않은 것 같았다. 힘겹게 옮겨지는 고인을 보며 곳곳에서 울음소리가 들렸다. 동료들은 어깨를 들썩이며 숨죽여 울었다. 그렇게 운구차에 실린 정철 씨는 자신이 일했던 구조대로 향했다.

정철 씨가 쓰던 장비가 놓인 창고에 들렀다. 방화복과 개인 보호 장비는 새카만 그을음을 머금은 채 창고 바닥에 덩그러니 놓여 있었다. 이제 누구에게도 걸쳐지지 않을 장비들이었다. 그가 얼마나 치열하게 화마와 싸워왔는지 보였다. 가족들에게 김정철 반장이 쓰던 장비라며 하나씩 말해주는 팀장님은 흐르는 눈물 때문에 더는 말을 잇지 못했다. 그 뒤에는 2층 사무실로 가서 본인이 쓰던 의자와 책상을 보았고, 대기실에 가서 사물함의 옷들을 보았다. 영정 속 사진은 그렇게 이승에 남은 자신의 물건을 하나씩 눈에 담았다. 가지고 갈 수 없는 것들이었지만 산 사람들은 그것들을 모두 그에게 보여줬다.

화장터로 이동했다. 뜨거운 6월의 태양 때문에 흘리던 눈물이 얼굴에 말라붙었다. 화장하는 동안 아무도 말이 없었다. 특전사 출신의 전도유망한 젊은 소방관 한 명이 그렇게 한 줌의 재로 변해갔다. 서장님은 한쪽 벽에 기대어 울음을 삼키고 있었다. 자식을 먼저 보내는 부모의 마음만 하지는 않겠지만, 고인의 소속 기관 최고 지휘관으로서 서장님의 마음도 찢어지게 아픈 것은 마찬가지였을 것이다. 한참 기다린 후에 나온 그의 유골함은 생전의 모습같이 단정했다. 그의 단단한 육체가 하얗고 작은 유골함에 들어있다는 생각에 미치자, 또 눈물이 났다. 그를 이제 놓아주어야 했다.

그를 떠나보내고 돌아오는 차 안은 조용했다. 모두 말없이 창밖을 응시했다. 동료를 잃는 슬픔은 소방관들에게 가장 큰 충격이다. 함께 먹고, 자고, 씻으며 지낸 형제와 다름이 없는 이가 떠나는 것이기 때문이다. 차창 밖의 세상은 아무 일도 없는 듯 평온해 보였다. 그냥 그렇게 흘러가는 세상의 모습이 얄밉게 보였다. 나는 그때 동료의 죽음을 처음으로 경험했다. 아침저녁으로 이어지는 교대 시간의 인사가 어쩌면 생의 마지막 인사가 될 수 있는 소방관의 운명을 직접 경험한 것이었다.

나는 그 이후로도 당분간 현실을 받아들이기가 힘들었다. 그가 떠난 빈자리는 한동안 그대로 두었다. 떠난 이는 돌아오지 못했지만, 우리의 일은 끊임이 없었다. 수개월이 지난 연말쯤 신규 직원 두 사람이 새로 들어오며 결원이 채워졌다. 그 뒤에도 떠난 빈자리를 다른 사람으로 채우며 십수 년을 지나왔다. 눈물이 멈추지 않던 그 날이 나는 지금도 가끔 생각난다.

당신이 잠든 사이

도시의 밤은 길다. 화려한 불빛은 꺼질 줄 모르고, 불빛 사이로 수많은 인파가 북적거린다. 길가에 쏟아져 나온 사람들은 밤에 취해 휘청거린다. 저마다 사연을 나누고 웃음과 울음 속에 뒤섞인다. 119는 이런 밤을 지키며 바라본다. 부디 무사히 지나가기를 바라는 마음이다. 밤낮으로 출동이 많기는 똑같다. 하지만 밤이 유독 긴장되는 건 어쩔 수 없다. 시야가 어두워진다는 것이 첫 번째 이유고, 두 번째는 사람들이 술에 취해 제정신이 아닌 경우가 많기 때문이다. 밤의 향락은 그나마 있는 안전 의식도 마비시키고 오히려 위험을 키운다. 불안하기 짝이 없는 도시의 밤은 그래서 더 무섭다.

자정이 넘어 걸려 온 신고 전화. 서면의 어느 건물 승강기에 사람들이 갇혀 있다고 했다. 공작차에 시동을 걸고 차고를 나서면 엔진이 예열되기도 전에 도착할 거리였다. 북적이는 서면 중심가를 가로질러 도착한 건물 앞에 공작차가 멈춰섰다. 사람들은 무슨 일인가 싶어 빨간 공작차 주변에 모여 웅성거렸다. 승강기 열쇠 가방 하나와 빠루를 챙겨 건물 계단을 올라갔다. 마음이 급했다. 신고를 접수한 상황실 직원의 말로는 신고자가 화가 많이 났다고 했다. 볼 것도 없다. 술 취한 사람이다. 한두 번의 일이 아니니 이쯤 되면 감이 딱 온다.

"야! 빨리 열라고!"

예감은 적중했다. 승강기 문 앞에 도착하니 닫힌 문 안에서 온갖 욕설을 섞인 고성이 들렸다. 한여름 밤 열대야의 무더위에 승강기 안이 찜통과도 같은 것이다. 만취한 구조대상자는 우리를 원망했을 것이다. 승강기의 문을 빠르게 개방하려고 하는데 욕설의 강도가 더욱 높아졌다.

"야 이 XX들아! 빨리 안 열어?"

욕설을 신경 쓸 겨를이 없었다. 승강기 열쇠를 꽂아 돌렸다. 그런데 승강기 문이 열리지 않았다. 이런 경우는 드물다. 분명히 승강기 열쇠는 정상적으로 돌았다. 팀장님이 문을 예리하게 훑어보시더니 나를 데리고 위층으로 갔다. 승강기 안 남자는 욕설을 멈추지 않았고, 위층에 도착해 같은 방식으로 문을 열자, 개방이 됐다. 하지만 사람을 태운 승강기는 아래층에 멈춰 있었다. 이중으로 된 승강기 문중에 바깥쪽 문만 개방이 된 것이다. 난 내벽의 돌출부를 밟고 사람들이 타고 있는 승강기 천장으로 내려갔다. 그리고 천장의 문을 개방했다. 안에는 젊은 남녀 서너 명이 뒤엉켜 있었다. 개방된 천장 문을 따라 얼큰한 술 냄새가 올라왔다.

"이쪽으로 한 사람씩 올라오세요."

승강기 위쪽 문을 개방하고 구조해야 했다. 서로 모르는 사이인지 눈치만 본다. 내가 내려가서 허리를 숙여 등을 받쳤다. 네 명의 남녀가 내 등을 밟고 위로 올라갔다. 한 여자의 하이힐이 내 척추뼈를 찍어 눌렀다. 통증이 컸지만 참았다. 모두 올라간 것을 확인하고 승강기 문을 확인했다. 내부에서 본 문은 심하게 찌그러져 있었다. 한눈에 봐도 발로 강하게 찬 것으로 보였다. 팀장님이 빠루를 내려 주었고 안에서 개방해 보려고 했지만 불가항력이었다. 나는 손을 뻗어 팀장님의 손을 맞잡고 다시 위로 빠져나왔다.

건물 밖으로 나오자 한 무리의 남녀가 소방차 옆에 서 있었다. 승강기 안에서 욕설한 것으로 보이는 남자가 여전히 욕지거리를 섞으며 말한다.

"세금 받고 일하면서 X나 늦게 오네."

기가 찼지만 우리 중 아무도 대꾸하지 않았다. 많아 봐야 이제 이십 대 중반쯤 되었을까? 삼촌이나 큰 형님뻘 되는 구조대원들의 등 뒤에서 끊임없이 이죽거리며 시비를 건다. 부아가 치밀었지만 대응하지 않았다. 시비거리를 만들고 싶지 않았기 때문이다.

다음 날, 출동했던 승강기 건물 관리실에서 사무실로 전화를 했다. 파손된 승강기 문에 대해 물었다. 사실대로 얘기해줬고, 필요하다면 상황을 자세히 기록해 놓은 구조 활동일지를 제공해 주기로 했다. 구조 활동일지는 구조대원이 출동한 모든 현장 상황을 기록한다. 시간, 장소, 사람 그리고 현장에서 있었던 일들을 육하원칙에 따라 상세히 적어 놓는다. 일지는 법적 구속력을 가지며 소방서 민원실을 통해 요청하면 제공한다. 건물주는 구조 활동일지를 받아 갔고, 그 후의 일은 어찌 되었을지 짐작만 할 뿐이다.

며칠 후 또 다른 출동을 했다. 빌라 옥상 외벽에 고양이가 아슬아슬하게 걸어 다닌다는 신고였다. 신고를 받고 출동하는 동안 나는 생각했다. 필시 고양이라는 동물은 높은 곳을 좋아할뿐더러 스스로 뛰어내리더라도 안전하게 착지할 정도의 놀라운 균형감각을 지닌 동물이라는 것을 말이다. 혹시 신고자가 집에서 키우는 고양이일까 궁금했지만 현장에 가서 확인할 일이었다.

4층 높이의 오래된 빌라의 옥상은 지붕형이었다. 지붕 위 가장자리의 좁은 난간 위에 흰색에 까만 점이 듬성듬성 보이는 고양이 한 마리가 위태롭게 앉아 있었다. 위태롭다는 것은 어디까지나 인간의 시선이었으며, 고양이는 저 아래 인간들 따위는 별로 신경 쓰지 않는 눈치였다. 신고한 사람에게 물었다.

"혹시 저 고양이가 키우시는 고양인가요?"

불쾌하게 술 취한 표정의 두 여자가 기다렸다는 듯이 나에게 소리쳤다.

"아니 아저씨! 그게 무슨 상관이에요? 고양이가 저러다 떨어져 죽기라도 하면 아저씨가 책임질 거예요? 어서 구조나 해주세요!"

알코올 냄새가 여자의 입에서 진동했다. 팀장님이 나에게 눈짓을 준다. 무슨 뜻인지 알기에 장비를 챙겨 선배 한 명과 계단을 통해 옥상으로 올라갔다. 지붕형 옥상의 좁은 외부 창을 열고 밖으로 나갔다. 나는 안전벨트를 착용하고 로프를 걸었고, 창 안쪽에서 선배가 혹시 모를 추락에 대비해 로프를 자신과 결착하여 지지했다. 지름 20센티미터 남짓 되는 난간 위에 외줄타기 하듯 올라섰다.

아래에 팀장님과 신고한 여자들이 보였다. 그 옆으로 주차해 놓은 자동차 지붕이 일렬로 가지런하게 늘어서 있었다. 고개를 들어 멀리 시선을 돌리니 서면의 화려한 불빛이 눈부시게 나타났다. 그러기도 잠시, 5미터 가량 앞에 얌전히 앉아 있는 고양이가 보였다. 눈이 마주쳤는데 도망가지 않았다. 나는 무게 중심을 오른쪽에 두고 비스듬한 자세로 지붕에 양손을 기대었다. 왼쪽으로는 떨어지면 아찔한 아스팔트 바닥이다. 창 안쪽의 선배는 나에게 결착된 로프를 조금씩 풀어주며 내가 고양이에게 다가가기 쉽게 해주었다. 서너 발짝 다가가자, 고양이가 일어섰다.

"이놈아. 그대로 있어라. 제발."

나지막하게 읊조렸다. 고양이는 나를 아래위로 훑어보았다. 그렇게 멈춰서 놈과 정면으로 대치했다.

"어떻게 됐냐?"

뒤쪽에서 선배가 소리쳤다.

"고, 고양이하고 같이 쳐다보고 있습니다!"

난 어이없는 이 상황을 달리 설명할 방법이 없었다. 그대로 한 발짝 더 디뎠다. 그러자 고양이는 아주 천천히 몸을 뒤로 돌려 총총걸음으로 걸어갔다. 나는 걸음을 멈추고 한숨을 쉬었다. 고양이와 나의 거리는 더 멀어졌다. 고양이는 다시 몸을 돌려 나를 쳐다봤다. 필시 놈은 나를 놀리는 것이리라. 올 테면 와보라는 눈빛이었고, 속으로 나를 비웃고 있는 것이 분명했다.

"선배님. 로프 좀 더 풀어주십시오. 임마가 더 멀리 갔심더."

거의 지붕의 모서리까지 가버린 고양이를 반드시 잡아야 했다. 위험천만한 걸음을 더 옮겼다. 이 광경을 지켜보는 아랫사람들이 궁금했다. 곁눈질로 아래를 보았다. 팀장님의 표정은 심각했고, 신고한 두 여자는 두 손을 모으고 고개를 뒤로 젖혀 위를 보고 있었다. 손 모아 바라는 것은 필시 고양이의 안위였지 나를 걱정하는 것은 아니었을 것으로 여겨졌다. 다시 내 시선은 고양이로 향했다.

"집에 가자. 야옹아~"

이놈의 집이 여기일 수도 있을 텐데 집 나온 아이를 달래듯 다시 중얼거렸다. 그때였다. 고양이는 냉큼 몸을 일으켜 세우더니 뒤도 돌아보지 않고 아래로 점프했다. 순식간의 일이었다. 아래의 두 여자는 비명을 질렀다. 나는 스파이더맨처럼 아래로 날 듯 떨어지는 고양이의 등을 가만히 쳐다만 보았다. 하얀 털을 밤하늘에 휘날리며 아래로 날아간 고양이는 반질거리는 까만 세단 승용차 보닛 위에 '텅' 소리를 내며 떨어졌다. 아니 착지했다. 그러면서 고양이는 고개를 돌려 위를 쳐다보며 나를 응시했다.

‘봤냐? 인간아? 넌 못하지?’

내 귀에 고양이의 말소리가 들리는 듯했다. 이 광경을 지켜본 사람들 모두 할 말을 잃었다. 나는 더 이상 그곳에 있을 이유가 없었고, 몸을 돌려 겨우 빠져나왔다. 아래로 내려오자 두 여자는 가고 없었다.

“장비 챙겨라. 들어가자.”

팀장님은 가타부타 말이 없으셨다. 아무리 생각해도 이번 출동은 옥상의 고양이보다 내가 더 위험한 상황이었다. 두 여자는 팀장님에게 수고했다는 말 한마디 없이 갈 길을 갔다고 했다. 한여름 밤의 습한 바람이 차창 안으로 불어 들어왔다. 기분만큼이나 찝찝한 바람이었다.

얼마 후 강원도의 한 구조대원이 주택가 옥상에 올라간 길고양이를 잡으려다 추락하여 순직했다. 신고를 거절할 수 없는 구조대원은 주택가 건물 위로 올라가야 했다. 스스로 구조를 필요로 하지 않는 동물, 인간보다 높은 곳에서 떨어져도 죽지 않는 고양이를 구하려다 목숨을 잃었다. 나와 연배가 비슷했던 그 구조대원은 어린 아내를 두고 불귀의 객이 됐다. 그 후 동물 구조는 신고 단계에서 중요성과 위험성을 파악하여 출동 지시를 내리는 것으로 규정이 변경됐다. 사람에게 위해를 가하거나 심각한 구조를 요구하는 동물이 아닌 이상 출동은 거절될 수 있다.

잠들지 않는 도시의 밤에도 누군가는 또 다른 누군가를 위해 부지런히 뛰어다닌다. 막내동생 같은 젊은이에게 욕을 먹어가며 승강기 문을 열고, 한길 낭떠러지 위를 줄 하나에 의지한 채 오른다. 그렇게 지금도 당신이 잠든 사이 많은 일이 일어난다. 그런 도시의 밤은 여전히 길다.

해양도시, 이안류

부산은 바다의 도시다. 명실상부한 대한민국 최고의 해양도시다. 해운대를 비롯한 광안리, 송정, 송도, 다대포, 일광, 임랑 등 일곱 개의 해수욕장이 도시 전체의 절반을 감싸고 있다. 거기에 태종대, 이기대, 오륙도와 같은 바닷가 관광명소도 유명하다. 그래서 여름 못지않게 일 년 내내 부산의 바다를 보기 위해 국내외 관광객들이 매일 부산을 찾는다.

이런 해양 대도시의 안전을 책임지는 부산 소방의 연중 가장 큰 임무가 해수욕장 수상구조대다. 앞서 얘기한 일곱 개의 해수욕장 개장 기간 6월 초~8월 말에 소방관을 해수욕장에 파견한다. 배치 전 일주일 동안 수상 안전요원 교육을 받고 구조 보트, 제트스키 등 동력 수상구조 장비를 운용하며 근무하게 된다.

나는 특수구조단에서 일할 때 수상구조대 근무를 세 번 했는데, 모두 해운대 해수욕장으로 배치됐다. 해운대는 성수기 때만 보자

면 하루에 수십만 명의 피서객이 몰려들어 인산인해를 이루는 대
한민국 최대의 해수욕장이다. 해운대는 왼쪽 끝 청사포를 시작으
로 오른쪽 끝 조선비치호텔까지 하얀 백사장이 길게 늘어져 있다.
앞쪽으로는 꽃 등대와 함께 맑은 날에는 선명히 보이는 대마도의
풍경까지 합쳐지며 세계적으로도 아름다운 바다 풍경을 자랑한
다. 청사포 위쪽으로는 이국적인 모습의 달맞이 고갯길이 아름답
게 보인다.

　해안가 주변에는 미래도시를 연상하게 하는 고층 빌딩과 고급
아파트들이 번들거리는 외벽을 자랑하며 곳곳에 우뚝 솟아있다.
오른쪽 끝에는 누리마루와 동백섬이 수많은 관광객을 맞이한다.
마천루 사이사이로 형성되어 있는 먹거리 골목은 해운대가 어떻
게 세계적으로 유명한 해수욕장이 되었는지 보여준다. 앞으로는
에메랄드빛 바다와 수려한 경치를 자랑하는 자연환경을 가지고
있고, 뒤쪽으로 백여 미터만 걸어가면 마음껏 먹고 즐길 수 있는
식당과 유흥가가 형성되어 있다. 그 사이로 특급호텔과 다양한 숙
박 시설들이 즐비하여 관광뿐만 아니라 크고 작은 국제행사가 연
중 개최된다. 대자연의 풍광과 대도시의 도심이 함께 어우러져 있
는 곳이 바로 이곳 해운대다.

　해수욕장 입구 정중앙에 119 수상구조대의 CP Command Post : 지휘소가
있다. 파견된 소방관들은 여기서 근무한다. 피서객들이 바다로 뛰
어들고 물놀이를 즐기는 동안 우리는 바다의 깊은 곳까지 피서객

이 들어가지 못하도록 1차로 약 100여 미터, 2차로 약 200여 미터의 가이드라인을 설치해 놓고 관리한다.

제한선 안에서 해수욕을 즐긴다면 특별한 사고는 일어나지 않는다. 가족 단위 피서객 중에 어린아이들도 꽤 있는 편이다. 요즘은 구명조끼나 튜브와 같은 부력 용품을 착용하는 사람도 많다. 자신의 안전을 지키는 것이다. 하지만 바다는 다르다. 바다는 강이나 계곡과 다르게 파도라는 것이 형성되어 해안가로 밀려든다. 파도는 적당한 높이로 밀려와 하얗게 부서지며 피서객들을 즐겁게 해 준다. 시원한 물이 중력의 영향으로 높은 곳에서 낮은 곳으로 떨어지는데, 낙차를 이용해서 피서객들은 파도 안으로 몸을 맡기며 물이 주는 시원함을 만끽하는 것이다. 그리고 넘실거리는 파도 속으로 튜브에 몸을 실어 둥둥 떠다니는 재미도 쏠쏠하다.

하지만 때로는 파도가 피서객을 위협한다. 그중에서도 '이안류'는 정말 위험하다. 해운대는 세계적으로도 이안류가 자주 발생하는 곳으로 유명한데, 이안류는 해안으로 밀려왔던 파도가 해저 지형의 영향으로 빠르게 빠져나가는 현상을 말한다. 예측이 어렵고 워낙 순식간에 일어나는 일이라 대처가 쉽지 않다. 해안가에 있던 인파가 순식간에 먼 바다로 빠르게 밀려 나간다. 119 수상구조대 파견 근무자들은 이안류 발생에 늘 신경을 곤두세운다.

그날은 늦은 오후였다. 7월의 마지막 날, 극성수기의 해운대는 그야말로 물 반, 사람 반이었다. CP에서 내려다 보면 백사장에 흰

모래는 보이지 않고 까만 사람 머리와 형형색색의 피서 용품만 빽빽이 들어차 있었다. 과연 저 사이로 사람들이 걸어 다닐 수 있을까 하는 의문이 들 정도였다. 나는 근무를 마치고 샤워를 한 후 뙤약볕에서 시뻘겋게 달궈진 몸을 식히기 위해 대기실 에어컨 아래에 몸을 눕히고 있었다. 후배가 가져다준 사과를 한 조각 먹었는데 그 달콤함에 취했다가 금세 잠이 들었다.

"이안류! 이안류!"

꿈속에서 누군가 크게 소리쳤다. 이안류라는 소리에 처음에는 설마 했다. CP 내부에 설치된 이안류 감시시스템의 오늘 아침 분석으로는 이안류 발생 확률이 30퍼센트도 되지 않은 날이었기 때문이다. 나는 꿈이 참 현실적이라고 생각하며 입맛을 다시고 몸을 반대로 뉘며 계속 잠을 청했다.

"형님! 이안류! 어서 일어나요!"

후배가 내 몸을 뒤흔들며 깨웠다. 나는 눈을 뜨고 직원 모두가 허겁지겁 CP 밖으로 뛰어나가는 것을 보았다. 그제야 꿈이 아니라 현실임을 알았다. 반바지 차림으로 누워있던 나는 맨발로 뛰어나가 슈트를 챙겨 입고 오리발과 레스큐 튜브를 둘러멘 뒤 CP를 뛰쳐 나왔다.

"어느 쪽이야?"

어디인 지도 모르고 뛰쳐나왔다가 앞서가는 후배 등에 대고 외쳤다. 후배는 뛰기 바빴던지 손가락을 들어 '팔레드-시즈'라는 고급 콘도미니엄 앞 해안가를 가리켰다. 순간 두 눈을 의심했다. 얼핏 봐도 셀 수 없이 많은 사람이 거대한 파도에 휩싸여 2차 가이드 라인 밖으로 빠져나가고 있었다. 노랗고 빨간 튜브에 몸을 맡긴 사람들은 영문도 모른 채 먼 바다로 떠내려갔다. 나는 미친 듯이 뛰었다. 발이 푹푹 빠지는 모래사장은 달리기가 힘들어 숨이 금방 차올랐다. 물가에 도착해 오리발을 신고 파도 위로 뛰어들었다. 가지고 간 무전기에서는 팀장님의 다급한 목소리가 들려왔다.

"피서객이 먼 바다로 밀려 나가면 절대로 안 된다. 제트스키를 비롯한 모든 동력 장비는 먼 바다로 빠지는 사람부터 신속하게 구조해라."

언뜻 보기에도 수십 명의 피서객이 2차 가이드 라인을 넘었다. 그 정도 거리라면 수영으로 구조해야 하는 나로서는 따라잡기가 힘들었다. 나는 가까운 거리에서 허우적거리는 사람들을 구조하기로 했다. 뒤이어 물에 뛰어든 후배들에게 소리쳤다.

"레스큐 튜브에 세 명 이상씩 달아서 구조해라. 그리고 무조건 좌우측으로 빠져. 절대로 거슬러 나오려고 하지 말고!"

이안류는 먼 바다로 빠르게 물이 빠지는 현상이다. 거기에 휩쓸려 가는 사람을 잡고 다시 역으로 거슬러 나오려고 하면 자칫 구조대원까지 위험해질 수 있다. 측면으로 빠져 이안류의 영향에서 벗어나는 것이 최선이었다. 여기저기에서 살려달라고 아우성쳤다. 파도는 하얀 거품을 일으키며 사람들을 거세게 뒤로 밀어냈다. 그나마 튜브를 잡은 사람들은 다행이었다. 나는 맨몸으로 허우적대는 사람들에게 먼저 다가갔다.

"잡으세요!"

빨갛고 길쭉한 레스큐 튜브는 부력이 좋다. 튜브를 잡은 사람들은 자신의 몸이 물 위에 떠 있다는 안도감에 정신을 차렸다. 나는 포도송이처럼 세네 명의 사람을 레스큐 튜브에 주렁주렁 매달고 사력을 다해 이안류를 벗어났다. 2차 가이드라인 밖으로 벗어나는 사람들은 제트스키와 구조 보트가 구조하여 빠른 속도로 뭍으로 실어 날랐다. 나는 오로지 오리발을 신은 다리의 힘으로만 사람들을 끌어냈다. 보통 힘든 게 아니었다. 허벅지가 터질 듯 팽창됐다. 여러차례 바다와 해안가를 오가며 구조하다가 잠시 주변을 살폈다. 다행히 맨몸으로 이안류에 쓸려가던 사람들은 모두 안전한 곳으로 이동시킨 듯 보였다. 나는 들고 있는 무전기로 CP의 팀장님께 중간보고를 했다. 상황은 좀 진정되어 보였다. 멀리서 제트스키를 타고 구조 활동을 하던 후배가 다가왔다.

"형님. 2차 가이드라인 바깥쪽은 다 처리했습니다. 낮은 곳에 있는 사람들만 육상으로 이동 조치해 주십시오."

후배 말이 맞았다. 위험한 상황은 벗어난 듯 보였고 이안류의 물살도 다소 줄어들었다.

구조가 거의 마무리될 쯤 나는 제대로 서 있기도 어려울 만큼 체력이 소진돼 있었다. 후배들에게 마무리를 맡기고 겨우 걸어서 물 밖으로 나왔다. 상황 종료를 확인하는 팀장님의 무전이 들렸다. CP로 돌아와 팀장님께 대략적인 보고를 했다.

"수고했다. 단 한 사람도 다치지 않고 전원 구조했다."

팀장님의 상황 설명에 나는 안도했다. 우리가 구조한 사람은 약 여든 명이었다. 물에 떠 있는 사람만 그 정도였다. 이 중에 단 한 명이라도 먼 바다로 떠내려가거나 빠른 물살에 휩쓸려 물속으로 빨려 들어갔다면 사망사고로 이어질 뻔했다.

다음날 언론에는 해운대 이안류 사고가 크게 보도됐다. 소방청과 부산소방본부도 자세한 상황 파악을 위해 CP로 계속 연락해 왔다. 해경과 해운대구청 등 관계 기관에서도 연신 CP로 찾아와 경위를 물었다. 팀장님은 몰려드는 질문에 대응하느라 자리에 제대로 앉지도 못했다. 아무도 다친 사람이 없으니 다행이었지만, 아무도 우리가 했던 사투에 대해서는 물어보지 않았다. 그저 '이안류가 왜 일어났을까'에 질문이 집중됐다. 우린들 바다라는 대자연이 부리는 조화를 어찌 알겠는가? 이안류에 휘말렸던 사람들을 단 한 명도 놓치지 않고 구조했던 우리의 노력은 하루도 채 되지 않아 잊혀갔다. 어쩌면 처음부터 관심이 없는 듯했다. 하지만 섭섭할 것도 없었고 기대할 것도 없었다.

부산의 바다는 늘 그렇다. 연인들이, 가족들이, 친구들이, 사시사철 찾아 와 추억을 만든다. 그 모습을 시기라도 하는 걸까? 뜨거운 여름날이면 불현듯 들이닥치는 바다의 용심은 결코 만만히 볼 수 없는 일이다. 해마다 바다를 지키는 소방관들을 보고 있자면 물불을 가리지 않는다는 말이 딱 맞다. 석 달 넘게 바다를 누비고 돌아온 동료들은 새까맣게 그을린 피부에도 하얀 이를 드러낸 채 환하게 웃는다. 그리고 바다 이야기를 늘어놓는다. 그 이야기에는 항상 이안류가 등장한다.

살아있는 모든 것들

"우리 아이들이 안에 있어요! 빨리 구해주세요!"

불꽃이 뿜어져 나오는 대로변의 한 가게 앞에서 사람들이 울부짖으며 소리치고 있었다. 불길은 옆 가게로 빠르게 번져갔다. 연기는 밤하늘 높은 줄 모르고 크게 치솟았다. 공작차에서 내린 우리 팀은 지체할 것 없이 불길 속으로 걸어 들어갔다. 아이들을 구해야 했기 때문이었다.

부산진 소방서 구조대가 위치한 전포동에서 서면 로터리까지는 차로 2분 정도 거리다. 거기에서 다시 서면 로터리에서 우측으로 꺾으면 시청 방향인데, 그쪽으로 가다 보면 송상현 장군 동상이 나온다. 임진왜란 때 왜의 수군들이 부산포에 상륙하여 조선 땅에 처음 발을 들였을 때 가장 먼저 동래성을 함락시켰다. 그때 동래부사였던 송상현은 끝까지 항전했으나 생포되었다고 한다. 송상현의 용맹에 감복한 왜장은 송상현을 조선 함락의 길잡이로 사용하고

자 그를 회유했으나 송상현은 단호히 거부했다고 전해진다. 결국 왜군은 송상현과 그의 식솔 그리고 동래성의 백성들을 모조리 도륙했다.

송상현 동상은 그의 기개를 기리기 위해 만들어졌다. 최근에는 동상 인근이 광장으로 개발되었지만, 내가 근무하던 2008년 쯤에는 반려견을 분양하는 애견 카페나 펫숍이 많이 자리 잡고 있었다. 송상현 장군이 아껴 기르던 백구나 황구가 있었는지 알 길은 없었지만 말이다. 불길 속에 있는 아이들을 구해달라고 외치던 사람들이 말하는 '우리 아이들'은 사람이 아니라 강아지들을 말하는 것이었다.

불길은 아주 거셌다. 펫숍 정문으로 어렵게 진입했지만 시커먼 연기와 뜨거운 열기로 인해 인명 검색이 쉽지 않았다. 화재진압팀이 화점을 찾아 먼저 진입하여 많은 물을 방수하고 있었다. 불길이 조금씩 잡힌 뒤 뿜어져 나오는 연기를 피해 우리 구조팀은 낮은 자세로 내부를 수색해 들어갔다. 이때 구조반장 선배가 나에게 외쳤다.

"나랑 나가서 가게 뒤쪽으로 진입하자!"

선배는 예전에 이 가게의 뒷골목 쪽으로 구조 출동을 온 적이 있었는데 그때 뒷문 출입구가 있던 것을 기억했다. 그쪽으로 진입해 가게 깊숙이 있는 반려견을 구조하려는 계획이었다. 팀장 보고 후 정문을 빠져나와 빠르게 뒷골목으로 뛰어갔다. 뒷문 쪽은 화세가 앞쪽보다 약했다. 허술해 보이는 철문의 문고리를 구조용 도끼로 깨부수었다. 하지만 섣부르게 문을 개방해서는 안 된다. 연소에 필요한 산소가 부족하여 훈소상태에 있는 실내에 문 개방을 하면 갑자기 산소가 다량 유입되면서 순간적으로 발화하는 현상이 생길 수 있기 때문이다. 그래서 내가 먼저 철문의 고리를 파괴하고 장갑을 벗어 손등으로 열기를 확인했다. 또 문틈으로 뿜어져 나오는 연기가 역으로 빨려 들어가지는 않는지 재차 확인하고 조심히 문을 개방했다.

다행히 백 드래프트는 없었다. 철문을 열어젖히자 검은 연기가 마치 폭포처럼 쏟아져 내렸다. 허리 아래로 고개를 숙이고 내부를 들여다 보니 실내를 확인할 수 있었다. 뒤쪽까지는 불기운이 많이 미치지 않은듯했다. 선배와 나는 안전하다는 판단이 섰고 즉시 내부로 진입했다. 문이 열리고 좁은 통로를 따라 앞쪽으로 들어서자 한 쪽에서 불길을 잡고 있는 화재진압 팀이 보였다. 미친 듯 이글거리는 불기운에 맞서 관창이라는 유일한 무기를 들고 사투를 벌이고 있었는데 관창에서 뿜어져 나오는 강한 수압을 손아귀 힘으로 버티며 불과 싸우고 있었다. 같은 소방관인 내가 봐도 불을 끄는 진압팀의 모습은 경이로움 그 자체였다.

"이쪽으로 따라와라!"

진압팀의 멋진 모습에 잠시 넋 놓고 있을 때 선배가 소리쳤다. 반대쪽 방에서 어린 강아지들이 짖는 소리가 크게 들렸다. 다행히 그 방으로는 불길이 번지지 않았지만, 연기가 꽉 들어차서 앞을 가누기 힘들었다. 작은 생명이 위험했다. 인간과 같은 포유동물이니 연기에 질식될 것이고, 그렇다면 살아나기 힘들 듯했다. 선배와 나는 마음이 급해졌다.

작은 투명 아크릴 관 같은 곳에 여러 마리가 한꺼번에 들어앉아 울부짖고 있었다. 어떤 강아지는 철제 케이지 안에서 앞다리를 곧추세운 채 우리를 보고 짓고 있었다. 눈은 애처로웠고, 몸부림이 처절했다. 모두 당장이라도 밖으로 뛰어나오고 싶어 발버둥 쳤다. 어느 녀석부터 구해야 하는지 잠시 고민했지만, 앞뒤 가릴 거 없이 마구 들어냈다. 가슴팍에 서너 마리씩 안고 들어왔던 뒷문으로 달려 나갔다. 나와서 바닥에 내려놓으니 녀석들이 헛바닥을 축 늘어뜨린 채 눈물이 가득 고인 눈으로 나를 바라봤다. 살았다고 안도하는 것인지 아니면 독한 연기 탓인지 알 수는 없었다. 몇 마리는 몸마저 흐느적거렸다.

근처의 구경꾼 _{불난 곳에는 늘 구경꾼이 있다} 에게 잠시 강아지들을 맡기고 다시 내부로 뛰어 들어갔다. 같은 방법으로 안고 나오는데 마음이 급했다. 가게 안에는 아직 강아지가 많았고, 연기는 쉽게 빠지지 않았다. 구조 속도를 높여야 했다. 순간 한 가지 생각이 들었다. 강아지들을 문 밖으로 던지기로 말이다. 강아지들이 있는 방에서 우측으로 몸을 돌리면 약 3미터 앞에 바로 뒷문 출입구가 보였다. 출입구 바깥으로 던진다면 구조 속도가 더 빠를 듯했다.

선배는 두 손으로 한 번에 서너 마리씩 잡아서 나에게 패스했다.

나는 그렇게 받아 낸 강아지들을 조심스러우면서도 빠르게 문밖으로 던졌다. 동물의 운동신경은 사람과 다르다. 작은 강아지였지만 본능적으로 땅바닥에 부드럽게 착지했다. 기특했다. 그렇게 던지기를 몇 번 반복하자 내부에 생명체는 모두 밖으로 빼낸 듯했다.

　불기운은 모두 진압했지만, 잔화 꺼지지 않고 남은 불를 정리하기 위해 가게 전체를 수색했다. 시커멓게 타버린 가게 내부는 참혹했다. 구하지 못한 강아지들이 눈에 들어왔다. 새카맣게 타버린 강아지 사체들이 보였는데, 아직 뜨거운 열기가 남아있었다. 불이 나기 전까지 곤히 잠자고 있었을 산목숨이었다. 죽어버린 강아지들은 대다수가 어린것들이었다. 손바닥만 한 크기의 갓 태어난 듯 보이는 강아지도 더러 보였다.

　불은 인근 가게 두 군데를 더 태워버리고 진압되었다. 화재조사팀에서 원인을 밝힐 것이다. 구조대의 임무는 여기까지였다. 여기저기 가게 주인들이 타버린 아이들의 몸을 부여잡고 우는 모습이 보였다. 철철 흐르는 눈물을 보니 마치 자식이 죽은 듯한 감정을 느끼는 듯했다. 그나마 우리 팀이 진입했던 곳의 강아지들은 서너 마리를 제외하고 모두 구조했다. 선배의 기지로 뒷문으로 진입했던 것과 던지기 방식이 빛을 발한 것이다. 팀장님은 무덤덤하게 뒷수습을 화재진압팀에게 맡기고 우리에게 철수를 지시했다. 구조대는 화재뿐 아니라 다른 출동이 많으므로 현장의 구조 업무가 마무리되면 철수하고 다른 출동에 대비한다.

구조대원이 되고 참 많은 동물을 구조했다. 강아지, 고양이, 고라니, 뱀, 도마뱀 신고자는 이구아나라고 했다, 앵무새, 스컹크, 족제비, 멧돼지 등등. 어떤 동물은 인간에게 위해를 가하기 때문에 포획하기도 했고, 어떤 동물은 사람과 같이 함께 사는 반려동물이기에 주인에게 다시 안겨 주었다. 모두 살아있는 생명이었다. 말 못 하는 짐승이지만 위험을 감지하는 본능은 인간보다 뛰어나다. 그래서 구조현장에서는 사람 못지않게 놀라고 긴장한다. 사람이라면 우리가 하는 지시에 따라 협조하겠지만 동물들은 그렇지 못한다는 것이 가장 힘들다. 그러나 구조에 성공하고 나면 생명을 구했다는 뿌듯함은 인간과 다르지 않다.

반려동물에 대한 사람들의 애정이 갈수록 높아진다. 인간보다 낫다고 하는 사람도 있다. 사랑하는 가족과 같은 사이가 된 것이다. 나도 지금 고양이 한 마리를 키우고 있다. 외동딸이 외로울까 봐 얼마 전에 한 마리를 데려왔는데 딸아이보다 내가 더 좋아하고 위로를 받는다. 요리조리 쫓아다니며 데리고 노는 재미에 시간 가는 줄 모른다. 생명이 있는 모든 것은 고귀하다. 보호받아 마땅하고 위험에서 당연히 구해야 한다. 사람에게 위해를 가하는 동물도 있지만 그렇다고 함부로 하지는 않는다. 관련법과 규정에 따라 처리하고 있다.

뜨거운 여름이 되면 부산에 있는 해수욕장에는 피서객들이 버리고 간 강아지나 고양이가 많이 발견된다. 자신의 허영심을 채우기 위해 평생을 아낄 듯 데리고 살던 동물인데, 귀찮고 버겁다는 이유로 분주함을 틈타 해수욕장에 슬쩍 놔두고 가는 것이다. 사람이 할 짓이 아니다. 엄연히 심장이 뛰고 피와 살이 있으며 자기를 거두어 준 사람을 끝까지 따르는 동물이다. 못난 이기심에 물건 버리듯 버리는 인간들이 과연 자기가 버린 동물보다 낫다고 할 수 있을까? 동물을 껴안고 찍은 사진을 SNS에 올리며 친자식 자랑하듯 하다가 고속도로 휴게소에 스리슬쩍 놔두고 가버리기도 한다. 욕지기가 올라오는 일이다.

십수 년 전 부산의 양정동 애견 카페 거리에서 타죽어 가는 강아지들을 구하기 위해 내 목숨 내놓고 불길 속을 뛰어든 이유는 대단한 사명감과 직업의식이 있어서라기보다 그곳에 살아 숨 쉬는 것이 있었기 때문이었다. 그 옛날 송상현 장군이 자기 몸 죽어 성안의 백성을 구한 일과 비견될 만한 일은 아니지만, 구조대원이 살려야 하는 것이 사람 목숨만은 아님은 분명하다. 살아있다면 구해야 하는 것. 그때나 지금이나 내가 이 일을 하는 가장 큰 이유다.

죽을 고비

구조대원으로서 일하다 보면 수많은 죽음을 보게 된다. 대다수가 사고와 함께 찾아오는 죽음인데 그런 현장의 기억들은 잊히지 않고 종종 떠오른다. 이것이 PTSD ^{외상 후 스트레스 증후군}의 일종인지는 잘 모르겠다. 고도화된 문명을 이룬 현대사회지만 사고로 죽는 사람들이 옛날보다 더 많다. 죽음은 누구에게나 충격과 슬픔을 준다. 하지만 사고로 인한 죽음은 그것을 대비할 시간이 없는 상황에서 맞닥뜨리는 일이라 질병이나 자연사로 인한 죽음과 다르다. 나도 소방관이 되고 나서 죽을 뻔한 기억이 서너 번 있다. 아마 소방관이라면 누구나 사선을 넘나든 기억이 한 번쯤은 있지 않을까 한다. 위험을 늘 달고 사는 직업이니 어쩌면 훈장처럼 겪는 일이라 할 수도 있겠다. 하지만 진심으로 내가 죽을 뻔한 것은 다름 아닌 어릴 적 어느 사고였다.

일고여덟 살 쯤으로 기억한다. '셀마'라는 태풍이 우리나라를 덮쳤을 때였다. 뉴스에는 온통 태풍이 곧 들이치니 만반의 준비를 하라는 소식이었다. 어린 눈에 보이는 그날의 하늘은 온통 시커멨고 비는 올듯말듯 했다. 세찬 바람만 불어대는 것이 여간 겁이 나는 게 아니었다. 그러다가 곧이어 어마어마한 비가 쏟아지기 시작했다. 바람도 바람이었지만 시골 동네의 도랑과 냇가가 모두 넘쳐 흘렀다. 멀리 보이는 논밭은 누런 황토 물에 전부 잠겨 버렸다. 집 안의 방 한구석에 두 살 터울의 형과 함께 숨어 있었다. 내리치는 빗소리와 천둥소리에 깜짝깜짝 놀라며 토끼 눈으로 문밖에서 내리는 비만 하염없이 바라봤다. 그렇게 연이틀 내리던 비가 조금 잦아드는 어느 날 오후였다.

소변을 보기 위해 늘 그랬듯 문밖 길 건너 도랑으로 조르르 달려 나갔다. 평소 어린 나의 무릎까지밖에 차지 않았던 도랑물이 엄청나게 불어나 있었다. 길 위에서 도랑 아래까지 어른 한 키 정도 된 듯했는데 길가까지 넘칠 만큼 불어나 내심 신기하기도 했다. 황토색 물이 거세게 흘렀는데 얼른 일이나 보고 들어갈 생각에 일단 급하게 다가갔다.

그렇게 총총걸음으로 걸어가는데 넘쳐흐르던 도랑물이 신고 있던 슬리퍼를 쓸어가 버렸다. 그 슬리퍼는 형이 새로 산 슬리퍼였다. 그대로 뒀다가는 형한테 혼날 거 같은 생각이 들어 얼른 슬리퍼를 줍기 위해 허리를 숙였다. 순간 몸이 앞으로 쏠리며 내 몸이 도랑물로 빨려 들어갔다. 순식간의 일이었다. 나는 허우적대며 물살에 떠내려갔다. 지금도 기억나는 것은 내 시야에서 우리 집이 멀어지고 평소 내가 걷던 동네 길가와 그 옆으로 나란히 서 있는 이웃집들이 빠르게 내 눈앞을 스쳐 지나간 것이다. 물은 차가웠고 몇 번인지 모르겠지만 꽤 많은 물을 들이켰던 것 같았다. 순간 어린 마음에 죽을 수 있겠다는 공포가 밀려왔다. 그 후로 나는 정신을 잃었다.

아버지의 말에 의하면 그 뒤의 상황은 이렇다. 빠르게 흐르는 도랑물에 나는 계속 떠내려갔다고 한다. 그러던 중 앞집에 사는 한 살 터울의 동네 누나가 길을 가다가 나를 보고 "인형이다!"라고 외쳤단다. 이 말을 들은 동네 어른들이 나를 발견하고, 아버지에게 급하게 알렸다. 그런 와중에도 나는 빠른 물살을 따라 계속 떠내려 갔다. 나를 보고 인형이라고 외쳤던 그 누나는 훗날 이 일로 나를 많이 놀렸다. 이것이 놀림을 받을 만한 일인지는 지금도 의아하지만, 생각해 보면 그 누나가 나를 인형으로라도 보지 않았다면 발견되지 못했을 것이다. 그 누나가 이날 나의 첫 번째 생명의 은인이었다.

그렇게 둥둥 떠내려가던 나는 동네 어귀 밖 큰 냇가를 향해 가고 있었다. 동네 초입에는 경찰지서^{지금의 파출소}가 있었는데 거기에는 방위 아저씨들이 족구를 하고 있었다. 나는 평소에 그 아저씨들을 똥 방위라고 불렀는데 그게 무슨 뜻인지는 몰랐다. 아버지가 그렇게 불렀기 때문에 나도 따라한 것이다. 방위 아저씨들은 아버지와 동네 아저씨들이 사라진 나를 찾기 위해 소리치며 도랑을 따라 뛰어 내려오자, 그 소리를 듣고 일제히 도랑 쪽을 쳐다봤다고 한다. 그렇게 얼굴만 겨우 내놓은 채 떠내려가는 나를 발견한 방위 아저씨들이 거친 물속으로 뛰어들었다. 불어난 도랑의 물살은 거셌다. 서너 명의 젊은 장정이 버티고 서있기도 힘든 도랑물에서 겨우 나를 건져냈고, 아버지에게 안전하게 인계했다. 내가 건져졌던 그곳에서 조금만 더 가면 큰 냇가였다. 냇가 다음에는 더 큰 강으로 흘러갔을 것이니 나는 까딱하다 물귀신이 될 뻔한 것이다. 찰나의 순간에 극적으로 나를 구조한 방위 아저씨들은 나의 두 번째 생명의 은인이었다.

어느 순간 눈을 뜨자 나는 뜨끈뜨끈한 방 안에서 이불을 덮고 있었다. 한여름이었지만 체온이 많이 떨어졌을 거라고 생각한 아버지가 군불을 땠고, 어머니는 푹신한 이불로 나를 덮어 놓았다. 그런데 나를 왜 병원에 데려가지 않았을까 하는 의문이 들어 훗날 아버지에게 물어보니 비가 너무 많이 와서 신작로가 다 떠내려갔는데, 그 덕에 버스가 다니지 않아 병원 가기를 포기했다고 한다. 아버지는 나를 일단 지켜보기로 했는데 희한하게도 그 사달을 겪은 내가 숨이 온전히 잘 붙어 있었다고 한다. 기침 몇 번 콜록거리더니 이내 새근새근 잠들었다며, 지금 생각해도 천운이라고 하셨다.

이 일은 학교 앞 구멍가게 둘째 아들이 인형 떠내려가듯 물길에 휩쓸려 떠내려가는 것을 동네 앞 지서 방위들이 건져낸 사건이 되었다. 내가 그 동네를 이사 나오던 중학교 1학년 때까지 동네 어른들과 형누나들이 두고두고 이 일로 나를 놀렸다. 나를 건진 방위 아저씨들은 나를 볼 때마다 내가 너를 구했노라고 자랑스럽게 말했다. 만나는 방위 아저씨마다 서로 자기가 구했다고 하니 누가 진짜 나를 건져냈는지는 알 수가 없었다. 나는 그 일이 있고 난 뒤 물이라면 썩 좋아하지 않았던 것 같다. 시골 동네다 보니 여름이면 냇가나 계곡으로 물놀이 다니며 즐겁게 놀기는 했지만, 비 오는 날 물가에는 절대로 가지 않았다. 무섭다기보다 부끄러운 마음이 컸기 때문이었다.

그런데 삼십 년이 훨씬 지난 지금 나는 소방관이 되었다. 그중에서도 사람을 구하는 구조대원이 되었다. 또 그중에서도 물에서 일어나는 수난사고를 전문으로 특수구조단 수상구조대에서 근무를 했고 지금 소속된 소방학교에서는 수상구조사, 인명 구조사, 구조 수영 등 수난구조교육을 전문으로 하는 교수로 일하고 있다. 군대는 해군으로 다녀왔고, 거기다가 수중 침투를 전문으로 하는 특수부대UDT에서 부사관으로 근무했다. 그뿐인가? 50미터, 60미터 깊은 바닷속을 들락거리는 테크니컬다이버가 되었고, 깜깜한 수중동굴을 탐험하는 케이브다이버도 되었다. 중고등학생들한테 해양 안전에 대해 알려주는 강사이기도 하다.

넘쳐흐르는 도랑에 빠져 떠내려가던 어린아이는 어른이 되었다. 그리고 물에서는 결코 죽을 거 같지 않은 구조대원이 되었다.

삶의 아이러니인지 모르겠다. 군에서 전역한 뒤 일을 못하는 나를 걱정했던 어머니는 잘 아는 철학관에서 내 사주를 보았다고 한다. 철학관에서는 절대 남쪽으로, 그것도 바닷가로 가지 말라고 했다. 어머니는 어릴 적 사고도 있고 해서 철학관의 말에 맞장구를 치며 절대 물가로 보내지 않을 거라 다짐했다고 한다. 아버지 역시 사고 이후 내가 물이 무서워 물과 관련된 일은 하지 않을 거라고 생각 했다고 한다. 그런데 지금 나는 나의 고향에서 남쪽인 곳, 그것도 바다로 둘러싸인 부산에 와서 반평생을 살고 있다. 모든 이의 예상 과 다르게 나는 물이 없으면 먹고 살 수 없는 사람이 되어버렸다. 물을 공부하고 어떻게 하면 물에서 나의 일을 더 잘할 수 있을지 매일 고민하는 직업을 가지게 된 것이다.

어쩌면 태풍이 지나가던 그날, 물속에서 죽다가 살아난 그 순간, 나는 지금 하는 일에 중요한 교훈을 이미 다 배웠던 것 같다. 작은 도랑물도 넘치면 생명을 집어삼키는 위력이 있다는 걸 알게 됐고, 지나가는 동네 누나의 외침이 한 생명을 살리는 신고자의 가장 큰 역할을 했음을 깨달았다. 물에 빠진 어린 생명을 구하기 위해 물속 으로 뛰어드는 방위 아저씨들의 용기는 119구조대원으로서 갖추 어야 할 희생정신에 비견해도 그 크기가 작지 않을 듯하다.

나는 사람에게 정해진 운명이 있다고 생각하지 않는다. 다가올 미래를 두려워하기보다 오늘 하루를 충실히 살아가는 것이 더 소 중하다고 본다. 과거에 매몰되어 앞날을 두려워하는 건 어리석은 일이다. 죽음의 문턱까지 다녀온 그날을 생각하면 하루하루를 감사히 살아가고, 타인의 생명을 살리는 지금의 일을 자랑스럽게 여기는 것이 내가 해야 할 일임을 매일 깨닫는다. 엄청난 비가 쏟아지던 어린 시절의 그날, 내가 살아나던 그 사고 이후 삶에 대한 소중함이 나도 모르게 내 마음속에 자리 잡았다.

산악 추격전

내가 사는 기장은 동해에서 남해로 이어지는 해안선을 끼고 있다. 울산과 경남으로 연결되는 아름다운 산도 있다. 내가 근무했던 기장 소방서는 정관에 있는데 부산 도심과는 멀리 떨어진 작은 신도시이다. 자연경관이 수려하기로 유명한데 특히 산이 좋다. 삼각산과 망월산 그리고 백운산과 달음산이 동네를 둥글게 감싸고 있다. 동쪽으로 십여 킬로미티만 가면 임랑 바닷가가 나타난다. 특히 '정관'이라는 지명에서도 알 수 있듯, 형세가 솥뚜껑을 뒤집어 놓은 것 같다. 주변의 산들은 500미터 남짓한 야트막한 산들이지만 암반지대가 많고, 울산의 대운산과 경남 양산의 천성산 같은 큰 산으로 이어지며 산세가 험하기로도 유명하다.

코로나가 한창 유행이던 그해 봄, 겨울의 찬 기운이 물러간 4월 초순 어느 날 오후였다. 기장 소방서 구조대 사무실에 출동 벨 소리가 요란하게 울렸다. 밀린 행정 업무도 다 끝내놓았고, 다른 훈련도 딱히 없어 잠시 쉬려고 했더니 꼭 그럴 때 걸려 오는 출동이 내심 야속했다. 산악 출동이라는 상황실 수보 요원^{119 신고를 받고 출동을 지령하는 직원}의 전달을 듣고 절로 '끙'하는 소리가 나왔다.

산으로 둘러싸인 동네다 보니 봄가을이면 등산객이 많았다. 그래서 산에서 일어나는 사건 사고가 이때쯤이면 심심찮게 발생한다. 하지만 산을 오르는 일이 버겁기도 하거니와 넓은 산을 뒤져 다친 사람을 찾아 다시 데리고 내려온다는 것이 보통 심한 체력 소모가 아니다. 그것을 알기에 산악 출동은 출발 전부터 부담이다. 구조대상자가 다친 데가 없다면 그나마 다행이지만, 그렇지 않으면 헬기를 동원해서라도 이송해야 한다. 여러 모로 할 일이 많은 출동이 바로 산악출동이다.

이동하는 공작차 안에서 구조대상자와 통화를 하며 위치를 파악했다. 최근에는 산악지형을 상세하게 안내해 주는 휴대전화 어플리케이션이 많이 개발되어 좌표 정보만 입력하면 반경 50미터의 정확도로 사람의 위치를 찾아 준다. 상황실에서 좌표값을 전달받고 구조대상자의 위치를 식별한 다음 가장 가까운 경로로 찾아가면 되었다.

구조대상자를 찾아 산에 올라갈 때는 최단 거리를 선택하여 등반한다. 구조대상자의 상태를 알 수가 없어서 신속하게 접근하기 위해서다. 그러다 보니 급격한 경사가 있는 골짜기나 지형이 험한 계곡을 관통하기도 한다. 이때 가장 중요한 것은 구조대상자와의 연락이 끊어지면 안 된다는 것이다. 구조대상자의 휴대전화 배터리 잔량을 파악하여 수시로 상태를 확인한다. 간혹 좌표값이 틀리는 일도 있는데 다시 좌표 값을 알려면 반드시 구조대상자의 휴대전화가 켜져 있어야 했다.

구조대원은 산을 오르기 전 구조대상자에게 다른 곳으로 이동하지 말라고 신신당부를 한다. 단순히 길만 잃은 경우가 많은데 신고를 해 놓고도 자신이 찾아서 내려갈 수 있다며 계속 이동하는 사람들이 있기 때문이다. 이렇게 되면 좌표값을 입력하여도 무용지물이 된다. 수시로 구조대상자의 위치가 변하기 때문에 오히려 구조대원과 멀어진다. 길어도 20~30분이면 도착하니 반드시 현재 위치에서 벗어나지 말라고 부탁하며 올라간다.

기장 토박이 출신 구조대원인 후배 대철이와 내가 산을 오르기로 했다. 팀장님과 기관원 반장님과 후배 한 명은 구조대상자를 구해서 내려오는 쪽을 미리 정해놓고 그쪽으로 이동하여 대기하기로 했다. 구조대상자는 다치지 않았고, 단순히 길을 잃은 상황으로 판단되어 굳이 많은 인원이 이동할 필요가 없었다. 기장에서 나고 자라 십 년 넘게 특전사에서 직업군인으로 복무했던 엘리트 군인 출신인 대철이는 이곳 기장에서 많은 산악출동 경험이 있었다. 거침없이 올라가는 대철이를 뒤에서 따랐다. 체력에 나름대로 자신이 있었는데도 대철이의 산행 속도를 따라가지 못했다. 대철이는 오르는 속도를 늦추지 않았다.

산을 오른 지 십여 분쯤 지나자, 좌표값과 거리가 200미터 정도 밖에 남지 않은 위치에 도달했다. 우리는 멈추지 않았다. 곧 찾을 수 있다는 생각에 힘든 줄도 모르고 속도를 더 냈다. 하지만 우리는 곧 당황하고 말았다. 좌표값 근처에 도착하자 우려하던 상황이 벌어지고 만 것이다. 상황실에서 전해 받은 좌표값의 위치에 구조대상자가 보이지 않았다. 70대 고령의 할아버지가 혼자서 산에 올랐다가 길을 잃었다는 신고였다. 그리 먼 거리가 아니기에 산을 오르면서 별도의 연락을 하지 않고 빠르게 올라간 것이 화근이었다. 더군다나 최초 통화에서 구조대상자는 분명 움직이지 않겠다고 했다. 그 험한 산길을 20여 분 만에 빠르게 도착했지만 우리는 구조대상자를 만나지 못했다.

할아버지에게 전화했다.

"119입니다. 지금 위치가 어디세요?"

"아니, 내가 119 부른 게 미안해서 혼자 가보려고 지금 내려가는 중이야."

이럴 줄 알았다. 할아버지는 본인의 힘으로 길을 찾아 나선 것이다. 대철이는 친절하게 다시 설명했다.

"어르신. 움직이시면 저희가 더 찾기 힘들어요. 지금부터라도 그대로 계시면 저희가 찾아갈게요."

"그래도 일단 내가 갈 수 있는 데까지 가 볼게."

동문서답이었다. 우리가 할아버지를 빨리 찾는 것이 더 효율적이라 판단하고 신속하게 이동하기로 했다. 그러나 쉽지 않은 상황이었다. 휴대전화 위치추적을 통하여 좌표값을 다시 찾는다 한들 그 시간에 할아버지는 계속 이동할 것이기 때문에 좌표값은 큰 의미가 없었다. 우리는 할아버지에게 주변의 지형지물이 어떤 것이 있는지, 길이 어디로 나 있는지 최소한의 정보만 물어보고 할아버지를 찾을 수밖에 없었다. 생각지 못한 산속의 추격전은 그렇게 시작됐다.

산소를 오른쪽에 두고 죽은 소나무가 쓰러져 있는 길을 따라 내려가고 있다는 얘기만 듣고 우리는 발길을 재촉했다. 할아버지가 산을 거꾸로 오르기는 힘들다고 판단하여 우리 역시 하산 길을 따라 이동했다. 문제는 갈림길을 만났을 때였다. 왼쪽으로 갔을까? 오른쪽으로 갔을까? 결정이 늦어질수록 할아버지는 우리와 멀어져 갔다. 이럴 땐 구조대원의 본능에 따라 움직일 수밖에 없었다. 대철이도 선배인 나의 결정을 기다리고 있었다.

"왼쪽으로 가자!"

선택한 길로 뛰듯이 내려가며 고함치며 할아버지를 불렀지만 소용없었다. 서로의 거리는 생각보다 먼 듯했다. 오후 늦게 시작된 출동이었는데 어느덧 해가 지고 있었다. 차라리 할아버지가 하산하여 주변 큰길이라도 나갔다면 다행이겠지만 할아버지는 계속 길을 헤매고 있었다.

"길이 좀 험하긴 해도 내가 혼자 갈 수 있을 거 같아. 헉, 헉."

다시 통화하니 할아버지의 목소리는 아까와 다르게 지쳐있었다. 해가 지고 있었고 없는 길을 만들어 이동하다 보니 아무래도 체력이 많이 소진된 듯 보였다.

"할아버지 제발 움직이지 마시고 그대로 계세요!"

평소 차분한 성격의 대철이의 목소리가 다급해졌다. 구조 시간이 길어지니 애가 타는 듯했다. 할아버지의 건강이 걱정되는 상황이었다. 나는 얼른 대철이의 휴대전화를 뺏어들고 할아버지에게 주변 지형을 다시 설명해 달라고 했다. 하지만 무의미했다. 할아버지는 해가 지고 깜깜해서 아무것도 안 보인다며 기어들어가는 목소리로 말했다. 어려운 상황이었다. 구조대상자를 금방 찾아 안전하게 내려오리라 생각하고 큰길에서 대기 중이던 팀장님과 팀원들이 무전으로 상황을 계속 물어왔다. 나는 상황을 있는 그대로 보고했다. 베테랑 팀장님도 험한 산새를 다 알지는 못했다. 팀장님은 결국 결정을 내렸다.

팀장님은 본부 소속 특수구조단의 인명 구조견을 지원 요청했다. 당연한 순서다. 구조견은 인간보다 수만 배 뛰어나 후각으로 사람을 찾는다. 특히 부산 소방 특수구조단 인명 구조견은 전국에서도 알아주는 탐색 능력을 자랑한다. 그리고 인근 센터^{소방 파출소}의 인력들도 추가로 투입되었다. 순식간에 상황이 커졌다.

한 사람의 생명을 구하기 위해 가용할 수 있는 인력과 장비를 모두 투입하는 것이 지휘관의 당연한 판단이다. 하지만 우리는 초기에 신속하게 구조대상자를 발견하여 구조를 쉽게 마무리 짓지 못했다는 생각에 부끄러움이 밀려왔다. 괜히 많은 사람을 고생시키는 듯했다. 그렇다고 포기할 수는 없었다. 위험을 무릅쓰고 뛰듯이 산길을 헤쳐 나갔다. 숨이 턱 밑까지 차고 온몸이 땀범벅이 됐다. 거기다가 밤이 되니 주변이 안 보여 이동하기가 위험했다. 더 불안했던 건 할아버지의 휴대전화 배터리가 10퍼센트도 남지 않았다고 했다. 불안이 엄습했다. 혹여 할아버지가 실족과 같은 2차 사고가 일어난다면 더 큰 일이었다.

할아버지가 지나쳤다는 곳을 우리도 지나갔다. 찾아오는 길은 다르게 보였지만 시차를 두고 근처로 다가가는 듯 보였다. 하지만 어디서부터 어긋났을까? 도저히 할아버지의 위치가 감이 안 잡혔다. 나는 길을 멈추고 고민했다. 아니 아무 생각이 들지 않았다는 것이 맞을 것이다. 시계를 보니 저녁 여덟시가 다 되어가고 있었다. 네 시간을 넘게 산을 뛰고 있었다. 우리 둘도 지쳐갔다.

"형님. 반대로 다시 가볼까예?"

"반대로?"

모험이었다. 왔던 길을 다시 거슬러 가다 우리가 잘못 길을 든 지점을 파악하여 역추적하며 할아버지를 찾아보자는 제안이었다. 오래 고민할 필요가 없었다. 대철이는 이미 나보다 더 많이 산을 뒤져 본 경험이 있었다. 우리는 왔던 길을 다시 오르기 시작했다.

그때였다. 내 휴대전화가 울렸다.

"형님. 저 핸들러 인명 구조견 수색팀원 태호인데요. 구조대상자가 해운대구 좌동 사는 할아버지 맞지요?"

핸들러인 후배 서태호 반장이었다. 앞뒤 물을 것도 없었다.

"태호? 할아버지 찾았나?"

"예, 형님. 형님이 수색하는 곳 반대쪽으로 치고 올라가려는데 근처 골프장 아래로 혼자 걸어 내려오셨어요. 병원에 모셔다드린다니까 괜찮다면서 그냥 버스 타고 집에 가신다고 하네요. 어떻게 할까요?"

신고자의 이름을 확인하니 다리에 힘이 풀리고, 온몸을 적신 흥건한 땀이 순식간에 식어 내리는 것을 느꼈다. 대철이는 내 표정을 보고 짐작을 했는지 알 듯 모를 듯 미소를 지었다. 할아버지는 우리와 반대 방향으로 이동한 것이다. 짐작건대 중간에 계곡을 가로질러 5부 능선을 따라 반대쪽 큰 불빛을 보고 이동한 듯하다. 해운대CC 골프장이 야간 라운딩을 위해 환하게 불을 밝히고 있었다.

상황을 종료했다. 대철이와 허탈한 웃음을 지으며 산에서 내려왔다. 상황을 복기하며 한참을 이야기 나누면서도 중간중간 이구동성으로 했던 말은 "그래도 무사해서 다행이다."였다. 그렇다. 할아버지만 무사하면 됐다. 구조대원은 늘 최악의 상황을 가정하며 현장에 투입된다. 구조 시간이 길어지면서 할아버지의 건강과 2차 사고를 우려했지만, 최악의 상황은 발생하지 않았다. 그럼 된 거다. 물론 이른 시간 안에 할아버지를 발견하고 직접 데리고 내려왔으면 더 좋았겠지만, 무엇보다 구조 대상자의 안전에 이상이 없다면 그것으로 충분하다.

큰길로 나오자마자 편의점에서 이온 음료를 두 개 사서 마셨다. 우리는 편의점 앞 파라솔 의자에 앉아 그제야 극심한 피로와 허기를 느꼈다. 지나가는 사람들이 소방관 구조복을 입고 온몸을 땀에 적신 우리를 흘깃거렸다. 나의 판단이 좋았다면 더 잘할 수 있지 않았을까 하는 마음에 괜히 대철이에게 미안했다. 대철이는 사람 좋은 웃음을 보이며 "형님. 다음에는 이렇게 해보시죠"라고 피드백을 했다. 마치 선배처럼 오늘 출동을 벌써 교훈 삼고 있었다. 내가 오히려 믿고 의지할 만한 소중한 동료였다. 그렇게 주말의 산속 추격전은 막을 내렸다.

하루 이틀 지났을까? 출동 벨이 어김없이 또 울렸다.
"산악 출동! 산악 출동!"
나는 후배들에게 외쳤다.
"구조대상자한테 빨리 전화해서 절대로 움직이지 말라고 해라!"
진심 어린 나의 외침이었다.

불 속의 어린아이

살면서 가장 아름다웠던 순간을 꼽으라면 단연코 딸아이가 태어났을 때라고 말하고 싶다. 엄마의 핏물을 고스란히 묻히고 나온 작은 생명의 탯줄을 내 손으로 잘랐다. 품에 안았을 때 우는 아이를 바라보던 그때의 감동은 평생 잊히지 않을 것이다. 아이를 참으로 애지중지 아끼며 키웠다. 꼬물거리는 손과 발, 생글생글 웃는 딸의 얼굴을 보고 있자면 세상 근심이 다 사라지는 듯했다. 그런데 가끔 불현듯 떠오르는 기억 하나가 나를 힘들게 했다. 부산진 구조대 시절, 화재 출동 현장에서 겪었던 일이 자꾸 떠올랐다.

막내 구조대원 시절, 겨울은 유난히 추웠고 따뜻한 남쪽 도시 부산에도 눈발이 날리는 날이 많았다. 날이 추워지니 화재가 자주 발생했다. 서울에서는 믿을 수 없는 일이 일어나기도 했다. 바로 숭례문 화재였다. 숭례문이 불에 타서 무너지는 장면이 연일 방송을 타고 흘러나왔다. 임용된 지 몇 달 되지 않은 시절이라 하루하루가 긴장의 연속이던 때, 그 사건이 남 일 같지가 않았다. 몇 번의 출동으로 불의 무서움을 스스로 깨달았을 때였고, 연기의 극악무도함을 익히 느껴보았는지라 겨울철 화재 출동은 늘 두려움으로 다가왔다.

어느 날, 자정이 가까울 무렵에 화재 출동 벨 소리가 요란했다. 구조대원 모두가 침착하고 빠르게 구조공작차에 올랐다. 1층에 있는 부전119안전센터의 펌프차와 탱크에도 화재 진압대원들이 잽싸게 올라탔다. 화재 출동은 화재 진압대와 구조대가 동시에 출발한다. 불을 끄고 사람을 구하는 일은 협업이 되어야 하기 때문이다. 119안전센터와 구조대는 같은 건물 1층과 2층에 공간을 나누어 함께 지냈는데 겨울이면 늘 화재 출동을 함께 했다.

모텔 화재였다. 화재진압대의 펌프차와 탱크차가 앞서 달렸고, 공작차가 그 뒤를 따랐다. 길가의 많은 사람이 거대한 소방차 서너 대가 질주하는 모습을 신기하게 바라봤다. 나는 방수화를 신고, 방화복을 재빠르게 착용했다. 면체를 먼저 목에 걸고 공기호흡기 본체를 어깨에 멨다. 어깨끈, 허리끈, 가슴 끈을 순서대로 장착했다. 배운대로 했다. 무수히 많이 하는 일이었다. 좁디좁은 공작차 뒷자리에서 산만한 덩치의 구조대원 세 명이 불과 2~3분 만에 모든 장비를 착용했다.

공기호흡기의 밸브를 개방하자 공기압력이 차오르는 경보음 소리가 울렸다. 압력 게이지로 공기 실린더에 얼마의 공기가 있는지 확인한 다음 주문처럼 혼자 중얼거렸다.

"200."

항상 공기호흡기는 200킬로그램 이상의 압력으로 충전되어 있어야 한다 지금은 250킬로그램으로 상향되었다. 나는 크게 숨을 한번 들이쉬고 긴장을 풀기 위해 노력했다.

"저깁니다."

현장에 거의 도착하자 기관원 반장님이 멀리 보이는 곳을 가리켰다. 시뻘건 불길과 까만 연기가 건물을 뒤덮으며 밤하늘로 치솟고 있었다. 먼저 도착한 화재 진압팀의 펌프차 경광등 불빛이 길가를 가득 메웠다. 공작차는 길게 늘어선 펌프차의 뒤쪽 어딘가에 차를 세웠다.

나는 문을 파괴할 때 사용하는 도끼와 화재 현장에서 사람을 수색할 때 사용하는 열화상 카메라를 들고 현장으로 향했다. 아비규환이었다. 불을 피해 옷도 제대로 입지 않은 모텔 투숙객들이 밖으로 피신해 있었다. 사람들은 연신 안에 사람이 더 있다고 소리쳤다. 어떤 사람은 울부짖었고, 어떤 사람은 자기가 들어가겠다며 떼를 썼다. 화재진압팀은 벌써 많은 호스를 전개하여 내부로 진입했다. 구조대는 두 개 팀으로 나누어 내부 검색을 시작했다. 늦은 밤 시내 한복판의 모텔 화재. 사람을 찾아 무사히 데리고 나오는 것이 내가 소속된 구조대의 임무였다.

화점은 3층이었다. 불행 중 다행으로 선착한 진압팀이 화점을 찾아 진화를 시작했다. 하지만 불기운은 3층을 이미 한번 돌았다. 위층으로 번지지 않게 진압팀의 사투가 벌어지고 있었다. 모텔 내부에 들어서는 순간 아무것도 보이지 않았다. 여기저기 진압팀이 질러대는 목소리가 들렸다. 바로 앞에 가는 선배의 뒷모습만 희미하게 보였다. 선배는 말없이 조심스럽게 계단을 올라갔다. 한 계단씩 오를수록 서로의 거칠어지는 숨소리가 더욱 크게 들렸다. 우리 구조대는 화점 상층부인 4층을 수색하라는 지휘부의 명령을 받았다. 4층까지 오르는 계단이 멀게만 느껴졌다. 3층을 지나 오를 때는 뜨거운 기운이 느껴졌다. 계단을 따라 3층 복도까지 이어져 있는 화재진압용 호스는 터질 듯 팽창해 있었다. 수압을 온몸으로 견뎌내며 진압팀은 미친 듯이 물을 뿌려대고 있었다.

"한눈팔지 말고 빨리 따라와!"

앞서가는 선배가 3층 복도를 흘깃거리는 나를 보고 외쳤다. 나는 덤벙대며 선배의 뒤에 바짝 붙었다. 복도를 양쪽으로 나누고 두 명씩 짝을 이뤄서 검색하기로 했다. 나와 구조반장 선배가 왼쪽 복도를 따라 진입하며 객실을 검색했다. 복도를 따라 좌우로 늘어선 객실 문을 하나씩 열어젖혔다. 복도는 아래층에서 올라온 연기로 가득 차 있었다. 앞이 거의 보이지 않았고 열기도 뜨거웠다. 객실 문은 거의 다 열려있었는데 그런 곳은 투숙객이 이미 뛰쳐나간 곳임을 알 수 있었다. 혹여 닫혀 있다면 도끼로 문을 부수고 열었다. 연기가 들어찬 방안에 열화상 카메라를 들이댔다. 물체가 주변 온도보다 높으면 흰색으로 보인다. 사람 형상의 흰 물체가 있다면 구조대상자였다. 연기로 앞이 보이지 않을 때 열화상 카메라는 그 역할을 톡톡히 한다.

선배와 나는 마지막 방 앞에 섰다. 문이 닫혀 있었다. 파괴하려고 도끼를 들려고 하는데 선배가 문고리를 손으로 열었다. 문이 열리는 순간 나는 내 눈을 의심하지 않을 수 없었다.

흰 연기가 자욱한 모텔 방 안에 한 여인이 갓난 아이를 안고 서 있었고, 옆에는 유치원생쯤으로 보이는 여자아이가 울고 있었다. 여인의 얼굴은 고통으로 일그러져 있었는데 눈가에는 눈물이 가득했다. 나는 재빨리 다가가 큰아이를 둘러메려고 했다. 순간 놀라운 광경이 벌어졌다.

"안 됩니다!"

아이의 엄마로 보이는 여인이 소리쳤다. 그와 동시에 큰아이의 손을 잡아 자기 품으로 당겨 안았다. 이게 무슨 소리인가 했다. 안 된다니? 연기에 질식해 죽기라도 하겠다는 말인가? 나는 잠시 멈춰 선배를 쳐다봤다. 그 순간이 마치 멈춰 선 영화의 한 장면처럼 느껴졌다. 하지만 지체할 겨를이 없었다. 방문으로 복도의 연기가 마구 들이닥치고 있었다. 연기 유입을 막기 위해 우선 방문을 닫았다. 놀란 큰아이는 목을 감싸며 괴로워했다. 나는 호흡 보조기를 아이의 코와 입에 갖다 댔다. 퍼지 버튼을 눌러 아이에게 코와 입에 공기를 공급했다. 순간 아이 엄마가 나를 밀쳐냈다. 유약한 여인의 힘에 내가 밀려나지는 않았지만, 나는 여인의 행동을 이해할 수 없었다. 무서움을 느꼈다. 이때였다. 선배가 모텔의 창문을 열었다. 배연 연기를 빼는 작업 하는 거라 생각했다. 하지만 문틈으로 밀려드는 연기를 뽑아내기에는 모텔 방안의 창문이 너무 좁아 보였다.

"이쪽으로 애 데리고 와!"

선배가 외쳤다. 나는 큰아이를 안으려고 고개를 숙였다. 그러자 여인은 아이를 뺏기지 않으려고 했다.

"왜 이러세요? 죽으려고 환장했어요?"

나는 여인에게 강하게 소리치며 힘으로 아이를 빼앗았다. 두 아이의 울음소리에 여인의 절규까지 온 방에 가득 찼다. 나는 서너 발짝 움직여 창문 쪽으로 아이를 안고 갔다. 그제야 선배가 창문을 연 이유를 알게 되었다. 배연이 아니었다. 창문 밖, 불과 1미터도 안 되는 곳에 옆 건물 옥상이 보였다. 그리고 그곳에는 화재 진압을 위해 외부에서 방수 중인 진압 팀이 보였다. 나는 안도의 한숨을 쉬며 선배의 기지에 감탄했다. 선배의 노련함이 발휘되는 순간이었다.

"여기! 사람 받아."

선배가 외쳤다. 진압팀은 급하게 관창을 놓고 창문가로 다가왔다. 큰아이를 넘기고 엄마와 아기를 봤다. 엄마는 연기에 괴로운지 홑이불 자락을 들어 입을 막고 있었다. 선배는 아기를 뺏듯이 안아들고 창문 밖에 대기 중인 진압팀에 넘겼다. 여인은 눈물, 콧물로 범벅된 얼굴로 뒤를 따랐다. 그렇게 모두 방에서 빼내는데 성공했다. 겨우 한숨 돌린 선배와 나는 다시 방안을 살폈고, 아무도 없음을 확인한 후 복도로 나갔다. 3층 화재는 완전히 진압되었고, 구조 대는 두세 번 더 내부 검색을 한 뒤 모텔 밖으로 나왔다.

팀장님은 상황을 지휘부에 보고하는 중이었다. 나는 호흡기의 면체화재 현장에서 소방관의 안면부에 착용하여 호흡할 수 있게 하는 장비를 벗었다. 한겨울의 차가운 공기가 땀으로 범벅된 내 얼굴을 금세 차갑게 식혔다. 순식간에 볼과 귀가 깨질 듯 얼어붙었다. 그래도 찬 공기가 고마웠다. 주변을 둘러보며 잠시 호흡을 가다듬고 있는데 아까 그 여인과 아이들이 보였다. 여전히 여인은 울고 있었고, 안고 있는 아기 역시 찢어질 듯 울고 있었다.

내 눈에 들어온 건 큰 아이였다. 덮고 있는 담요 아래로 발목이 보였는데 맨발이었다. 감싸진 담요 때문에 자세히 보이진 않았지만, 발목의 굵기만 봐도 아이의 몸이 깡말라 있음을 알 수 있었다. 거기다가 아이의 얼굴은 몹시 창백했다. 안심되었는지 울음은 그쳤지만 아까 흘렸던 눈물이 머리카락과 함께 까만 연기 그을음에 엉켜 아이의 하얀 볼살에 눌어붙어 있었다. 아이의 커다란 눈망울이 애처로워 보였다.

아까 모텔 방 안에서 여인이 한 말을 다시 떠올렸다. 왜 안 된다고 했을까? 저 불쌍한 아이를 두고 왜 그런 말을 했을까? 다른 객실 사람들이 다 나간 것으로 봐서는 탈출할 시간이 있었을 텐데 왜 함께 나가지 않았을까?

궁금증은 돌아오는 공작차 안에서 풀렸다. 팀장님은 지휘부에 구조 상황을 보고하는 과정에서 모텔 투숙객들의 신상에 대해 알수 있었다고 한다. 투숙객의 대다수는 중국이나 동남아에서 온 불법체류자라고 했다. 모텔은 불법체류자들에게 일정한 돈을 받고 장기 투숙을 해주는 곳이었다. 화재의 원인도 혹여 방화가 아닐까 조사 중이라고 한다. 미뤄 짐작하건대 여인은 자신이 불법체류자여서 밖으로 나가면 신원이 밝혀져 국외로 추방될까 봐 그랬을 거라 여겨졌다. 그렇다 한들 나는 그 여인의 심정을 당최 이해할 수 없었다.

돌아와서 장비를 정리하고 구조 활동 일지를 쓰는 중에도 울부짖는 여자아이의 얼굴이 머릿속에서 떠나지 않았다. 그럴 수는 없는 것이었다. 생떼같은 어린 생명이 무슨 죄라고 연기에 질식해 죽는단 말인가? 알 수 없는 노릇이었다. 훗날, 이 화재 사고 자체는 굳이 꺼내지 않으면 떠오르지 않는 기억이 되었지만, 여자아이의 우는 얼굴만은 내 머릿속에 깊숙이 각인되었다.

그 후 십여 년쯤 뒤에, 태국에서 온 불법체류자 여인이 갓 태어난 자신의 아이를 죽인 기사를 인터넷을 통해 봤다. 이 여인 역시 아이가 태어난 것이 알려지면 자신이 국외로 추방당하리라 생각했다고 한다. 나는 예전 모텔 화재의 여인과 아이들이 이 기사를 읽는 동안 내내 떠올랐다. 등에 식은땀이 흐르고 심장이 벌렁거렸다. 사연은 알 수 없으나 모텔 화재의 여인과 태국 여인의 심정이 같지 않았을까 생각하게 됐다. 제 자식 목숨까지 끊어버릴 만큼의 고통이라니, 무엇이 그들을 그렇게 만들었을까?

　내 딸이 태어난 뒤로는 아이들이 다치는 모습만 봐도 가슴이 철렁 내려앉는다. 안전한 곳에서 보호받으며 성장해야 할 우리의 아이들이 곳곳에서 다치고 죽는다. 직접 죽임을 당하기도 한다. 선택해서 태어난 것도 아닌 어린 생명이 어른들에 의해 희생되는 일은 더는 일어나지 않아야 한다. 나는 이 일을 하는 동안 아이들이 죽거나 다치는 현장만큼은 더 보지 않았다. 그것도 나의 복이라면 복일 것인데 아이들의 사고를 지켜본 동료들은 꽤 힘들고 괴로운 마음을 호소한다.

　지금도 그 불 속의 여자아이가 생각난다. 어떻게 살고 있을까? 아직도 어른의 아픔을 자신의 삶에 짊어지고 살고 있지는 않을까 걱정이 된다. 이름조차 알 수 없는 그 아이의 삶이 부디 안전하기를 기도한다.

소방학교

2020년 초, 코로나 바이러스가 기승을 부리기 직전에 나는 부산 소방학교에 있었다. 수상구조사 교육 과정의 외래강사로 참여하여 전국에서 모인 소방관들에게 수상구조사 자격 취득에 필요한 이론과 실습 강의를 진행하고 있었다. 수상구조사는 해양 경찰에서 주관하는 수난구조 관련 국가 자격이고, 부산 소방학교는 해양 경찰청에서 인증한 수상구조사 공인 교육기관이다. 그에 따라 매년 한 번씩 2주에 걸쳐 교육을 한다. 나는 이 과정에 초빙 강사로 가게 된 것이다.

구조대에서 근무하면서도 소방학교나 외부 기관에 수난구조나 해양 안전 또는 소방에 관한 강의를 가끔 요청받아 나간다. 보잘것없는 재주를 높게 봐주어 과분하게 마련해 주는 자리이다. 능력 밖의 강의면 정중하게 사양하지만, 미력하게나마 한마디라도 전해 줄 말이 있는 강의는 기꺼이 나선다. 그런 분야 중의 하나가 수난구조, 즉 물에서 발생하는 사고에 관한 교육이나 강의다. 소방관이 되고 얼마 지나지 않았을 때부터 강의를 했다. 처음에는 재미로 하기 시작했는데, 시간이 지나면서 전문가라는 소리를 들어보고 싶어 지독하게 파고들며 공부했다.

소방관이 되고 처음부터 이 분야에 관심이 있었던 것은 아니었다. 나의 첫 발령지인 부산진 소방서는 바다의 도시 부산에 어울리지 않게 바다가 관할구역에 없는 소방서 중 하나였다. 동래 소방서와 금정 소방서가 사정이 비슷했다. 부산진 구조대에 발령받았을 때 부산이라는 도시를 처음 와본 나는 바다가 어디쯤 붙었는지 알 수도 없었다. 하지만 구조대 선배들은 해군 UDT 출신인 내가 해운대나 광안리 같은 해수욕장을 관할로 하는 소방서로 가지 않고 도심 한복판 구조대로 왔는지 의아해했다.

내심 그러는 선배들의 속내를 알 수 없어 야속하기도 했다. 혹여 내가 부산진 구조대에 온 것이 마음에 들지 않아서 그런가 하는 생각이 들었기 때문이다. 그러던 중 시보 기간에 부산 소방학교에 한 달 정도 파견을 가게 되었다. 지원 교관이라는 이름으로 말이다. 소방학교에서 진행하는 해난구조과정이라는 교육이었는데 바다에서 일어나는 수난사고에 대한 대처 능력을 기르는 전문 교육 과정이었다.

소방학교 교육은 신임 과정과 전문 과정으로 나누어지는데 신임 과정은 말 그대로 신규 채용된 신임 소방관들에게 하는 기초 교육이라고 할 수 있다. 그에 반해 전문 과정은 기존에 근무를 다년간 해온 현직의 소방관들을 대상으로 하는 직무별 전문 교육이다. 나는 구조대원으로서 수난구조 관련 전문 과정을 돕는 지원 교관으로 가게 되었다. 소방서에 들어온 지 6개월도 되지 않은 새내기 구조대원이 선배들을 대상으로 하는 전문 교육 과정의 교관으로 가게 것이 처음에는 황당했다. 알고 보니 내가 해군 UDT 출신이고 스쿠버다이빙 자격이 있어서 선발하게 되었다고 한다.

사실 말이 교관이지 나는 이런저런 궂은일을 도맡아 하는 지원 담당이었다. 교육생들의 장비를 정리한다든가 공기탱크나 압축기와 같은 무거운 장비를 트럭에 싣고 교육 장소로 이동하는 일을 주로 했다. 그러다가 어떠한 실습을 할 때는 미리 연습한 대로 물속에서 시범도 보였다. 직접 교육생을 가르치는 일은 거의 하지 않았다. 내가 생각해도 그게 맞는 일이었다. 교육생 모두가 선배 구조대원이니 주눅이 들어있기도 했다.

누군가를 가르치려는 마음보다는 소방학교를 경험해 보고 싶은 마음으로 참여하게 됐다. 무엇을 어떻게 알려주는지 한 번 알고 싶었다. 맡은 임무가 말 그대로 지원 교관이기 때문에 직접 교육을 하지는 않았다. 수영이나 스쿠버 시범을 보이는 것 정도라 크게 부담을 갖지 않고 참여했다. 약 30여 명의 교육생이 전국에서 모였고, 계급도 다양했다. 나를 비롯하여 여섯 명의 교관과 함께 교육했는데, 이 교육을 통해 소방관 인생에 있어 가장 큰 전환점을 맞이했다.

이주 간의 교육이지만 여섯 명의 교관이 일주일 전부터 모여 먼저 준비를 했다. 특히 물속에서 이루어지는 실습은 자칫 위험한 상황이 발생할 수 있어 더 철저히 준비해야 했다. 하나의 시범을 위해 수십 번 연습하며 안 되면 잘될 때까지, 잘 되면 더 잘될 때까지 반복했다. 누군가를 가르친다는 것이 이리도 힘든 과정을 거친다는 것을 그때 처음 알았다. 그리고 한편으로는 수난구조의 매력에 완전히 빠져 버렸다.

군대에서 스쿠버를 배우기는 했지만, 군사적 목적상 거칠고 힘들게 배워 그에 대한 기억이 썩 좋지 않았다. 하지만 소방에서 접한 스쿠버다이빙에는 사람을 살리기 위한 기술이 있었고, 교육방식도 군대와 다르게 부드러웠다. 나는 선배 교관들이 물속에서 이루어내는 구조 기술을 보며 내가 가야 할 길이 이것임을 느끼게 되었다.

교육이 끝나고 구조대로 복귀한 나는, 내가 잘할 수 있는 것을 찾았다는 기쁨에 참 부지런히도 스쿠버다이빙을 배우러 다녔다. 그 무렵 구조대의 한 선배로부터 많은 것을 배웠는데 그분의 열정과 후배들을 위한 마음은 지금도 잊을 수가 없어 늘 고마운 마음이 있다. 선배는 지금 부산에서 경북으로 전출을 가서 새로운 소방 인생을 살고 있다. 스쿠버에 대한 새로운 기술을 배우고, 장비를 만질 때마다 내가 조금씩 성장한다는 것을 느꼈다.

그렇게 나를 단련시켜 가던 무렵, 그러니까 부산진 소방서에서 근무한 지 3년 만에 정식으로 소방학교 교관으로 발령이 났다. 지원 교관이 아니라 소방학교 소속의 정식 교관이 된 것이다. 소방관이 된 후 처음으로 하게 된 부서 이동이었다. 소방학교에서는 주로 신임 소방관들을 가르치는 일을 했다. 갓 들어오거나 임용된 지 1년이 안된 신규 소방관들에게 기초적인 현장 업무 능력을 전수하게 했다. 하지만 이 또한 만만한 일이 아니었다.

화재나 구조에 필요한 기술을 가르치기에 나의 경험은 부족했했다. 이론적 지식이나 배경 역시 보잘것없었다. 그나마 수난구조 분야에 자신이 있었는데 그것도 전체 현장 업무의 일부분일 뿐이었다. 화재 진압 전술이나 산악구조 같은 분야는 경험이 별로 없었다. 현장에서 일하며 배운 나의 능력은 누군가를 가르치기에는 모자란 점이 많았다. 특히 호기심이 큰 신임 소방관들이 현장에 대해 질문을 할 때는 모르는 부분이 꽤 많아 부끄러운 마음이 들었다. 그런 부분은 혼자서 연습하며 극복할 수밖에 없었다. 교육이 없을 때면 혼자 장비를 꺼내어 이런저런 실습을 해 보았다. 선배들에게 물어보기도 하고 자료를 찾아 그대로 따라 했다. 한 번에 안 되면 다음 날 또 해보고 그래도 안 되면 다시 했다.

그러던 중 희소식이 들려왔다. 부산 소방학교에 구조훈련장이 만들어진 것이다. 부산시 인재개발원에 더부살이하던 부산 소방학교는 제대로 된 훈련장이 없었다. 그러던 차에 구조훈련장이 지어지게 된 것이다. 로프를 이용한 구조를 할 수 있는 다양한 시설과 장비들이 들어오고 화재 진압에 필요한 화재훈련장도 지어졌다. 가장 반가운 것은 수영장과 잠수풀이 동시에 갖춰진 멋들어진 수난훈련장이 생긴 것이었다. 나는 하늘을 날아갈 듯한 기분이었

O.R.S
OCEAN RESCUE SYSTEMS

다. 매일 수영장에 들어가서 살았다고 해도 과언이 아니었다. 아침 일찍 출근하여 수영을 하면서 하루를 시작했고, 퇴근 후에는 장비를 챙겨 물속으로 들어가 스쿠버 기술을 연마했다. 로프구조에 일가견이 있는 선배 교관에게 부탁하여 로프구조 기술도 배웠다. 이런 시설들을 거의 혼자서 독점하다시피 사용하며 날이 갈수록 스스로 성장한다는 것을 느꼈다. 물론 수난구조 분야뿐만 아니라 다른 구조 분야도 꾸준히 노력하여 교관으로서 부끄럽지 않을 만큼의 수준을 만들었다.

지금의 내가 수난구조 분야에 있어 일정 부분 인정을 받으며 남을 가르칠 수 있게 된 것도 소방학교에서 근무했던 그 시절이 있었기 때문이다. 그것보다 더 앞서 시보 시절 참여했던 교육에서 본 선배들의 모습이 그 시작이라고 할 수도 있겠다. 직장인으로서 자신이 좋아하고 잘할 수 있는 전문 분야가 하나 있다는 것은 큰 무기가 될 수 있다. 스스로 깊이 연구하여 동료들에게 더 좋은 기술을 전해줄 수 있다는 것은 큰 기쁨이다. 내가 전해주는 기술이 현장에서 동료들을 보호하고, 구조대상자를 안전하게 구조할 힘으로 발휘된다면 그것보다 큰 보람이 어디 있겠는가? 소방학교 교관 시절에는 부족한 나를 마주할 때마다 숨고 싶을 정도로 부끄러운 마음도 많이 들었지만 도망치지 않고 맞선 것이 지금의 나를 만들었다고 감히 말할 수 있다. 하늘은 스스로 돕는 자를 돕는다고 했다. 잘 갖추어진 훈련장이 있었더라도 내가 깨우쳐 움직이지 않았다면 대충 시간만 보내게 되었을 것이다.

여전히 더 배워야 한다. 그러기를 주저하지 않는다. 전국 소방관 중에는 나보다 뛰어난 능력의 동료들이 아주 많다. 그런 분들을 만날 때면 그들이 가진 놀라운 구조 능력에 감탄하게 된다. 특히 그런 분 중에 각 시도의 소방학교에서 근무하는 교관이 많다. 이분들의 특징은 거의 비슷하다. 배우기를 주저하지 않고, 늘 노력한다는 것이다. 열악한 환경에서도 새로운 화재진압법과 구조기법을 개발하고 연마한다. 자비를 들여 외국의 선진 구조 기술을 배우러 다니기도 한다. 타인을 가르치기 위해 스스로 얼마나 많은 단련이 되어야 하는지를 몸소 보여준다.

아직도 가끔 게으르고 나태해질 때면 소방학교 시절을 떠올리며 마음을 다잡곤 한다. 세월이 흐른 지금은 다른 구조대를 거쳐 다시 소방학교로 왔다. 구조교수 팀장이란 직책을 맡게 되었는데 후배 교관들을 보자면 그 시절 나의 모습이 오버랩되며 흐뭇하기도 하고 안쓰럽기도 하다. 그럼에도 불구하고 이곳 소방학교에서 미래의 동료들을 가르친다는 자부심은 예나 지금이나 크게 다르지 않음도 느낀다.

어제와 다른 나를 만들기 위해 노력했던 소방학교 교관 시절은 사고 현장에서 배울 수 없는 것을 배운, 현장보다 치열한 시간이었다. 이곳에서 진정한 나를 마주할 수 있었다.

Chapter 3

절규가 시작되는 곳

자살 소동

구조대원은 다양한 업무를 한다. 불이 난 곳으로 들어가 인명을 검색하며 구조하는 일을 하고, 교통사고 현장에서 파손된 차량에 끼어있는 구조대상자를 안전하게 빼내는 일을 한다. 물에 빠져 허우적대는 사람을 건져내고, 때론 물속으로 들어가 실종된 사람을 수색한다. 무너진 건물 잔해를 파헤치기도 하고, 화학물질의 노출도 차단한다. 이런 구조는 특별한 상황이라 할 수 있다. 하지만 일상적인 현장에서의 구조 작업은 훨씬 더 광범위하다. 개, 멧돼지, 뱀 등 혹여나 사람에게 위협을 가할 수 있는 동물을 포획하고, 응급환자가 있을 법한 집의 현관문이나 승강기 문을 개방하기도 한다. 손가락에 끼어있는 반지를 빼주는 일도 한다. 나는 하수구에 빠진 신고자의 현금다발 100만 원을 찾아 주기 위해 한겨울에 하수구 바닥을 긴 적도 있다. 뭐 그런 일까지 하는가 하겠지만, 국민의 생명과 '재산'을 지키기 위해서였다.

혹시 어떤 출동이 기억에 남느냐고 묻는다면 개인적으로는 자살 출동이라고 대답하고 싶다. 높은 곳에서 몸을 던지려는 사람, 칼로 자신의 신체를 위해하려는 사람, 목을 매는 사람 등등 일생에 한 번 보기도 힘든, 타인이 죽으려고 하거나 죽어있는 현장을 심심찮게 본다. 목숨을 끊으려는 자와 살려야 하는 구조대원이 대치하는 상황은 피를 말리고 살이 떨리게 한다. 삶과 죽음의 생생한 현장을 가까이에서 지켜본다는 것 자체가 보통 일은 아니다.

언젠가 아파트 공사 현장에서 누군가 뛰어내리려 한다는 신고를 받고 출동한 적이 있다. 회색빛 콘크리트가 그대로 노출된 15층 건물에 한 남성이 올라가 고래고래 소리를 지르면서 아슬아슬한 모습으로 서 있었다. 자신은 뛰어내릴 것이고, 그 모습을 똑똑히 지켜보라며 울음 섞인 목소리로 외쳐댔다. 위험천만한 현장이었다. 우리는 에어매트라는 장비를 그가 떨어질 만한 위치에 설치해 놓고 대기했다. 경찰과 소방관 몇 명이 올라갔고, 오랜 설득 끝에 남자는 결국 내려왔다. 하지만 즉시 가지고 있던 술병을 깨 자기 배를 그어버리는 자해를 했다. 그의 벌어진 뱃가죽 사이로 피가 흘렀고, 구급대원들은 지혈했다. 남자는 파란색 담요를 얼굴까지 덮고 들것에 실려 갔다. 지켜보던 사람들이 안도하는 소리가 여기저기에서 들렸다. 어찌 됐든 뛰어내리지 않았음에 감사했다. 전해들은 이야기로 그는 공사 현장의 하도급 업체 사장이었다. 밀린 공사대금을 받고자 그런 행동을 했다고 한다. 구조현장에서 극단적 선택을 하는 자들은 거의 가지지 못하거나 대우받지 못하는 취약계층의 사람들이다. 세상이 고도화되고 있다고 해도 당장의 먹고 사는 문제에 시달리는 약자들에 대한 인식과 더불어 그들을 대하는 사회적 부조리를 해결해야 한다는 점은 감히 언급하지 않을 수 없다.

또 다른 사례도 있다. 경찰로부터 아파트 현관문 개방을 요청받고 출동해서 1층에 있는 집에 현관문을 강제 개방하여 진입했다. 초등학생쯤으로 보이는 남자아이가 놀란 눈으로 방 앞에서 우리를 지켜보고 있었고, 거실에는 작은 여자아이가 하얗게 질린 얼굴로 울고 있었다.

"애야. 엄마 어디 있어?"

우리는 조심스럽게 물었다. 큰아이는 손가락으로 화장실을 가리켰다. 화장실 문은 잠겨있었다. 함께 출동한 경찰이 발로 강하게 차서 문을 열었다. 욕조에 한 여인이 앉아 있었다. 그녀의 손에는 과일을 깎는 칼이 들려 있었는데 그 칼로 자신의 손목을 긋고 있었다. 경찰이 얼른 달려들어 칼을 빼앗았다. 여인은 제대로 된 반항도 못 하였다. 술에 취한 듯 두 눈은 풀려 있었고, 몸은 흐느적거렸다. 다행히 손목 깊숙이 있는 동맥혈관까지 칼끝이 미치지 않아 출혈이 심하진 않았다.

이런 광경을 어린 두 아이가 그대로 지켜보고 있었다. 엄마로 보이는 그 여인은 구급차에 실려 갔다. 집안에 덩그러니 남아 우리를 보던 두 아이의 눈을 잊지 못한다. 엄마의 손목에 난 상처는 곧

나을 것이다. 그러나 아이들의 가슴속 상처는 쉽게 아물지 않을 것이다. 안타까운 일이 아닐 수 없다.

위의 두 이야기는 자살을 시도하다가 살아난 사람들의 사례다. 하지만 안타깝게도 자살 출동 현장은 사람이 죽어있는 상황이 더 많다. 앞선 출동에서 구조하여 살아난 사람이 그 후 자살을 재시도하여 결국 목숨을 잃는 일도 있다. 그런 현장에 도착하면 온몸에 힘이 빠지고, 등줄기에는 식은땀이 흐른다. 사고에 의한 구조현장보다 자살에 대처하는 구조대원의 마음은 더욱 힘들다.

최근에는 소방관의 자살이 늘고 있다. 2023년 소방청 통계에 의하면 최근 10년간 스스로 목숨을 끊은 소방관은 120명이 넘는다고 한다. 1년에 열 명 이상이 극단적 선택을 한 셈이다. 소방관이든 일반인이든 극단적 선택을 하는 그들의 마음을 타자인 우리는 알기 힘들다. 다만 생각해 볼 지점은 자살이 빈부나 직업, 나이나 환경에 따라 달리 나타나지 않는다는 점이다. 스스로 목숨을 끊은 유명 연예인들의 경우가 그렇다. 대중의 사랑을 많이 받고, 부와 명예를 가진 그들조차 이러할 정도다. 우리나라가 OECD 가입국 중 자살률이 가장 높다는 사실은 새삼스럽지도 않다. 자살에 관한 뉴스에 나오는 내용에도 남녀노소가 따로 없다.

자살에 대한 사회적 관심과 예방적 활동이 잘 이루어지고 있느냐는 질문이 생긴다. 나와는 상관없는 일이고 내 주위에는 그런 사람이 없다면 심각하게 생각되지 않는 것이 엄연한 사실이다. '나

죽을 거야'라고 마음먹은 사람의 속내를 알 방법이야 없다고 치더라도 최소한의 징후는 조금만 관심을 가지면 알 수 있다고 하니 주변의 도움이 필요하다.

자살을 암시하는 언어적 표현을 하고, 갑자기 고마움이나 미안함을 드러내는 행동을 한다. 극도로 불안한 모습이나 집중력이 현저히 떨어지는 현상도 보인다고 한다. 함께 생활하는 가족이나 직장의 동료라면 쉽지 않게 알아차릴 수 있는 모습이다. 이러한 징후는 그들이 보내는 마지막 신호일 수도 있다. 자살자 중 적게는 50퍼센트, 많게는 80퍼센트까지 이런 자살 암시 신호를 보낸다고 한다. 그러나 이것을 알아차리는 주변인은 10퍼센트가 채 안 된다고 한다. 조금 극단적으로 말하자면 살릴 수 있는 사람을 방치하는 건 아닌가 하는 생각마저 든다.

우울증이나 알코올 중독, 공황장애 등을 질병으로 진단받고 의료적 조치를 취한다면 그나마 다행이라고 할 수 있다. 전문가의 치료와 상담으로 다행히 잘 극복하고 일상의 생활로 복귀하는 이들도 적지 않다. 그러나 이런 치료를 부끄럽게 여기는 사회적 분위기, 그러니까 가족이나 직장 동료들에게 자신의 힘든 속내를 들어내보이기가 어려운 현실이 여전히 존재한다.

이런 인식은 소방관들에게 매우 치명적이다. 타인의 생명을 구하는 일을 하는 소방관이 마음의 병을 겪는다는 것은 약해 보일 수 있다고 스스로 생각하는 듯하다. 일을 수행하기에는 부적합해 보일 수 있다는 시각도 자칫 생겨난다. 소방관은 어떠한 상황에서도 냉정함을 잃지 않고 끔찍한 사고 현장에서도 담담해야 하며 그러한 것들을 당연하게 받아들여야 한다는 인식이 깔려있다. 하지만 오히려 남들이 평생 한 번 볼까 말까 할 사고에 수시로 노출되어 있고, 함께 일하는 동료가 어느 날 순직을 하는 모습을 보게 되는 이들이야말로 심리적 공황에 빠지기 쉬운 환경에 놓여있다.

내가 처음 소방관이 되어 일을 시작했던 시절만 해도 소방관은 스스로 가진 마음의 병을 내색하지 못했다. 지금도 많이 완화되었다고는 하지만 드러내놓고 표현하기 힘든 것은 여전하다. 과거 삼풍백화점 붕괴 사고의 처참한 구조현장에서 일하다가 심각한 트라우마를 이기지 못하고 결국 소방관 일을 그만두신 선배님이 있었다. 그날의 충격으로 오랫동안 육체적·심리적 고통에 시달리는 팀장님을 가까이 모신 적도 있다. 그분들은 그런 고통을 당연하듯 받아들이고 오히려 겉으로 내보이기를 꺼렸다. 선배들뿐이 아니다. 현장에서 심하게 부패한 사체를 본 후배는 결국 다른 곳으로 발령을 자처했다. 다른 이유를 대면서 말이다. 자신의 마음을 드러내놓지 못하니 이렇게라도 현장을 피했다. 동료들이 극단적 선택을 하지 않은 것을 다행으로 여겨야 할지 모르겠지만 그때만 해도 소방관들의 심리적 고통에 관한 관심은 전무했다고 해도 과언이 아니다.

다행히 최근에는 소방관에 대한 심리 지원 활동이 활발하다. 내가 있는 부산만 하더라도 지역의 관련 의료기관과 연계하여 다양한 치료를 제공한다. 무상으로 치료하고 진료 내용에 대해서는 철저하게 비밀을 유지하여 정신질환을 겪는 직원을 충분히 배려한다. 크고 작은 사고 현장에 노출되면 빠른 시일 내 전문가의 상담을 통해 PTSD 외상후 스트레스 장애 해소를 돕는다. 그리고 정기적으로 소방관들에 대한 심리상담도 진행한다. 충분히 좋아지고 있음을 느끼고, 이 분야에서 소방관들을 위해 노력해 주는 분들께 항상 감사하는 마음이다. 다만 정책적 지원뿐만 아니라 소방관 자신의 인식 전환도 함께 필요하다고 본다. 심리적 고통을 겪고 있는 동료의 마음을 이해하고, 그가 겪는 일이 나에게도 일어날 수 있음을 알았으면 한다. 인간의 마음이 다 같을 수는 없다. 어쩌면 트라우마에 시달리는 동료에게 가장 필요한 것은 나와 같이 먹고 자며 생활하는 동료의 관심과 배려 그리고 따뜻한 말 한마디일 수도 있다.

나는 한 번도 소방관이 된 것을 후회해 본 적이 없다. 육체적으로나 정신적으로 한계가 찾아오면 자부심으로 나를 다독였다. 현장에서도 큰 사고가 없었기에 무사히 이 일을 하고 있다. 감사할 따름이다. 어렵고 힘들 때마다 주변에 항상 동료들이 있어 힘든 시간도 이겨낼 수 있었다. 막내 시절에는 끌어주는 선배가 있어 좋았고, 지금에 와서는 도와주는 후배가 있어 행복하다. 이 일을 사랑하는 이유 중의 하나가 바로 이러한 동료들에 대한 믿음이다.

우리는 사고 현장에서 나를 살려주는 동료에게 감사하고, 서로 믿고 의지하라고 말한다. 이제 시선을 조금 더 돌려 사고 현장이 아니더라도 또 다른 고통에 힘들어하는 사람이 있는지 살펴볼 때다. 누구에게도 말하지 못할 무언가를 우리는 진지하게 들어줄 필요가 있다. 나는 너보다 더 힘든 것도 겪었다거나, 너의 고통은 별거 아니라는 식의 평가절하는 절대 안 된다. 누군가를 살려야 할 소방관이 스스로 이 세상을 떠나는 일은 없어야 한다. 소중한 삶을 고통과 괴로움으로 마무리 짓는 일은 일어나지 않아야 한다. 그렇게 하는 것이 내가 사는 길이기도 하다. 우리는 누군가를 살리고 또 우리도 살아야 한다. 반드시 그래야 한다.

죽으려는 자, 살리려는 자

언젠가부터 책을 가까이하면서 다양한 분야의 글을 읽게 되었다. 최근 내가 관심을 가지는 분야는 심리학이나 정신건강에 관한 내용들이다. 인간의 행동이 생각이나 마음에서 시작된다는 생각에, 나의 마음 건강이 어떤지 스스로 들여다보고 싶었기 때문이다. 앞서 밝혔듯 구조대원으로서 겪은 수많은 출동 중 가장 마음이 힘든 것은 자살 출동이다. 스스로 삶을 포기하려는 자들의 행동이 가장 극단적으로 표현된 곳이기 때문이다. 뜨거운 화재 현장에서도, 한 치 앞이 안 보이는 물속에서도, 고층 건물에 매달려 구조 작업을 할 때도 심리적인 압박이나 괴로움은 이겨낼 수 있는 수준이라고 감히 말하고 싶다. 이러한 상황에서의 '죽을 수도 있겠다'는 공포는 나 자신을 대상으로 하기 때문이다. 이 부분은 훈련과 경험을 통해 단련되어 있기에 두려움을 이겨내는 것이 많이 어렵지는 않다. 그런데 자살 출동은 다르다. 죽음에 대한 심리적 고통의 대상이 내가 아니라 타인이다. 죽으려는 사람이다. 그 생생한 고통이 내 마음에 함께 섞여 들어온다. 그것이 '죽으려는 자'와 '살리려는 자'가 대립하는 상황을 만든다.

이런 일이 있었다. 한 남자가 칼을 들고 빌라 옥상에 올라가 있다. 무슨 이유인지 모르겠지만 칼을 자기 목에 겨누고 있었다. 예리한 칼끝을 자신의 목에 가져다 대고 계속 죽음을 이야기했다. 구조대원은 혹시나 하는 상황에 대비하여 우선 에어매트를 설치했다. 살리려는 구조대원과 죽으려는 남자는 이때부터 끝이 보이지 않는 대치를 시작한다. 119는 그가 말하는 요구사항을 들어줄 권한이 없다. 그리고 칼은 흉기다. 섣불리 설득하러 다가가지 못하는 이유가 그것이었다. 잠시 후 사복 경찰들이 승합차를 타고 도착했다. 한 무리의 경찰들은 골목 한구석에서 무언가 이야기를 나누더니 이내 결심한 듯 우리에게 다가왔다.

"119에서 한 분만 저와 함께 가주세요."

날카로운 인상의 경찰 한 명이 우리에게 부탁했다. 경찰의 눈은 나와 마주쳤고, 나는 무의식중에 고개를 끄덕였다. 우리는 뒤쪽 빌라 옥상으로 올라갔다. 남자는 옥상 어딘가에 앉아 있는 듯했는데 아래에서는 보이지 않았다. 다른 빌라 옥상에서 남자의 상황을 살피려고 했다. 나와 경찰은 혹여 남자에게 보일까 낮은 자세로 기어 난간 쪽으로 다가갔다. 최대한 조심스럽게 고개를 들어 반대쪽 옥상을 살폈다. 칼을 든 남자는 바닥에 앉아 울고 있었다.

남자가 있는 옥상 문이 잠겼기에 가까운 빌라 옥상에서 사다리를 펴 옥상 난간을 연결하는 간이 다리를 만들었다. 난간을 등지고 앉아서 울고 있는 남자가 볼 수 없는 위치였다. 우리는 복식용 사다리를 구름사다리처럼 전개했다. 경찰은 그 구름사다리를 조심스럽게 건너 남자에게 다가갔다. 남자는 경찰이 다가오는 것을 알고 칼끝을 경찰에게 돌렸다. 방금 전까지만 해도 자신을 해하기 위해 들고 있던 칼이었다. 경찰은 침착하게 그리고 천천히 그 남자를 설득했다. 잠시 후 남자는 경찰의 손에 끌려 아래로 내려왔다. 경찰이 어떤 방법으로 그 남자에게서 칼을 빼앗았는지 모르겠지만 아무도 다치지 않고 상황은 종료되었다.

또 다른 현장을 보자. 십여 년 전 있었던 사건으로, 언론에도 꽤 많이 보도되었다. 사연은 이렇다. 빌라 4층 난간에서 한 남자가 뛰어내리겠다고 아우성치고 있었다. 연인과의 이별을 비관하여 스스로 목숨을 끊으려 하는 것이다. 남자는 당장이라도 그곳에서 뛰어내릴 기세였다. 출동한 경찰과 소방관이 빌라 아래에서 남자를 설득했지만 상황은 나아지지 않았다.

그러다가 한 명의 경찰이 남자를 설득하기 위해 올라간다고 자원했다. 이 젊은 경찰은 테러범이나 인질범을 진압하는 경찰특공대원이었다. 육체적으로나 정신적으로 아주 잘 훈련된 경찰이었다고 한다. 경찰은 소방관의 방화복을 입고 올라갔다. 까만색 경찰

특공대 옷보다 소방관의 옷이 자살 시도자에게 위압감을 덜 준다
는 이유에서였다. 아래에서 본 사람들의 말에 의하면 설득은 순조
롭게 잘 되었다고 한다. 경찰특공대원은 진심으로 남자를 대했고
죽음 가까이 다가간 영혼을 달래고 또 달랬다. 베란다 바깥쪽으로
기울어져 있던 남자의 몸은 베란다 안으로 들어왔다. 지켜보는 모
든 사람이 안도의 한숨을 내쉬었다.

하지만 그 순간 믿기지 않은 일이 벌어졌다. 남자는 이내 몸을
틀어 경찰을 부둥켜안고 베란다 아래로 몸을 던졌다. 순식간의 일
이었다. 두 사람은 거의 동시에 아래로 추락했다. 아래에서 이 광
경을 지켜보던 모든 사람이 경악했다. 둔탁한 소리를 내며 두 사람
의 육신은 딱딱한 콘크리트 바닥으로 떨어졌다. 설치해 놓았던 에
어매트를 비켜서 떨어졌다. 충격적인 현장이었다. 두 사람 다 살지
못했다.

죽은 경찰의 어린 딸은 영결식에서 울고 있는 엄마의 눈물을 닦
아주었다. 함께 근무하던 동료들은 오열했다. 죽으려는 자를 살리
기 위해 높은 곳에 올랐던 젊은 경찰이 그렇게 순직했다. 그가 평
소 유능하고 훌륭한 경찰이었던 것이 알려지자 주변의 안타까움
이 더했다.

두 사고 이야기를 곱씹어 생각해 보면 죽으려는 자와 살리려는
자의 끝은 둘 다 살수도 둘 다 죽을 수도 있음을 말해 준다. 자기
목에 겨눈 칼을 혹여 타인에게 돌릴 수도 있고, 혼자 뛰어내리려

던 높은 곳에서 다른 사람을 껴안고 떨어지기도 한다. 그것도 자신을 살리려고 하는 사람을 말이다. 죽고자 마음먹은 이들과의 대립은 그 결과를 예측하기 힘들다. 어디로 튈지 모른다. 다른 사고 현장은 구하는 자들의 의지로 조치할 수 있지만, 자살은 구하려는 자의 의지보다 죽으려는 자의 마음을 어떻게 바꾸느냐가 더 중요하다. 그 마음을 돌려세우기 위해서는 최첨단 장비가 필요한 것도 아니고, 억만금의 돈이 있어야 해결되는 것도 아니다. 무슨 말이 되었든 그들의 이야기를 들어주고, 없는 말을 해서라도 설득해야 한다. 자살 출동이 힘든 이유가 바로 이것이다.

그냥 죽게 내버려두라고 말하는 이도 있다. 그 말이 진심이 아니라는 것도 잘 알지만 마음이 씁쓸해진다. 누가 되었든 죽으려고 하는 자를 그냥 둘 수는 없다. 그들을 설득하는 일은 쉽지 않지만, 포기할 수도 없다. 산목숨이 더 힘들다는 이들이 많다. 살기 힘든 세상이라며 하루에 수십 명씩 몸을 던지고, 약을 들이켠다. 그렇더라도 죽게 놔둘 수는 없다. 일어나지 않아야 할 일이 진짜 일어나지 않게 해야 한다.

지금도 어딘가에서 누군가는 죽으려고 하고, 또 누군가는 살리려고 하고 있을 것이다. 한강 다리에는 수많은 CCTV를 설치해 놓았다. 인근 119 수난구조대원들이 24시간 지켜보며 자살을 암시하는 행동이 보이기만 하면 즉시 달려가 구조한다. 자살을 사전에 차단하는 조치다. 효과적인 방법이기는 하나, 단 한 순간도 모니터에서 눈을 뗄 수 없는 고충도 이만저만이 아니다.

2020년 11월, 반포에 있는 수난구조대에 업무 협조로 출장을 간 적이 있었다. 그곳의 구조대원과 이야기를 나누던 중 실제 출동 상황이 발생했다. 함께 출동해 구조하는 상황을 지켜본 적이 있다. 구조대원들은 CCTV를 감시하던 중 자살을 암시하는 듯 서성이는 한 여성을 발견하고 예의주시했다. 긴장감이 흘렀다. 당장이라도 출동할 태세였다. 여성은 부지불식간에 다리 난간을 넘어 강물로 뛰어들었다. 숨죽이며 대기하고 있던 수난구조대원들은 즉시 출동했고, 물에서 허우적거리던 여성은 무사히 구조되었다. 조금만 늦었다면 혼절한 여자는 깊은 물 속으로 가라 앉아 목숨을 잃었을 것이다. 예방적 차원의 현장 활동이 빛을 발하는 순간이었다. 죽으려는 이들의 행동에 선제적으로 대응하여 소중한 한 생명을 구해냈다. 하지만 앞서 말했듯 24시간, 찰나의 순간을 놓치지 않아야 하는 구조대원들의 긴장된 일상은 절대 쉽지 않다.

세계에서 자살을 가장 많이 하는 나라 대한민국. 자살이라는 죽음과 그 죽음을 막으려는 사람들이 매일 서로 마주 봐야 하는 나라. 살리려는 자의 노력이 아무리 크다 한들 죽으려는 자의 마음은 쉽게 움직이지 않는다. 구조대원은 그런 이들을 마주 보고 살아야 할 이유를 설명한다. 아무리 멀리 있어도 휴대전화 하나만 있으면 당장이라도 이야기를 나눌 수 있는 세상이지만 사람과 사람의 소통은 더 힘들고 어려워졌다. 삶을 놓으려는 사람들과의 대화가 높은 베란다 난간이나 강 위의 다리가 아닌 곳에서 이루어지기를 바란다. 삶의 의미가 사라져 가는 세상이지만 여전히 타인을 위해 희생하며 죽음을 막는 사람들이 있다는 것을 알아주기를 바란다.

부부의 연

아내와 결혼하고 벌써 강산이 두 번 변하는 시간이 되어 간다. 소방관으로 임용된 다음 해에 당시 사귀던 여자친구와 결혼하여 부부가 되었다. 거칠게 생긴 외모에 성격마저 무뚝뚝했던 내가 한 여자를 아내로 맞이한다는 것은 한마디로 기적이었다고 말하고 싶다. 평생 혼자 살 것 같았는데 아내가 나를 구원해 준 것이다. 사년 동안 연애를 하고 결혼했다. 결혼식 당일은 어떻게 지나갔는지 정신이 쏙 빠질 지경이었지만 평생을 함께하자던 혼인 서약은 분명히 기억이 난다. 나는 가끔 친구들의 결혼식 사회를 봐주고는 했는데 그때마다 신랑, 신부의 혼인서약 장면을 주의 깊게 지켜보았다. 많은 사람 앞에서 공개적인 약속을 하는 것이니 그것이 법적인 강제성이 없다 하더라도 이것만은 평생 지켜야 하는 것 아닌가 하는 꽤 순수한 생각도 했다. 하지만 현대사회에서 이혼은 흔한 일이 되어 버렸고, 결혼한 지 일 년도 채 안 되어 이혼하는 부부도 많다. 황혼 이혼이라는 말도 있다. 인생의 막바지에 서로의 연을 정리하는 것이다. 이런 상황도 제법 본다. 칼로 물 베기라는 부부의 인연은 4주간의 조정 기간을 거치면 깔끔하게 마무리되는 게 현실이다. 하지만 내가 사고 현장에서 본 부부의 모습은 이런 현실과는 사뭇 달랐다.

기장 소방서 구조대에서 근무할 때다. 따스한 봄날 오후, 다급한 구조 출동 벨 소리를 듣고 팀원 모두가 뛰쳐나갔다. 무전으로 들려오는 출동 내용은 다급했다. 높은 파도가 치는 바다에서 해녀로 보이는 사람이 가까스로 떠 있다고 한다. 신속한 구조가 필요하다는 상황실 직원의 무전이 크게 들렸다. 나와 팀 후배는 달리는 구조차 안에서 슈트와 장비를 착용했다. 현장은 관내에 있는 고리원자력발전소 인근 해상이었다. 바다에 가까이 이르자 맑은 따스한 봄 날씨와 다르게 바다는 파도가 허옇게 일어날 정도로 거칠었다.

신고 지점과 가장 가까운 곳에 차량을 대기시키고 바다로 뛰어들었다. 멀리 보이는 자그마한 부표에 검은색 해녀복을 입은 사람이 매달려 있었다. 나와 후배는 빠르게 수영했다. 밀려드는 파도를 뚫고 구조대상자가 보이는 쪽을 향해 접근해 나갔다. 파도가 얼굴을 덮칠 때마다 구조대상자가 시야에서 사라졌다. 필사적으로 시선을 떼지 않으려 노력했다. 짠물이 입과 코에 들이닥쳤다. 바닷물은 차가웠고, 멀리 나갈수록 조류도 심했다. 가까이 가보니 다행히 먼저 도착한 해양 경찰 구조대원 한 명이 구조대상자의 안전을 확

보한 상황이었다. 하지만 구조대상자의 안색이 좋지 않았다. 파란 입술을 보니 저체온증이 의심됐다. 탈진한 듯 몸에 힘은 빠져있었고 말을 걸었으나 아무런 대답을 하지 못했다. 거기다가 고령으로 보이는 해녀는 잠수를 쉽게 하려고 무거운 납 벨트를 허리에 차고 있었다. 납 벨트가 그녀의 가냘픈 몸을 자꾸 물속으로 끌고 내려갔다.

우선 그것부터 제거해야 했다. 해녀가 붙잡고 있는 스티로폼 부표에 해산물 채집을 위한 칼이 있었다. 나는 얼른 그 칼을 빼 들어 해녀의 허리를 감싸고 있는 납 벨트를 잘랐다. 그제야 몸이 양성 부력으로 바뀌며 수면에 안정적으로 떠올랐다. 지체할 겨를이 없었다. 후배는 해녀의 상체를 잡고 육상으로 끌고 나갔다. 나는 해녀가 채집한 해산물이 담긴 그물망과 좀 전에 해녀의 몸에서 제거한 납 벨트를 들고 뒤를 따랐다. 해녀의 몸은 후배가 안전하게 확보했기에 나는 해녀의 재산을 보존해야 했다. 육상에 구급대원들이 대기하고 있었다. 준비한 들것에 해녀를 옮기고 있는데 어디선가 다가오는 한 할아버지가 보였다. 허리가 심하게 굽어 걷기도 힘들어 보이는 그 할아버지는 걱정스러운 눈으로 할머니를 바라보았다. 그리고 불안한 모습으로 들것의 뒤를 따랐다. 할머니는 탈진과 저체온증으로 의식은 희미했지만, 생체징후는 안정적이었다.

우리는 뒤따라온 할아버지를 안심시켰다. 순간 짐작하기로 두 사람은 부부인 듯했다. 생계를 위해 물질을 하는 할머니를 할아버지가 뭍에서 바라보고 있었을 것이고, 차가운 바다에서 갑작스러운 이상으로 할머니가 위험에 처하자, 할아버지가 직접 신고를 한 듯했다. 그렇게 해녀 할머니는 병원으로 이송되었다. 출동을 마치고 돌아오는 중에도 할아버지의 안타까운 눈빛이 떠올랐다. 복귀하여 출동 기록을 확인해 보니 할머니의 연세는 여든 살이었다. 고령의 몸으로 차가운 바다에서 한 힘든 물질에 쇼크 증상이 발생한 듯했다.

　그로부터 얼마 후에 또 다른 부부를 만났다. 이번에는 교통사고였다. 기장 소방서 관내는 부산 울산 고속도로가 인접해 있다. 그곳은 교통사고가 빈번하다. 현장으로 이동하는 공작차 안에서 들은 무전 내용은 심각했다. 작은 트럭이 앞서가는 트레일러를 추돌했고, 트럭에서 사람이 차 바깥으로 튕겨 나갔다고 했다. 나와 팀원들은 알 수 없는 싸늘함을 느꼈다. 현장의 상황을 전하는 무전만으로도 사고의 심각성을 대략 짐작하기 때문이다. 또 그런 짐작은 현장 상황과 거의 일치한다. 도착하여 보니 우리의 짐작이 여지없이 들어맞았다.

　사고는 신고 내용보다 더욱 처참했다. 용달차는 도로 한복판에 쓰러져 있었는데 앞부분이 심하게 파손되어 있었다. 그 뒤쪽으로는 여성으로 보이는 구조대상자가 쓰러져 비명 섞인 울음을 터뜨리고 있었다. 신고 내용대로 차량에서 튕겨 나가 있었다. 쓰러진 여성의 주변은 피로 물들어 있었고, 가까이 다가가 보니 두 동강 난 정강이뼈가 두꺼운 근육과 피부를 뚫고 튀어나와 있었다. 개방성 골절이었다. 출혈이 상당했다. 먼저 도착한 구급대원들에게 처치를 부탁하고, 트럭으로 다가갔다. 운전석에 한 남성이 찌그러진 차 안에 힘없이 끼어있었다. 팀장님과 후배는 이미 구조 작업을 시작했다. 차체를 벌리기 위해 유압 스프레더가 가동되고 있었다. 구조대상자는 의식이 있었지만, 얼굴은 창백했다. 출혈과 외상은 보이지 않았다. 구조대원들은 구조대상자에게 계속 말을 걸었다.

"꺼내드리겠습니다!"

"힘내세요!"

남자는 대답했다.

"난 괜찮아요."

힘없는 대답이었지만 출혈도 없고, 다른 외상도 보이지 않아서 정말 괜찮은 줄 알았다.

그러기를 3분여. 압착된 차량의 앞부분을 벌리는 데 성공했다. 나는 끼인 몸을 조심스럽게 들어 올리려고 구조대상자의 겨드랑이 쪽을 움켜잡았다. 그때였다. 구조대상자의 눈이 스르르 감겼다. 내 손에 구조대상자의 근육 힘이 빠져나가는 것이 느껴졌다. 불안한 느낌이 스쳤다. 신속하게 들것으로 옮겨 싣고 구급대에 인계했다. 구조대상자를 실은 구급차는 요란한 사이렌 소리를 울리며 현장을 떠났다. 복귀하는 공작차 안에서 팀원들은 말이 없었다. 불안했다.

불안한 느낌은 들어맞았다. 다음 날 뉴스에 우리가 구조한 남자가 사망했다는 소식이 나왔다. 함께 뉴스를 본 팀원들 모두 잠시 말을 잃었다. 이런 경우 조금 더 빠르게 꺼냈더라면 살지 않았을까 하는 아쉬움이 구조대원의 어깨를 무겁게 눌렀다. 애써 담담한 척 했지만, 우리 손으로 구조한 사람이 치료 중 사망했다면 마음이 편치 못한 것이 사실이다.

한 부부의 인연은 계속되었고, 한 부부의 인연은 끊어졌다. 두 부부 모두 언뜻 보기에도 인생의 황혼기에 접어든 노부부였다. 인연의 시작이 어땠는지는 모르겠지만, 함께 살기를 약속하며 평생 해로하자고 다짐했을 것이다. 두 사람은 더 살아갈 것이고, 한 사람은 혼자서 남아 여생을 보내야 한다. 아내가 살아나는 현장을 본 남편, 남편은 죽고 자신은 살아난 아내… 사고의 비극은 극명하게 엇갈려 다가왔고, 면도칼처럼 날카로웠다. 비켜 가면 다행이지만 닿는 순간 치명적이다. 찰나의 순간 삶과 죽음이 뒤엉켰다.

수많은 사고 현장을 본다. 그곳에는 우리가 알 수 없는 사연들이 있다. 분명한 것은 그곳에 있는 사람들 모두 누군가의 가족일 테고 서로에게 아름다운 인연이다. 현장에서 구조대원들은 그런 인연이 계속 이어지기를 바라며 구조 작업을 한다. 슬프지만 다 뜻대로 되지는 않는다. 그럴 땐 어쩔 수 없었다며 스스로 위로하지만, 인연을 잃어버린 사람들의 마음을 모르지 않기에 마음은 무겁다.

신혼 초, 야간 근무를 마치고 아침에 퇴근해 집으로 오면 아내는 아침 뉴스에 나오는 각종 사고에서 혹시나 119구조대원 누군가가 다쳤다는 소식이 나오지 않을까 조마조마했다고 한다. 그런 아내가 괜한 걱정을 한다고 생각했다. 하지만 이 일을 하다 보니 부부가 평생 함께 살아가는 것이 얼마나 큰 행복인지 알게 되었다. 자신의 반려자와 아침을 함께 맞이하며 평범한 일상을 누리는 것이 사람이 받을 수 있는 가장 큰 사랑이라는 것도 알았다. 적어도 함께하는 시간이 다 되어 감을 알고, 마지막을 준비하며 생을 마치는 것이 큰 축복이라는 것도 알게 되었다. 불현듯 달려드는 사고를 피하기는 어렵다. 그렇더라도 한마디 떠난다는 말조차 못 나누고 헤어지는 것은 너무나 슬픈 일이다. 부디 불의의 사고로 생이별을 겪는 사람들이 없기만을 기도할 뿐이다. 그날 고속도로 사고 때 도로 위에 널브러져 있던, 부부가 일을 마치고 함께 마시려고 했던 것 같은 커피믹스 봉지가 여전히 내 눈에 어른거린다.

의용소방대 아버지

내가 유치원에 다닐 때쯤이었다. 산불 화재 진압을 하러 나가셨던 아버지가 며칠 만에 집에 들어왔다. 아버지는 쓰러지듯 방바닥에 누웠다. 몸에서는 탄내가 났다. 어머니는 아버지가 벗어놓은 겉옷을 빨래통에 넣었다.

"불은 다 꺼진 거예요?"

어머니의 질문에 대답하기 귀찮다는 표정으로 아버지가 짜증스럽게 대답했다.

"제기랄. 몇 날 며칠 온 산을 뒤지며 불을 껐는데 불이 자꾸 되살아나서 식겁했네. 그래도 어지간히 다 잡긴 잡았어. 어느 놈이 일부러 지른 거 같기도 한데."

직지사는 내 고향 경북 김천에 있는 오래된 절이다. 사명대사가 출가한 곳으로도 유명한데 고려 시대 때 절을 중건한 능여대사가 측량을 위해 자를 사용하지 않고 목측과 손으로만 지었다 하여 직지라는 절명이 붙었다. 이 절은 관광명소로서 뒤로 황악산을 등지고 있어 수려한 산새를 자랑한다. 화재의 원인은 모르겠지만 절에서 난 불이 산으로 번져 일대가 불 밭이 된 것이다.

어린 마음에 난 아버지가 몇 일째 보이지 않았던 게 궁금하지도 않았다. 엄한 아버지가 없는 게 오히려 좋았는지 친구들이랑 놀기에만 바빴던 거 같다. 아버지는 산불 진압을 하고 며칠 만에 들어왔다. 신문이나 뉴스를 볼 턱이 없는 나는 그런 대형 화재가 났는지도 몰랐다. 그냥 아버지가 누워있는, 탄 내 나는 안방에 들어가기가 싫었다. 안방에 텔레비전에서 인기 만화 '메칸더 브이'를 봐야 하는 데도 말이다.

아버지는 '의용소방대'였다. 의용소방대는 소방서에서 인정하는 공식적인 소방지원 민간조직으로, 관할 지역별로 배치되어 있다. 일반 시민들을 정식으로 임용해 수당도 지급한다. 대형 화재나 재난이 닥치면 소방관과 마찬가지로 즉시 소집되어 소방관의 현장 활동을 지원한다. 현직 소방관인 우리에게는 큰 힘이 되어 주는 조직이다. 아버지는 시골이었지만 전교생이 백여 명쯤 되는 초등학교 앞에서 작은 가게를 운영했다. 동네 사람들은 우리 집을 '점방'이라 불렀다. 아버지는 당연히 '점방 사장님'이었다. 학용품은 물론이고 술, 담배에 과자, 아이스크림, 식자재 등을 없는 것 없이 다 팔았다. 지금으로 보자면 편의점쯤으로 생각해도 되겠다. 새벽에 자다가도 누가 문을 두드리면 나가서 물건을 팔았으니 24시간 영업도 틀린 말이 아니다.

내 생각에 아버지는 의용소방대에 가입하면서 실제 화재 현장에 투입될 거라는 생각은 안 했던 것 같다. 그저 점방 운영을 하면서 그런 조직에 몸담는 것이 장사 인맥을 넓히는 데 도움이 될 것으로 생각한 것 같다. 그런데 정말 대형 산불을 진압하는 곳에 동원되어 며칠을 고생하다 온 것이었다. 그래도 아버지는 의용소방대 일을 꽤 열심히 했다. 이런저런 훈련이나 행사에 빠짐없이 참여했고, 주변에 관심 있는 사람들에게 참여를 권하기도 했다. 스스로 의용소방대에 몸담은 것을 자랑스럽게 생각했다. 직지사 현장에서도 아버지는 아마 최선을 다해 산불을 진압하였을 것이다. 장사하면서 동네 어른들한테 인심을 잃지 않고 사람 좋은 '김 사장'으로 통했던 건 아버지의 그런 성실함이 있었기 때문이다. 겨울이면 연탄 장사도 했는데 늘 주문하는 양보다 더 얹어 주며 이웃이 겨울을 따뜻하게 나기를 바라던 것도 기억난다.

2019년 봄, 강원도 고성에 대형 산불로 온 나라가 난리였던 때, 부산에도 그에 못지않은 산불이 발생했다. 해운대구에 있는 운봉산을 시작으로 기장의 남대산과 불광산까지 단 5일 사이에 연속으로 대형 산불이 발생했다. 특히 기장군 장안에 있는 불광산은 천년 고찰인 장안사를 아래에 두고 있는데 산불의 양태가 30여 년 전 김천 직지사 인근 산불과 비슷했다. 단지 발화가 산에서 먼저 된 것만 달랐다. 수많은 소방관과 의용소방대원들이 소집됐다.

당시 구조대원들의 산불 진화 작업은 단순했다. 갈고리를 하나씩 들고 산에 올라 낙엽이나 나무에 번진 불들을 헤집거나 두들겨 끈다. 이 방법이 소용없다는 것이 아니다. 산 위로 소방차가 갈 수도 없고, 호스를 연장하여 전개할 수도 없으므로 이러한 방법은 현실적으로 최선의 진화법이었다. 하지만 무거운 방화복에 방수화와 헬멧까지 쓰고 가파른 산길을 따라 불을 쫓아다니다 보면 체력적으로 너무나 힘들다. 해운대에 있는 운봉산의 산불은 확산이 너무 빨라 이 산 저 산 넘나들며 불을 끈다고 식겁을 했던 기억이 있다. 그에 반해 불광산은 확산속도는 빠르지 않았지만, 산새가 험하여 고생을 많이 했다. 새벽 두 시에 비상소집하고 진압을 위해 산에 올랐는데 깎아지는 절벽을 구조대원들끼리 서로 잡아주고 끌어주며 올라갔다. 거의 암벽 등반 수준이었다. 그것도 두꺼운 방화복을 입고 말이다. 경사도 심하고 바위산이다 보니 낙엽이 바위 틈새에 꽉꽉 들어차 활활 타고 있었는데 주변 나무 기둥을 잡고 매달리다시피 하여 낙엽을 모조리 긁어내며 진화했다. 바로 아래 장안사가 있었는데 그쪽으로 연소가 확대되지 않도록 사투를 벌였다.

산불 진화는 인력만으로는 완전 진압이 힘들다. 가장 큰 역할을 하는 것은 헬리콥터다. 전문 산불 진화용 헬리콥터는 산림청에서 지원받는다. 또, 소방이나 경찰, 군 소속의 헬리콥터들이 커다란 물주머니를 달고 인근 저수지에서 물을 퍼 담아 불이 난 산에 마구 뿌려댄다. 뉴스에 보면 널따란 산등성이에 헬기가 물을 뿌리는 장면이 가끔 나온다. 그 물줄기가 내심 미미하게 보였는데, 실제로 활활 타오르는 숲속에서 헬기가 뿌리는 물을 아래에서 맞아보니 한여름 소나기처럼 시원하게 떨어졌다. 인근의 불꽃을 순식간에 모조리 꺼버리는 것을 보고 감탄했다. 불붙은 낙엽을 갈고리로 미친 듯이 긁으며 뜨거운 열기를 고스란히 맞을 때는 헬기가 언제 오나 하늘만 자꾸 쳐다봤다.

자정부터 시작된 산불을 다음 날 정오가 돼서야 겨우 진압할 수 있었다. 무거운 발걸음으로 산 아래로 내려왔는데 장안사 입구는 그야말로 난리였다. 수십 대의 소방차부터 군부대, 경찰, 군청 공무원이 타고 온 차들이 즐비했다. 언론사 중계 차량도 빼곡히 사찰 인근에 진을 쳤다. 나는 손가락 하나 까닥할 힘도 없이 터벅터벅 걸어 내려와 동료들과 힘없이 공작차 옆에 드러누웠다. 그제야 허기가 미친 듯이 몰려오는 것을 느꼈는데, 어디 가서 컵라면이라도 하나 먹을 요량으로 다시 몸을 일으켰다. 그러는 것이 나뿐이 아니었다. 구조대 전 직원이 주린 배를 채우기 위해 음식이 차려진 지휘부 텐트로 걸어갔다. 그때 우리 구조대 소속 의용소방대원들을 만났다. 의용소방대원들은 이미 빵과 우유, 컵라면, 김밥들 차려 놓고 우리를 기다렸다. 여성 대원들은 우리를 보자 손짓을 연신 해대며 소리쳤다.

"기장 구조대! 여기로 오세요!"

구세주가 따로 없었다. 마음이 급한 여성 대원 한 분은 양손에 빵과 우유를 한 움큼씩 들고 먼저 우리에게 달려왔다. 우리는 음식을 고맙게 받아 들고 먹었다.

산불 진압을 모두 마치고 집에 돌아오는 길에 아버지께 전화를 걸었다. 아버지는 부산에 산불이 크게 났다는 뉴스를 보고 이미 내 걱정이 이만저만이 아니었다. 전화를 받자마자 안부를 물었다. 당신의 한마디 말이 혹여 부담될까 봐 평소에는 가타부타 먼저 물어보는 일이 없는데, 이날은 어지간히도 불안하신 모양이었다. 난 아버지를 안심시키고 내가 궁금한 것을 물었다.

"아버지! 옛날에 직지사 산불 껐잖아요? 그때 기억나요? 어땠어요?"

"아이고. 그거 보통 일이 아이데이! 내가 그때 직지사 산불 끈다고 얼마나 고생한 줄 아나?"

이 말을 시작으로 아버지는 산불의 무서움과 당신이 겪으신 이야기를 한참이나 했다. 정식 소방관은 아니었지만, 의용소방대였던 아버지의 산불 진화 활약상을 듣는 동안 소방관인 나는 묘한 동지애를 느꼈다. 산불을 끄고 귀가하는 나를 30년 전으로 돌아가게 했다. 그렇게 아버지의 의용소방대 이야기는 한참 더 이어졌다.

산불과 자연재해

2025년 3월 말, 영남 지방 곳곳이 불길에 뒤덮였다. 축구장 1만 835개 규모_{7,739헥타르} 달하는 숲이 잿더미로 변했다. 진압에 투입된 공무원과 산림청 진화대원 중 네 명이 순직했고, 70여 명의 인명 피해가 발생했다. 산불은 초속 27미터의 엄청나게 강한 바람의 영향으로 시간당 평균 8.2킬로미터의의 속도로 빠르게 번졌다. 순식간에 세상을 모두 집어삼킬 듯 모든 것을 불태워 버렸다. 산불의 위험성은 불의 거대함에도 있지만 예측이 어려워 대응이 쉽지 않다는 데 있다. 바람은 수시로 방향을 바꾸어 불고 계곡과 능선을 올라타며 돌풍처럼 휘감아 솟아오른다. 그 속도가 공포스러울 정도로 빨라 마치 거대한 지옥 불이 앞으로 다가오는 것 같이 보이기도 한다.

수년 전 내가 출동한 부산의 산불 현장에서도 그러한 장면을 수도 없이 보았다. 겨우 연기를 피해 높은 능선으로 숨이 넘어갈 듯 뛰어 올라가면 갑자기 바람이 옆으로 휘몰아치며 금세 거센 불길이 소방관들을 쫓았다. 위험한 것은 단순히 불과 연기만이 아니었다. 가파른 산을 오가다 보면 실족의 위험도 있으며 산불 진화의 특성상 수십 키로그램의 무거운 호흡 장비를 착용할 수 없는데 그러다 보니 연기를 고스란히 마시기도 했다. 간이용 방독 마스크가 있지만 쏟아지듯 다가오는 연기를 모두 막아내긴 어려웠다. 진화 도중 커다란 나무가 불에 타 쓰러지며 진압대원들을 덮치기도 했다. 지옥이 있다면 이런 곳일까라는 생각마저 든다. 혹자들은 왜 소방차의 물로 산불을 진압하지 못하냐고 묻지만, 소방차에서 보유한 호스를 모두 연결해도 광활한 산불 현장에 모두 물이 닿기 어렵다. 그래서 소방차는 산 아래 민가나 주요시설에 불이 내려와 옮겨붙지 않게 한다. 낮은 능선까지 호스를 연장하여 연소 확대 방어가 주 임무다.

나는 출동을 하지 않는 소방학교에 근무하고 있어서, 이런 급박한 현장 활동 소식을 동료들로부터 들어야 했다.

"상황이 어때?"

잠시 휴식을 하다 내 전화를 받은 후배에게 짧게 묻자, 후배는 피곤한 목소리로 답했다.

"최악이에요. 많이 어렵습니다."

난 더 묻지도 못해 한 마디만 더하고 전화를 끊었다.

"다치지 마라."

어찌 내가 그 상황과 심정을 모르겠는가? 후배가 저 정도로 대답했다면 아마 언론에 보이는 것보다 더 심각했을 것이다. 정말이지 아무도 다치지 않기만을 바랄 뿐이었다.

그 후 현장을 지원하는 동료들의 말도 들을 수 있었는데 특히 진압용 소방차 펌프차, 탱크차의 활약이 엄청났다고 한다. 전국에서 동원된 수백 대의 소방 차량과 대원들은 실시간으로 접수되는 엄청난 신고에 숨 쉴 틈도 없이 대응했는데 민가로 들이닥치는 불을 막기 위해 사투가 치열했다. 민가를 덮치려는 불을 진압하고 있는 중에도 다른 곳에서 같은 상황이 곧이어 반복되며 이곳저곳 이동하면서 물을 뿌렸을 진압대원들의 모습이 생생했다. 소방차의 물이 떨어지면 가까운 소화전을 찾아 물을 보충하고 또 불 속으로 달려갔다고 한다.

소방차가 아니라면 포크레인 같은 중장비로 불이 옮겨붙을 만한 사료 더미를 부수면서까지 활약을 했다고 하니, 같은 소방관인 내가 들어도 그들의 모습에 경외심을 가지지 않을 수가 없다. 그렇게 밤낮 없이 이어진 진화 작업에도 언제 끝날지 모른다는 것이 현장 대원들을 더 힘들게 했다고 한다. 몸보다 마음이 타들어 갔다. 주불을 진화하는 진압용 헬리콥터가 더 많은 물을 뿌려주기만을 기도했다고 한다. 진화율이 90퍼센트가 넘어가고 주불이 완전히 잡힐 때쯤에야 겨우 안도하며 입고 있는 방화복을 벗고 아무곳에나 드러누워 쉴 수 있었다.

언론 보도에 따르면 이번 산불의 원인은 인재 즉 실화로 의해 발생했을 가능성이 가장 크다고 한다. 이쯤에서 제발 부탁하건데, 산에서는 불의 원인이 되는 어떠한 것도 소지하거나 그런 행동을 하지 말아 주길 바란다. 불씨는 아무리 작다 하더라도 옮겨붙으면 큰 불로 이어지는 데는 순식간이다. 어쩔 수 없는 상황에서 일어나는 실화라 말하더라도 현행법상 산불의 원인이 되면 매우 엄한 처벌을 받는다.

산불뿐만이 아니다. 작은 불씨에서 시작되는 화재는 주변이 어떤 환경이냐에 따라 대형 화재로 이어질 수 있다. 특히 화학공장, 물류창고, 공사 현장 같은 곳이 그렇다. 영남권 산불 전에 부산에서는 대형 호텔 리조트 공사 현장에서 화재가 발생했는데 여섯 명이 숨지고 수백억의 재산 피해가 발생한 대형 화재였다. 그 화재 역시 현장의 용접 불씨가 원인으로 지목되고 있다.

2025년 경북 산불은 사상 최악의 산불이었지만 많은 사람의 도움과 관심도 있었다. 특히 전국 각지에서 이어진 자발적 봉사와 지원이 현장에서 사투를 벌이는 대원들에게 많은 도움이 되었다. 유명인들의 기부는 물론이고 이름 없는 시민들도 십시일반 성금을 보냈다. 그들의 아낌없는 사랑은 향후 화마로 잿더미가 되어버린 곳이 다시 일어서는 데 큰 도움이 되리라 여겨진다. SNS에 이어지는 국민들의 응원글도 많이 보았다. 비록 재난은 끔찍했지만, 그것을 마주하며 이겨내는 힘이 우리에게 있다는 것을 이번 산불을 통해 동시에 알 수 있었다.

그렇다 하더라도 개선하고 보강되어야 할 부분도 눈에 띄었다. 산불 진화를 전문으로 하는 역량 있는 전문 인력의 양성과 지원이 더 강화되어야 한다. 기후변화로 인해 산불은 앞으로 더 자주, 더 크게 일어날 것이다. 그렇다면 지금의 대처 능력으로는 부족하다. 미국 캘리포니아주 산불 전문 진화팀인 핫샷Hot-shots과 같은 팀이 필요하다. 현재 강원과 경북소방에는 관련된 팀이 있는 것으로 알고 있다. 다만 더욱 고도화 되어 전문성을 갖추기를 희망해 본다. 인력 양성과 함께 장비나 그 밖의 대책도 필요하다. 드론을 활용한 예방, 감시 장비를 강화하고 불이 번지지 않도록 능선을 따라 임도를 더 확충하는 방안도 고려해야 한다. 소 잃고 외양간 고친다는 소리를 듣더라도 외양간 그 자체를 제대로 고쳐 다가올 재난에 철저히 대비해야 한다.

영남 산불은 우리에게 많은 것을 남겼다. 재난이 주는 두려움, 공포와 더불어 그것을 이겨내고 또 일어서려는 사람들의 모습도 보았다. 비록 잃은 것도 많았지만 지켜내야 할 것들의 소중함도 알았으리라 믿는다. 이제 감정에 그치지 말고, 제도와 현실을 바꿔 가야할 때다. 이번 산불로 희생된 사람들, 그리고 그곳에서 목숨 걸고 싸운 모든 이들을 위해서라도 앞으로 우리에게 닥칠 자연의 경고를 결코 가벼이 보지 않았으면 한다.

닫힌 문

구조대 출동 중에 꽤 큰 비중을 차지하는 출동이 바로 문 개방^{잠금}^{개방}이다. 언뜻 생각하기에 문을 열어주는 일이 뭐가 그리 중요한지 궁금할 수도 있겠다. 문 개방은 아주 중요할 수도, 그렇지 않을 수도 있다.

예를 들어보겠다. 당신이 외출하고 집에 돌아와서 문을 열려고 하는데 현관문은 잠겨 있고 열리지 않는다. 비밀번호를 눌러도, 전자키를 가져다 대도 열리지 않자 적잖이 당황한다. 그렇다면 당신은 119에 전화해야 할까? 열쇠집 사장님한테 전화해야 할까? 이런 경우 부디 열쇠 집에 전화하길 바란다. 출장비를 포함해서 3만 원 정도면 문을 열 수가 있다. 이 상황은 문 개방 출동 사유가 되지 않는다. 나의 아내도 얼마 전 비슷한 상황에서 어찌할 바를 모르고 나에게 전화했는데, 열쇠 수리공을 불러 처리하라고 아내에게 일렀다.

이번에는 다른 경우다. 당신의 가족이 집 안에 있다. 몸이 몹시 아픈 환자라고 가정하겠다. 그런데 위와 같은 상황이 발생했고, 집 안에 있는 가족과 연락이 안 된다면 어떨까? 이때는 119에 전화해서 문을 열어 달라고 하면 된다. 물론 열쇠 집에 전화해도 된다. 문 개방 출동 결정 요소는 내부에 도움이 필요한 사람이 있느냐 없느냐이다. 비밀번호를 깜빡했다거나 단순히 고장이 났다거나 안에 사람이 있는데도 열어주지를 않는 등의 상황은 출동 사유가 되지 않기 때문에 출동을 거절할 수 있다. 후자의 경우는 구해야 할 사람이 있으므로 출동 사유에 해당한다.

119의 문 개방 임무를 악용하는 사례도 있다. 내가 직접 겪은 사례다. 채권자가 채무자에게 돈을 받기 위해 집을 찾아갔는데 문을 열어주지 않자 119를 불렀다. 가족이 연락되지 않고, 위험한 상황이라고 거짓 신고를 했다. 우리가 도착해서 문을 강제 개방하려고 하니 일대 소동이 벌어졌다. 집 안의 채무자는 119에 왜 문을 강제로 여느냐며 책임을 전가했다. 아주 난감했다. 문을 열었는데 몸에 문신이 잔뜩 그려져 있는 조폭 형님을 만난 적도 있다. 역시 가족이라고 거짓으로 신고한 돈 문제였다. 황당했다. 벌써 10여 년 전의 일이다. 지금은 이런 폐해를 막기 위해 경찰 입회하에 문을 강제 개방한다. 가족이라면 구두로 동의를 받고, 그렇지 않다면 경찰이 신고자의 신분 조회를 하고 나서 문 개방을 한다.

부부간의 문제로 문 개방을 요청하기도 한다. 술을 마시고 늦게 귀가하는 남편이 미워진 아내가 문을 열어주지 않는 경우도 봤고,

싸움 끝에 죽는다는 말과 함께 안방 문을 걸어 잠그는 일도 있다. 전자의 경우에는 양쪽의 신변이 그리 위험하다고 볼 수는 없으니 아마 119에 신고하더라도 출동을 거절할 것이다. 그러나 후자의 경우는 다르다. 믿기지 않을 테지만 나는 저런 출동에서 실제로 목숨을 끊은 사람을 봤다.

부산진 소방서 구조대에서 근무할 때 일이다. 문 개방 출동이었는데 출동 지령을 받고 이동하는 동안 신고자에게 전화했다. 미리 현장 상황을 파악하여 구조 방법이나 갖추어야 할 장비를 준비하기 위해서다.

"지금 구조대상자가 어디에 갇혀 있습니까?"

집안에 사람이 갇혀 있다는 출동 정보만 받았기에 상세한 사정을 알기 위해 구체적으로 질문했다.

"아빠가 안방 문을 잠그고 들어간 지 한참 됐는데 문을 열어주지 않아요."

대답하는 여자의 목소리는 조용했지만 다급했다.

약간 의아했다. 자기 가족이 위험에 처해서 방안에 갇혀 있는데 신고자의 목소리가 너무 작았다. 일부러 작은 목소리로 말하는 듯 들렸다. 어쨌든 도착해서 상황을 직접 볼 일이다.

"일단 알겠습니다. 거의 도착했으니 조금만 기다려주세요."

"네."

신고자의 집은 고급 아파트였다. 현관문을 열고 들어갔는데 거실이 어디쯤인지도 보이지 않을 만큼 내부가 넓었다.

"어느 방입니까?"

팀장님이 신고자에게 물었다.

"저기…"

신고자는 20대의 여자였는데 손으로 복도 끝 방을 가리켰다. 얼굴은 창백했고 긴장한 표정이 역력했다. 거실에 들어서자, 팔짱을 끼고 소파에 앉아 있는 중년의 여인이 보였다. 딱 봐도 화가 잔뜩 난 표정이었다. 우리에게 눈길도 주지 않는 여인의 주위에는 여기저기 부서진 가재도구가 널브러져 있었다. 대략 상황은 짐작됐지만 그게 중요한 게 아니었다. 신고를 한 20대 여자는 그제야 보니 딸인 듯했고 여전히 표정은 초조해 보였다.

"넌 뭐 하려고 신고까지 하고 그래?"

앉아 있는 중년의 여인은 큰 목소리로 딸을 나무라듯 소리쳤다. 신경 쓸 일은 아니었지만, 분위기가 심상치 않다는 것은 알 수 있었다.

딸이 알려준 안방 문의 손잡이를 잡고 돌리자 잠겨 있었다. 집 안에 있는 방문의 경우는 개방하기가 나름 수월하다. 종류에 따라 다르겠지만 손잡이 옆이나 아래에 작은 구멍이 있는데 그곳을 같은 굵기의 볼펜 심 같은 것을 쑤셔 넣어 지그시 눌러 손잡이를 돌리면 '딸깍'하고 문이 열린다. 이 경우도 그렇게 해서 문 개방을 했다.

안방 문을 활짝 열었다. 순간 옆에서 지켜보던 신고자가 비명을 질렀다. 한 남자가 벽에 있는 옷걸이에 목을 매달아 있었기 때문이다. 목이 옆으로 꺾여 있었고, 온몸은 쳐진 채 늘어져 있었다. 흰자만 얼핏 보이는 반쯤 감은 눈이 남자의 상태를 말해 주었다. 얼굴에는 핏기가 없었다. 시간이 꽤나 지난 것이다.

나는 얼른 달려가 남자의 두 종아리를 한꺼번에 움켜잡고 힘껏 들어 올렸다. 몸이 위로 들리며 남자의 목을 옥죄고 있던, 팽팽하던 끈이 느슨해졌다. 팀장님은 가지고 있는 구조용 칼로 힘을 받아 묶여있는 나일론 끈을 바로 끊어버렸다. 동시에 남자의 몸은 힘없이 아래로 떨어졌다. 나는 겨우 몸을 받쳐 남자를 바닥에 눕혔다. 가느다란 나일론 끈은 남자의 목살 안쪽으로 파묻혀 있었다. 그 끈을 겨우 제거했다. 함께 출동한 구급대원들이 즉시 환자평가를 했는데 남자는 반응이 없었다. 구급대원들은 즉시 심폐소생술을 시작했다. 놀라운 것은 이런 상황이 벌어졌는데도 거실의 여인은 끼고 있는 팔짱을 풀지 않고 안방 쪽으로 눈길도 주지 않았다. 소파에 그대로 앉은 채 말이다. 딸은 연신 아빠를 소리쳐 부르며 울부짖었다. 구급대원들은 제세동기 동적으로 환자의 심장 박동 패턴을 분석하고, 사용자에게 전기 쇼크electrical shock가 필요한지에 대해서 알려주는 구급 장비까지 사용하며 소생을 위해 노력했지만 남자는 끝내 깨어나지 않았다. 그 후 병원으로 이송되어 사망했다.

문 개방은 내부의 상황을 예측하기 힘들다. 보통은 가족이나 지인이 연락되지 않아 신고하는데 대부분 무사하다. 집안에 없는 경우가 대다수이고 어떨 땐 태연하게 문을 열어주기도 한다. 방안의 침대에서 곤히 잠들어 있는 사람도 더러 있다. 신고자의 급한 마음을 아는지 모르는지 당사자는 왜 이렇게 호들갑이냐는 표정을 짓는다.

다른 경우는 혼자서 사망한 때이다. 독거노인이거나 스스로 목숨을 끊은 사람들이다. 연락이 안 되어 가족이 신고하거나 아니면 시체가 심하게 부패하여 냄새가 현관 밖 복도까지 나게 되면 이웃들이 신고하는 때도 있다. 우리는 이것을 '고독사'라고 한다.

문을 여는 방법도 다양하다. 강제 개방을 하면 문을 파괴하는데, 이럴 때는 신고자에게 변상에 대해서는 119가 책임을 지지 않는다는 확답을 받아야 한다. 매우 급한 상황에서 이러한 대처가 냉정하게 보일지 모르겠지만 예전에는 문을 개방해 주고도 구조대원이 파괴된 문을 자비로 변상해 주는 일도 있었기 때문에 최근에는 무조건 책임 소지에 대한 공지를 미리 한다. 나도 이런 경우를 두 번이나 겪었다. 급하게 신고를 받고 문을 파괴하여 열었더니, 나중에는 부서진 문을 변상해 달라는 것이었다. 소방서 민원실에 찾아와 난리를 치는 바람에 구조대원들의 사비로 물어준 것이다.

현관문을 개방하기 어렵다면 외부의 베란다나 창문으로 진입해야 한다. 아파트라면 바로 위층으로 가서 협조를 구한 뒤 구조용 줄을 타고 내려와 베란다 외부에서 진입한다. 위험한 구조이고 자칫 베란다나 창문이 잠겨 있으면 내부에 진입은커녕 꼼짝없이 줄을 타고 바닥까지 내려가야 한다. 이때 그나마 괜찮은 방법은 줄을 타고 내려가다가 내부에 사람이 있는 집을 발견하고, 창문을 두드리며 좀 열어주십사 부탁하는 것이다. 물론 집 안에 있는 사람들은 깜짝 놀라겠지만 말이다. 가족들과 단란하게 저녁 식사를 하던 중 갑자기 주황색 옷을 입은 119 아저씨가 고층의 아파트 창문 밖에서 '똑똑' 창문을 두드리는 상상을 해보라. 두드리는 구조대원이나 안에 있는 집주인이나 난감하긴 마찬가지다. 나는 서너 번 정도 해본 것 같은데 다들 친절히도 창문을 열어 주었다. 한겨울 부산 시내 서면의 30층짜리 아파트에서 위와 같은 경우가 있었는데, 그때 창문을 열어 주신 어느 노부부는 나에게 우유를 따뜻하게 데워 주시며 어깨를 토닥여주시기도 했다.

언젠가 고향 친구들 모임에 갔다가 119가 문을 여는 일도 한다고 하니 다들 놀라는 눈치였다. 그런 일을 하는지 몰랐다고 한다. 하지만 출동 갔던 이야기를 해주니 다들 고개를 끄덕였다. 겪어보지 않아 모를 뿐 충분히 일어날 수 있는 일이라 짐작했을 것이다. 잠금장치의 종류가 다양해지고 복잡해져서 최근에는 구조대원들도 문 개방을 위해 더 많은 연구를 한다. 소방학교에서는 문 개방 요령을 영상으로 제작해 구조대원들에게 배포하기도 한다.

잠겨져 있는 문은 아무나 열 수 없고, 그래서도 안 된다. 그 안에 보호받아야 할 사생활이 있기 때문이다. 그래서 문 개방 출동은 신중하다. 또 문을 열면 어떤 상황이 벌어질지도 잘 대비해야 한다. 문을 열고 그곳에 우리가 구해야 할 사람이 있는지 아니면 칼을 든 사람이 있는지 알 수가 없기 때문이다. 무언가 부서지고 깨지는

사고 현장은 눈앞에 보이지만 굳게 잠겨 있는 문 안에서 어떤 일
이 일어나는지 열기 전까지는 아무도 모를 일이다. 구조대원들이
문 개방 출동을 결코 쉽게 다가갈 수 없는 이유다.

끼임 사고

응급실에 가 보았는가? 급하게 아프거나 다쳤을 때 신속한 처치를 위해 마련된 곳이다. 감기와 같은 단순 치료 목적이나 긴급하지 않으면 치료를 거부당할 수도 있다. 무분별한 이용을 제한하기 위해서인지 모르겠지만 의료비도 일반진료보다 높은 것으로 알고 있다. 소방서 구급대원들은 이런 응급실을 하루에도 몇 번씩 들락거린다. 신고를 받고 출동한 곳에 사람들이 대다수가 치료가 급한 환자들이다 보니 응급실과 119는 뗄 수 없는 관계임이 분명하다. 나는 구조대원이라 환자 이송의 업무를 하지 않는다. 그래서 응급실에 업무적으로 갈 일은 거의 없다. 구조대원이 재난 현장에서 사람을 안전하게 구하고 나면 구급대원은 구조된 사람들에 대한 응급처치와 병원 이송을 하게 된다. 그래서 구급 대원은 응급구조사 1급이나 간호사 자격을 가지고 관련 업무에 경력이 있어야 채용이 가능한 직별이다. 나는 그런 구급 대원 동료들에게 응급실에 관한 이야기를 가끔 듣는다. 환자를 인계하는 일과 관계된 이야기부터 응급실 간호사와 결혼한 직원까지 이런저런 사연들을 흥미롭게 전해 들은 기억이 난다. 나는 구조대원으로서 일하며 딱 한 번 응급실에 가봤다.

쇠도 씹어 먹을 만큼 혈기왕성한 구조대 막내 시절, 나가는 출동마다 선배들보다 앞서 부지런히도 뛰어다니던 시절이었다. 안전이라는 구조대원 현장 활동 제1의 원칙이 무색하리만큼 무작정 사고 현장으로 뛰어들던 그때였다. 하지만 이런 나를 주춤하게 만드는 출동이 있었으니 바로 '끼임 사고'다. 끼임 사고란 기계장치에 사람의 신체가 끼이는 사고를 말한다. 주로 고기를 다지는 육가공 기계나 면을 반죽하고 뽑는 제면기에 손이 끼이는 사고가 잦다. 드물게는 대형 유압 프레스나, 컨베이어 벨트 같은 곳에도 신체가 끼이는 일도 있다.

끼임 사고는 어렵다. 우선 구조대상자가 상당한 고통을 호소한다. 예를 들어, 고기를 다지는 육가공 기계 기계를 보자면 톱니바퀴 같은 여러 개 날이 엇갈리면서 돌아가는데, 고기가 들어가 다져지는 그곳에 사람의 손이 끼이는 것이다. 기계 동력의 힘으로 톱니바퀴는 사람의 살을 순식간에 파고 들어가 그 상태로 오도가도 못하게 멈추어 버린다. 심하면 뼈를 으스러뜨려 개방성 골절이 일어나기도 한다. 구조대상자의 고통은 이루 말할 수 없겠지만, 기계 사이에 자신의 신체가 끼어 옴짝달싹 못 하는 순간을 눈으로 직접 바라보는 것 또한 이만저만한 공포가 아니다. 혹여 기계에 끼인 신체 부위가 절단되지는 않을까, 심각한 손상을 입어 신체적 기능을 잃지는 않을까 하는 두려움도 함께 동반된다. 무엇보다 신속한 조치가 필요한 까닭이다. 나는 어서 빼달라고 울부짖는 구조대상자의 얼굴을 맞대며 구조해야 하는 끼임 사고가 유난히 힘들었다.

야간 출근을 했는데 주간팀이 출동을 나가고 없었다. 이럴 때는 출동팀이 복귀할 때까지 기다리는 것이 보통이다. 그런데 옷을 갈아입고 나오자마자 팀장님께서 전화 한 통을 받았다.

"네. 개금 백병원이요? 지금 바로 가겠습니다."

팀장님은 팀원들을 집합시켰다.

"지금 1팀이 끼임 사고 출동했는데 현장에서 조치가 안 되어 응급실에서 현장 교대를 하자고 하니까 개인 차량으로 바로 병원 이동하자."

사정은 이랬다. 1팀은 어느 떡 공장에 끼임 사고 출동을 했다. 아무리 노력해도 끼어있는 구조대상자의 신체를 빼내지 못해 기계를 통째로 들어 병원 응급실로 구조대상자와 함께 이동했다. 현장에서 조치가 안 되니 병원에서 의학적으로 해결을 해야 할 것 같다고 판단한 것 같다. 구조대상자가 너무 고통스러워 하니 응급실로 이동해 우선 마취해 놓은 상태였다. 드문 경우였다.

구조대 사무실에서 멀지 않은 개금동 백병원 응급실에 우리 팀 구조대원 여섯 명이 들어섰다. 응급실 입구는 분주했다. 나는 딱히 갈 일이 별로 없는 병원 응급실에 처음 발을 들이는 순간이었다.

침대 여기저기에 환자들이 즐비했다. 드르륵거리는 바퀴 굴러가는 소리가 들리더니 스트레치 카 가 내 앞을 빠르게 스쳐 지나갔다. 응급실 입구에서 멀지 않은 곳에 주황색 옷을 입은 구조대원들이 보였다. 1팀이었다. 간단하게 인사만 하고 상황을 전해 들었다.

"구조대상자의 팔이 끼었는데 빼내기가 힘드네. 일단 마취해서 지금은 좀 진정된 상태다."

혹여 구조대상자와 관계자들이 들을까 1팀 팀장님은 낮은 목소리로 상황을 설명했다. 자칫 잘못 들으면 구조대원이 무언가를 포기하는 듯 인상을 줄 수 있기 때문이었다. 하지만 도저히 어쩔 수 없는 상황이라면 우리도 의료진에게 사람을 인계할 수밖에 없는 일이었다.

"일단 피곤하실 테니 저희가 타고 온 차량으로 퇴근하세요. 오늘 출동도 많이 하셨던데."

우리 팀장님이 피곤한 기색이 역력한 1팀원들을 걱정했다. 아까 사무실에서 본 출동 기록에 1팀의 주간 출동 건수가 10건이 넘었던 것을 본 것이다. 아무리 강한 구조대원들이라도 6월 땡볕에 온종일 탱크 같은 구조공작차를 타고 다니며 현장 활동을 했다면 이미 몸은 파김치가 되었을 것이 뻔했다. 그런 와중에 나는 구조대상자가 궁금했다. 뒤편 침대 쪽으로 몸을 돌리자 내 눈에 들어온 것은 응급실 바닥에서 육중한 크기의 기계 앞에서 쪼그려 앉아 있는 구조대원의 뒷모습이었다. 천흥이 형이었다.

"천홍이 형!"

천홍이 형은 불러도 대답이 없었다. 가까이 다가가자 구조대상자도 보였다. 구조대상자는 기계에 팔이 긴 채 고개를 돌리고 의자에 앉아 있었다. 온몸이 축 처진 젊은 여자였다. 얼굴은 창백했고 눈은 감은 듯 안감은 듯 풀려 있었다. 얼굴은 땀과 눈물로 얼룩져 있었다. 기계를 해체하는 과정에서 피가 많이 튀었는지 옷에도 피가 묻어 있었다. 당시 내가 30대 초반이었는데 언뜻 봐도 내 또래였다.

기계는 떡 반죽을 하는 용도였다. 징그러운 기계장치가 드러나 보였다. 해체 과정에서 외부를 감싸고 있던 패널을 제거해서 기계 속살이 드러나 있었다. 기계는 응급실 바닥에 처음부터 박혀 있던 것처럼 떡하니 버티고 서 있었다. 여자의 팔을 꺼내기 위해 1팀에서 최대한 분해를 해 놓은 듯했는데, 원래의 형태가 어떤지 알 수가 없었다. 기계는 마치 살아있는 것처럼 꿈틀거리는 듯 보였다. 은빛 기계 부품은 여자가 흘린 피를 머금고 번들거렸다. 한 여자의 가녀린 팔을 물고 놔 주지 않는 기계가 야속했다. 나는 천홍이 형 옆으로 바짝 다가가 형에게 얼굴을 보이고 다시 말을 걸었다.

"형님. 이제 그만하시고 저희한테 맡기세요. 집에 가야죠?"

"어. 왔냐? 일단 가서 전기 절단기 좀 빨리 가지고 와. 이건 주물로 된 거라 아무래도 잘라내야 할 거 같아. 이것만 빠지면 풀릴 거 같은데."

천홍이 형은 교대하자는 내 말에 오히려 다른 공구를 가지고 오라고 시켰다. 나는 아무 대꾸도 못 하고 공작차의 공구 상자에서 쇠를 자르는 전기식 절단기를 가지고 와 형에게 건넸다. 전기식 절단기를 사용하기 위해 기계의 틈새로 전기 톱날을 집어넣으려는 그때. 끼어있던 여자의 팔이 살짝 뒤틀리며 피가 뿜어져 나왔다.

"억!"

난 들릴 듯 말 듯 한 외마디 비명을 지름과 동시에 고개를 돌리며 한 발짝 물러섰다. 피는 분무기를 뿌리듯 분사했다. 여자의 뜨끈한 피가 형의 눈, 코, 입을 뒤덮고 얼굴을 붉게 물들이며 턱 아래로 뚝뚝 흘러내렸다. 옆에서 지켜보던 간호사가 거즈를 한 뭉치 가지고 와 피가 뿜어 나오는 여자의 팔뚝 부분을 눌렀다. 그와 함께 상완근을 압박하여 또다시 지혈했다. 그 와중에도 천흥이 형은 미동도 없이 여자의 팔을 빼내기 위해 계속해서 공구를 이리저리로 움직여 기계를 분해했다. 나는 그런 형을 보고 엉덩이를 뒤로 뺀 채 서 있었다. 그러다가 금세 자세를 바로 했다. 피를 피하려던 내 모습이 부끄럽게 생각됐다. 형은 피 때문에 눈이 잘 안 보이자 끼고 있는 구조 장갑으로 눈 주위를 대충 쓱 닦아내고 다시 기계 분해에 열중했다.

여자는 긴 신음을 내며 흐느꼈다. 마취해서 고통이 경감되었다 해도 자신의 팔이 저 무시무시한 기계에 끼어 눌려 있는데 어디 맨정신에 그 꼴을 볼 수 있었겠는가? 거기다가 조금씩 분해되는 기계 사이로 자신의 살이 톱니바퀴 같은 기계에 짓이겨 있는 것을 보았을 테니 그 심적 고통을 어찌 다 말로 표현할 수 있겠는가?

천흥이 형은 놀라울 정도로 집중했다. 팀장님들과 선배들은 천흥이 형의 이런 모습을 보고 그만하자고 만류하지 못했다. 여자를 치료해야 하는 의료진들도 천흥이 형만 바라보고 있었다. 땀은 다시 피와 섞여 분홍빛 액체가 되어 형의 얼굴을 타고 내렸다. 여자는 고통의 신음과 마취의 몽롱함을 동시에 느끼며 알 수 없는 울음만 쏟아내고 있었다.

잠시 후, 천흥이 형의 얼굴이 조금 찡그려지더니 마지막 힘을 쏟아내는 듯 힘을 주었다. 절단기를 쥔 손이 부르르 떨렸다. 순간 기계가 '탁'하는 소리를 내며 기계틀이 양옆으로 젖혀졌다. 지켜보던 다른 선배가 여자의 팔뚝을 감싸고 있는 무거운 기계틀을 옆으로 더 벌렸다. 여자의 팔을 물고 있던 서너 개의 톱니바퀴가 드러났다. 우리는 조심스럽게 톱니바퀴를 제거했다.

여자의 팔뚝은 손상이 심했다. 단순히 끼어있는 게 아니라 톱니바퀴가 회전하며 팔의 근육과 힘줄, 혈관을 갈기갈기 찢어놓았다. 기다란 팔뚝 뼈가 부러지며 여자의 뽀얀 살 위로 비집고 튀어나와 있었다. 톱니바퀴가 살을 파고 근육을 찢은 다음 신경과 힘줄을 짓이긴 후에 뼈까지 동강 내버린 것이다. 그것도 모자라 오랜 시간을 여자의 팔을 물고 있었다. 차마 눈 뜨고 보기 힘든 상황이었다. 미리 지혈해 놓은 탓에 피는 많이 나오지 않았지만 팔을 빼내는 순간 기계와 팔뚝 사이에 젤리처럼 엉겨 붙어 있던 핏덩어리들이 바닥에 뚝뚝 떨어졌다.

의료진들은 신속하게 치료를 시작했다. 우리는 간호사에게 상황을 인계하고 응급실을 나왔다. 천흥이 형은 그제야 피로가 몰려오는지 긴 한숨과 함께 물을 찾았다. 피 묻은 구조 장갑을 벗어 주머니에 대충 구겨 넣고, 미지근한 생수 한 병을 받아 들더니 단숨에 들이켰다. 그리고 마시다 만 물을 얼굴에 대충 부으며 말라붙은 피를 씻어 냈다. 씻긴 핏물이 형의 주황색 옷을 다시 적셨다.

돌아오는 길에 형이 말했다. 이렇게 풀기 힘든 기계는 처음이라고. 사실 기계라는 것이 만든 사람이나 메커니즘을 알고 있는 것이지 우리 같은 구조대원들은 그저 눈에 보이는 대로 벌리고 풀며 해체할 수밖에 없다. 하지만 기계를 만든 회사에 전화를 걸어 문의하였더니 설명을 잘 못했다고 했다. 평소 꼼꼼한 성격에 기계를 잘 다루는 형이 이 정도로 힘들어했다면 그 어려움이 상당했음을 알 수 있었다. 형이 전하는 말에 의하면 고통에 몸부림치던 여자는 혼절과 깨어나기를 몇 번을 반복했다고 한다. 기계를 해체하다가 과다한 출혈이 일어나자 구급대원이 응급실로 이송을 권고했고, 여자의 팔이 끼인 채로 기계를 통째로 들어 응급실로 이동했던 것이었다.

"젊은 사람이 참 안 됐다."

천흥이 형은 여자를 걱정하고 있었다. 두 시간이 넘게 바로 앞에 앉아 서로를 바라봤을 두 사람. 여자는 오로지 천흥이 형만 믿었고, 천흥이 형은 자신의 임무를 어떻게든 완수하기 위해 사력을 다했다. 여자를 놓아주지 않는 기계와의 사투에서는 끝내 인간이 이겼지만, 기계도 그냥 물러서지 않으며 여자의 팔을 잔인하게 망가뜨려 놓았다. 그러니 형의 마음이 편치 않았으리라.

어쩌면 기계를 다 풀지 못할 거라는 불안감에 휩싸였던 것인지도 모른다. 나는 보았다. 천흥이 형의 손이 미세하게 떨리는 것을. 경험이 쌓인 후에야 알았지만, 구조대원이 장비를 조작할 때 확신이 없으면 손의 힘이 빠지는 것을 느낄 수 있다. 자신이 밀리고 있다는 본능적 반응이다. 천흥이 형도 어느 순간 그것을 느꼈겠지만 포기하지 않았다. 기계의 해체와 관계없이 여자의 곁을 지켜 주고 싶었는지도 모른다. 형이 기계를 풀지 않고 중간에 포기하고 자리를 떴다면 여자의 팔은 의료진의 판단으로 절단되었을지도 모를 일이었다. 나는 더 이상 천흥이 형의 심정을 물어보지 않았다. 평소 욕 한마디 할 줄 모르는 형의 심성과 궂은일마다 않고 구조대 살림까지 다 챙기는 선한 마음을 생각하니 아마 형은 그날 밤을 새워서라도 임무를 완수했을 것이다. 그렇게 우리는 구조대로 돌아와 간단하게 업무를 인계하고 주어진 사투를 마감했다.

형은 지금 경남의 한 소방서에서 근무하고 있다. 10년이 넘는 부산 생활을 뒤로한 채 전원 생활을 꿈꾸며 바닷가에 집을 지었다. 그리고 그곳에서 또 다른 구조대원의 삶을 살고 있다. 늘 시골을 동경하던 형다운 결정이었다. 몇 년 전 스쿠버다이빙을 전문적으로 배우고 싶다며 연락이 와서 형을 다시 만났다. 다이빙을 함께하며 옛이야기를 나누다가 물어보았다.

“형님. 근데 그때 왜 그렇게 끝까지 분해하려고 했어요? 안되면 그냥 응급실에 인계하고 가도 되긴 하잖아요?”

“에이. 그러면 안 되지. 구조대원이면 끝까지 해봐야 하는 거여. 그리고 그 여자가 앞에서 팔이 낀 채로 울고 있는데 도저히 못 그 만두겠더라고. 주물로 된 기계가 얼마나 안 풀리던지 원…”

특유의 사투리로 담담하게 말하던 형은 나에게 뭘 그런 걸 다 기억하냐는 듯 바라보았다. 그때나 지금이나 형은 진정한 구조대 원이다. 따가운 8월의 햇빛이 바닷물에 반사되어 형을 비추었다. 그 모습이 거인처럼 크게 보였다.

사랑을 버리다

부산진 소방서에서 구조대원 막내 생활을 보낸 후 소방학교에서 교관을 했다. 신규 임용되는 신출내기 후배들부터 전문 교육을 받으러 오는 선배와 동료들을 만나 화재 및 구조에 대한 교육을 했다. 만 삼 년의 시간 동안 소방학교는 나에게 많은 것을 주었다. 현장의 생생함보다야 부족하겠지만, 그래도 잘 갖춰진 훈련시설에서 화재, 구조, 구급 전반에 대한 이론과 실습을 익힐 수 있어 나에게는 고마운 시간이었다. 마지막으로 후배들을 가르치고 소방학교를 떠나던 날, 나도 모르게 흘러내린 눈물이 그곳에서의 생활이 나에게 어떤 의미인지 말해 주었다.

"김강윤, 특수구조단 현재는 특수대응단으로 명칭이 변경됨 근무를 명함!"

발령 공문을 보고 심장이 두근거렸다. 새로운 곳으로 간다는 설렘은 물론이겠거니와 내가 가야 하는 '특수구조단'이 주는 이름의 무게가 느껴졌기 때문이다. 특수구조단은 일선 소방서와 체계가 다르다. 지방 소방조직 중에 가장 큰 단위인 소방본부 직할 소속의 구조대다. 통상적으로 한두 개 구를 담당하는 소방서 구조대와 달리 부산시 전체를 담당하는 구조단이다. 다시 말해 대형사고, 재난, 특수 환경 사고 수난, 산악, 도시탐색, 화학 등에 투입되는 조직이다. 이런 곳에 근무하게 된 것은 개인적으로도 영광이었지만, 현장을 떠난 지 3년이나 지난 내가 과연 다시 구조현장에 잘 적응할 수 있을지 스스로 걱정이 되기도 했다.

특수구조단으로 출근하는 날, 나를 반갑게 맞아주는 사람들이 있어 고마웠다. 그들은 소방학교에서 나에게 교육받은 후배들과 전문 교육으로 인연을 맺은 선배님들이었다. 덕분에 전혀 낯설지 않았고, 적응도 그리 오래 걸리지 않았다. 출동이 많이 없었지만 늘 긴장해야 했다. 특수구조단을 출동시키는 상황이라면 고난도 구조 작업을 필요로 하는 상황이며, 매우 심각하다는 뜻이기 때문이다. 소방학교에서 교육을 담당하던 내가 다시 출동 상황을 대비하는 팽팽한 일과를 보내게 된 것임을 새삼 느꼈다.

야간 근무를 하던 날이었다. 동료들과 방사능 측정 장비를 꺼내놓고 연찬하고 있었다. 고리원자력발전소가 부산에 있으므로 방사능 사고에 대비한 훈련은 특수구조단의 주 업무였다. 이날의 연찬 내용은 방사선 노출 지수를 외우고 기계가 측정하는 값에 따라 구조대상자를 분류하여 구조하는 내용이었다. 복잡한 원자력 용어가 나오는 책을 보며 있자니 머리가 아팠다. 친한 후배를 옆에 앉혀 놓고 이론과 실습에 관한 내용을 물어보았다. 밤이 깊어가는 줄 몰랐다.

"구조 출동! 구조 출동!"

방사능 사고 연찬에 너무 깊이 몰두하고 있었을까? 출동 지령 소리에 나는 화들짝 놀라 벌떡 일어났다. 수난사고였다. 가까운 해운대 쪽 동백섬 인근이었다.

복도를 따라 차고로 뛰어나가면서 막내 구조대원에게 사고 지점이 어디냐고 물었다.

"동백섬 주차장입니다!"

막내는 큰 소리로 외치며 수난구조 차량으로 뛰어갔다. 출동 유형에 따라 가동되는 구조차가 달랐다. 우리는 수난구조 상황에 필요한 장비가 적재된 차량에 모두 올라탔다. 수난구조차는 현장으로 빠르게 내달렸다.

해운대 바닷가를 지나 동백섬 입구에 다다르자 멀리 경찰차와 소방차의 경광등이 번쩍이는 게 보였다. 많은 사람이 모여서 웅성거렸다. 동백섬은 부산의 유명한 관광지다. 사시사철 사람이 찾는 곳인데 사고가 났으니, 구경꾼들이 많이 몰려 있었다. 먼저 도착한 해운대 구조대 대원들이 스쿠버 장비를 착용하고 있었다.

"승용차가 후진하다가 바다로 빠졌는데 특수구조단도 우리와 함께 들어가자."

해운대 구조대 팀장님이 간단한 브리핑을 했다. 관할구역 담당 구조대가 지휘권이 있으므로 우리는 그 지시에 따랐다. 장비를 착용하며 주변을 흘깃 보니, 승용차가 빠진 곳 근처 육상에서 한 남자가 땅을 치며 외치고 있었다.

"제 아내 좀 구해주세요!"

남편인 듯한 남자의 몸은 젖어 있었다. 주변 사람들이 안타깝게 바라봤다. 남자는 물에 뛰어들 듯 일어났다. 경찰은 그를 붙들어 말렸고 남자는 또 목이 찢어져라 울었다. 수색이 시작됐다. 해운대소방서 구조대원 세 명과 특수구조대원 세 명이 동시에 투입되었다. 12월의 바닷물은 차가웠다. 드라이슈트 몸에 물이 들어오지 않는 잠수복를 입었지만, 슈트 표면에 닿는 물의 냉기가 그대로 내 몸에 전달됐다. 승용차는 주차장 옆 3미터쯤 되는 높이의 선박 계류장 위에서 추락했다. 수심은 5미터 정도였는데 추락지점이 비교적 정확하니 승용차를 찾는데 그리 오래 걸리지 않았다.

까만색 중형 세단 승용차가 물속에 가라앉아 있었다. 차의 앞부분이 바닥에 닿아 있었고, 트렁크가 있는 뒷부분은 바닥에서 1미터 정도 떠 있었다. 물속은 컴컴했다. 수중 랜턴으로 비추자 차량이 선명하게 보였다. 물체가 25퍼센트 더 크게 보이는 물속 특성 때문에 시커먼 차체가 위압감을 더 주었다. 그때였다. 먼저 들어간 해경 구조대원들이 여자를 발견했다. 가까이 다가갔다. 물속에서 여자의 머리카락이 흐느적거리는 것이 보였고, 여자의 팔과 다리는 축 늘어져 있었다. 해경 구조대원들이 여자를 물 밖으로 인양했다. 나는 또 다른 사람이 있을지 몰라 물 밖으로 나가지 않고 물속에서 계속 차량 내부를 수색했다. 운전석 문이 열려 있었다. 랜턴을 안쪽으로 비추자 조수석 창문이 열려있는 것을 볼 수 있었다. 고개를 돌려 운전석 뒷자리를 보니 아무도 없었다. 수면으로 상승하여 해경 구조대원이 인양하고 있는 여자를 보았다. 얼굴이 고통에 일그러져 있었다. 물속에서 죽기 전까지 나가려고 발버둥 쳤는지 손은 무언가를 잡으려는 모양새였다. 여자는 눈을 뜨고 있었다.

물 밖으로 들려 나오는 여자가 보이자, 사람들은 안타까운 탄식을 했다. 아까 물 밖에서 오열하던 남자는 실신 직전이었다. 나는 다시 물속으로 들어가 차량 내부를 수색했다. 혹시 다른 위험 요소는 없는지 확인해야 했고, 죽은 이의 개인 물품도 가지고 나와야 했기 때문이었다. 나는 여자의 핸드백을 가지고 나와 육상의 경찰에게 전달했다. 소방 인력들은 철수를 준비했다. 나는 자꾸 울고 있는 남자에게 눈길이 갔다. 젊고 잘생긴 남자는 바닥에 엎드려 어깨를 들썩이며 통곡하고 있었다. 아내가 주검으로 발견되었으니 그 충격이 오죽했으랴. 경찰의 말로는 차량이 후진하다가 바다로 빠졌고 남자만 겨우 탈출했다고 한다. 남자는 아내를 구하려 몇 번 물속에 들어갔다고 하는데 결국 구하지 못했다. 그래서 남자의 몸이 젖어 있었다. 안타까움이 전해졌다. 조금 더 일찍 들어갔으면 살릴 수 있지 않았을까 생각되었다. 특수구조단 근무 후 처음본 죽음이었다. 현장으로 복귀했음을 실감했다. 사람을 살리지 못한 구조대원의 마음은 늘 미안함과 안타까움으로 가득하다.

다음 날 뉴스에 이 사고가 전해졌다. 안타까운 죽음과 함께 주차장 근처 계류장의 안전 문제도 동시에 제기됐다. 그럴만했다. 계류장 쪽으로 바리 케이트라도 있었다면 차는 빠지지 않았을 것이다. 잠시 보던 뉴스에서 눈을 돌리고 나는 퇴근 했다. 퇴근하는 길에서도 남자의 울음소리가 들리는 듯했고 죽은 여자의 얼굴이 자꾸 떠올랐다. 쉽게 잊히지 않을 것 같았다.

몇 주 후, 주간 근무를 하고 있을 때였다. 잠수장비를 꺼내놓고 정비를 하고 있었다.

"형님, 전화 받아보이소. 해양 경찰입니다."

경찰? 뭐지? 순간 내가 무슨 죄를 지었나, 생각했다. 지은 죄도 없는 데 괜히 불안했다. 전화 수화기를 나도 모르게 공손히 들고 말했다.

"부산 소방 특수구조단 김강윤입니다. 어떤 일로 그러시죠?"

"수고 많으심니더. 얼마 전에 해운대 동백섬 차량 추락사고 때 수색을 하셨지예?"

최대한 예의를 갖추었지만, 해양 경찰의 목소리는 빨랐다. 나는 그렇다고 답하자 해양 경찰은 본격적으로 질문을 하기 시작했다.

"아. 다른 게 아이고, 사고가 조금 의심이 되거든예. 그래서 김 반장님이 물속에서 수색할 때 특이사항 보신 게 없나 해서예!"

무슨 말이지? 내가 본 것이 다가 아니란 말인가? 아내를 잃은 남자. 물속에서 고통스럽게 죽은 여자. 내가 본 것은 그게 다였다. 갑자기 심장이 두근거렸다. 잠시 곰곰이 생각했다. 아무리 생각해도 특별할 게 없었다.

"글쎄요. 제가 처음 갔을 때는 운전석이 열려 있었고, 조수석 창문도 열려 있었거든요. 여자는 뒷좌석에 있었던 것 같고요. 근데 뒷좌석 문이 잠겨 있었던 거 같습니다."

내 말을 말없이 듣고 있던 경찰이 잠시 뜸을 들이더니 나지막하게 말했다.

"일단 잘 알겠심더. 협조해주셔서 고맙심더."

나는 전화를 끊으려는 해양 경찰에게 다급하게 다시 물었다.

"근데 뭐 때문인지 여쭤봐도 될까요?"

나는 순간 그것이 궁금했다.

"자세히 말씀드릴 수는 없고, 살인사건으로 의심이 됩니더."

말문이 막혔다. 서둘러 전화를 끊고 밖으로 걸어 나왔다. 동료들이 무슨 일이냐며 물었다. 통화 내용을 말하니 모두 경악했다. 수사 결과를 봐야겠지만 우리가 본 현장이 누군가를 죽이기 위한 범죄일 수도 있다는 것이 믿기지 않았다.

얼마 뒤 이 사건은 지역 언론에 대서특필되었다. 거액의 보험금을 노린 살인사건으로 말이다. 해양 경찰의 수사가 맞았다. 기사로 전해진 둘의 사연은 이렇다. 식당을 운영하면서 혼자 사는 여인은 남자를 종업원으로 고용하게 된다. 젊고 잘생긴 남자는 일을 열심히 했다고 한다. 둘은 서로 호감을 느꼈는지 어느새 연인으로 발전했다. 남자는 30대 초반이었고 여자는 40대였다. 나이는 문제가 되지 않았다. 둘은 열렬히 사랑했고 결혼을 약속했다. 남자는 여자에게 보험을 권유했다. 이제 나이가 있으니 노후설계도 해야 한다고 말이다. 여자는 남자의 말을 따랐다. 비싼 보험을 들었다. 여자는 고향 집에 남자를 데리고 가서 가족들에게 소개했다. 결혼할 사람이라고. 가족들은 여자의 결혼 소식에 모두 기뻐했다. 남자를 가족에게 소개하는 날 여자는 세상 누구보다 행복해 했다고 한다.

두 사람은 그렇게 미래를 약속했다. 하지만 어느 날 남자는 자신의 친구와 함께 아내가 될 여자를 차에 태우고 동백섬으로 데이트하러 갔다. 여자는 평소와 다르게 뒷자리에 탔다. 남자가 그렇게 태웠을 것이다. 주차장에서 잠시 데이트를 즐기던 중 남자는 생수를 사러 갔다. 그 사이 남자의 친구가 차를 돌려놓으려 운전석에 앉았다. 그리고 남자의 친구는 운전석과 조수석의 창문을 모두 열어 놓았다. 12월의 추운 밤에 말이다. 그래야 물이 안으로 더 빨리, 더 많이 찰 테니. 또 자신은 탈출해야 했을 테니. 그리고 문을 잠갔다. 남자의 친구는 후진으로 차를 바다로 밀어 넣은 뒤 가라앉는 동안 미리 열어 놓은 창으로 스스로 빠져나온다. 생수를 사서 돌아온 남자는 이 광경을 보고 물에 뛰어들어 여자를 구하려 한다. 아니, 구하려는 쇼를 한다. 그 이후는 우리가 도착하여 활동한 내용과 같다.

남자는 다른 연인이 있었다고 한다. 그 연인과도 결혼을 약속한 상태였다. 기사를 접한 나와 구조대원들은 아연실색했다. 그때 우리가 본 남자의 눈물은 거짓이었다. 그는 자신을 사랑하는 사람을 죽인 살인자였다. 남자는 치밀하게 계획했다. 지인에게 2억을 준다고 하고 친구로 가장시켰다. 현장 답사도 했다고 한다. 사망보험금은 11억 원에 달했다. 사건의 전모가 밝혀졌고 남자는 구속됐다.

　죽은 이의 동생 말에 의하면 여자는 진심으로 남자를 사랑했다고 한다. 주변의 지인에게 남자를 정말 아끼는 모습을 자주 보였으며, 늘 자랑했다고 한다. 자신을 죽이려 수년간 계획한 것을 모르고 말이다. 이 놀라운 사건의 현장에 있었던 나는 혼자서 한참을 생각했다. 만약 우리가 여자를 구했다면 어떻게 되었을까? 남자의 잔인한 계획을 막을 수 있었지 않았을까 하는 생각이 들었다. 살인의 내막은 몰랐겠지만 말이다. 구조대원들은 구하지 못한 사람에 대한 당시 상황을 수십 번 되돌려본다. 이랬다면 어땠을까? 저랬다면 살릴 수 있지 않았을까? 이번 경우도 그랬다. 계획된 살인이었다는 것을 알고 나니 아쉬움은 더욱 컸다.

　늦은 나이에 찾아온 사랑을 믿었던 여자는 그 사랑이 거짓이었음을 죽는 순간까지 몰랐다. 세상은 결국 남자를 벌했지만, 죽은 여자의 억울함이 씻기지는 않을 것 같다. 부디 가여운 여자의 영혼이 편안하기를 바란다.

고독사, 외로운 죽음

소방관이 되고 처음 부산에 와서 놀랐던 것 중 하나는 길거리에 사람이 정말 많다는 것이다. 광안리에 작은 원룸을 얻어 생활했던 나는 지하철을 타고 서면의 사무실까지 출퇴근했는데, 서면역에 내려 사무실까지 5분 정도 걸어가는 동안에 역 주변 길거리에 넘쳐나는 사람들을 볼 때면 '부산이라는 도시가 참 크구나.' 하고 생각하게 됐다. 물론 이 글을 읽는 서울 시민들이 보면 '뭐 그 정도 가지고!'라고 하겠다. 하지만 시골에서 어린 시절을 보낸 내가 삶의 터전을 대한민국 제 2의 도시에 잡게 되었으니, 눈에 보이고 귀에 들리는 것이 매일 놀라움의 연속이었다.

도시는 화려했다. 쉬는 날이면 소방서 임용 동기들과 만나 술자리를 가졌다. 부산 출신 동기들이 나를 번화가 구석구석으로 데리고 다니며 구경시켜 주었다. 서면의 화려한 밤거리에서 맛있는 삼겹살과 소주로 식사를 하고, 광안리에 가서 밤바다를 바라보며 맥

주를 마셨다. 거대한 고층 아파트가 즐비한 해운대에서 동기들과 해변을 거닐기도 하고, 청사포에 가서 조개구이를 먹기도 했다. 남 포동과 국제시장에서 맛집 탐방도 하고, 부산대나 경성대 앞에서 젊음의 기분을 만끽하기도 했다. 이런 도시의 모습이 얼마나 좋은 지 오죽하면 나는 동기들에게 놀거리, 먹거리가 너무 많아 행복하 다고 했다. 번쩍거리는 도시의 밤을 매일 밤 즐겼다. 그리고 그곳 에 모이는 사람들은 하나 같이 아름답고 멋져 보였다.

출근해서는 철저하게 일에 집중했다. 구조대는 늘 긴장해야 했 기 때문이다. 아무리 동기들과 노는 것이 좋다 한들 일에 지장을 받은 적은 없었다. 나뿐만 아니라 구조대 직원 모두 일과 사생활은 철저히 분리했다. 그러던 어느 날이었다. 전날 불타는 금요일을 보 냈던 나는 이날따라 숙취가 쉽게 가시지 않았다. 다행히 주말에는 행정 업무가 거의 없어 출동 외에는 사무실에서 휴식을 취하면 되 었기에 진한 커피 한 잔을 타 마시고 멍하니 앉아 있기만 했다. 유 난히 더웠던 날이었는데 사무실 에어컨이 시원찮아서 몸에서는 땀이 쉴 새 없이 흘러내렸다. 그러다가 구내 식당에서 시원한 콩국 수를 점심으로 내어주셨는데, 숙취와 더위가 한 번에 달아나는 듯 했다. 이럴 때는 얼마나 고마운 지 모른다. 오후에는 대기실에 있 는 이불을 강렬한 뙤약볕에 일광 소독하기 위해 널었다. 소방서 대 기실은 관공서의 당직실과 같이 늘 침구류가 준비되어 있는데 주 말 근무를 하는 팀이 대기실 침구류를 볕에 잘 말려야 했다. 하지 만 늘 그랬듯 무슨 일을 하려면 꼭 출동이 걸린다. 이번에는 문 개방 출동이다. 주택의 현관문을 개방해 달라는 경찰의 요청이었다.

출동한 곳은 관내에 있는 산동네였다. 시내와는 동떨어진 높은 지대에 좁은 골목들이 미로처럼 엉킨 곳이었다. 구조 출동이 잦은 곳이라 낯설지 않았지만, 공작 차를 큰길가에 세워놓고 걸어 올라가야 하는 수고가 많은 곳이었다. 이번에도 출동 장소도 한참 올라가야 있는 골목 구석의 오래된 집이었다. 무더운 여름, 울렁이는 속을 부여잡고 헉헉대며 가파른 오르막길을 올라갔다. 골목 사이사이를 지나 도착한 작은 대문 앞에서 먼저 도착한 경찰이 난감한 표정으로 우리를 맞았다.

"아이고. 수고 많으십니다."

키 작은 대문 안으로 들어서자, 경찰들이 우리를 보고 반갑게 말했다. 그런데 모두 손으로 입을 막고 있었다. 가까이 다가가자 역한 냄새가 코를 찔렀다. 표현하기 힘든 냄새였다. 선배들은 인상을 찌푸렸지만 코를 막지는 않았다.

현관문은 바둑판무늬의 유리로 된 밤색 새시 문이었다. 딱 봐도 오래된 듯했다. 별다른 장비도 필요 없어 보여 가지고 온 빠루로 손잡이 안쪽을 젖혀 열었다. 문은 쉽게 열렸다. 그런데 문이 열리자마자 모두 '억'하는 외마디 작은 소리를 냈다.

열린 현관문 바로 앞에 오래된 시체가 누워 있었다. 닫힌 문이 열리자 부패한 시신의 냄새를 머금은 뜨거운 공기가 순식간에 우리를 덮쳤다. 새카만 파리 떼도 함께 달려들었다. 그렇게 잠시 문

을 열어둔 채 열기와 냄새를 뺐다. 나는 안으로 들어가서 닫힌 창문을 모두 열었다. 그리고 시체 가까이 다가갔다. 고령으로 보이는 사람의 시체는 옆으로 쓰러지듯 누워있었다. 코와 입에서는 알 수 없는 분홍빛 액체가 흘러 빠짝 말라 있었고, 눈은 움푹 패 있었다. 눈은 희끄무레한 흰자를 반쯤 드러낸 채 떠 있었다. 눈, 코. 입 모두에 구더기가 들끓었다. 살가죽은 바짝 말라붙어 까맣게 변해 있었다. 이 모습을 한참 바라보던 경찰이 말했다.

"사회복지사가 정기 방문을 했는데 문은 잠겨 있고 냄새가 하도 나니까 112에 신고를 했다 아임니꺼. 평소에 지병이 있어가 혼자 거동도 불편했다 카데예. 가족도 엄따 카는데 우째야 되겠노."

경찰은 안타까운 듯 한참을 바라보며 작은 목소리로 말했다. 손은 여전히 코와 입을 막고 있었다.

처음 본 고독사였다. TV 뉴스에서나 보던 노인들의 그 고독사였다. 누구 하나 찾아오는 이 없는 달동네 오래된 집 안에서 혼자 쓰러져 세상을 떠났다. 현장을 경찰에게 인계하고 나왔다. 좁은 골목을 돌아 큰길로 들어섰는데 코에서는 아직도 시신이 부패한 냄새가 가시지 않았다. 공작차로 걸어가는 동안 뭐라도 말을 하고 싶었지만, 속이 울렁거려 아무 말도 하지 못했다. 그전까지 사고 현장에서 살이 터지고 피를 흘리는 구조대상자를 본 예는 있었지만 이렇게 심하게 부패한 시체는 처음 보았기에 잔상이 오래갔다. 공작차는 가파른 산동네 도로를 조심히 내려온 후 다시 서면 시내를 지났다. 언제 그런 곳에 다녀왔냐는 듯 화려한 주말 오후의 서면 거리가 눈앞에 펼쳐졌다. 길거리에는 젊고 아름다운 청춘들로 북적였다. 불과 몇 분 전 이름 모를 노인의 죽은 모습과는 천지 차이의 세상이었다.

그 후에도 셀 수 없는 고독사 문 개방으로 출동을 했다. 상황은 거의 다 비슷하다. 문을 열면 역한 냄새와 함께 사람이 쓰러져 있었다. 심하게 부패한 시체가 풍기는 냄새만이 자기 죽음을 알리는 유일한 수단이었다. 어느 죽은 자의 손에는 핸드폰이 들려있기도 했다. 전원이 꺼져 있는 핸드폰은 주인의 죽어있는 손안에서 주인보다는 늦게 죽었을^{방전} 것이다. 누군가에게 전화하려다가 죽은 것인지, 아니면 아무에게도 전화할 곳이 없어 죽어간 것인지는 알 수가 없다.

어떤 때는 자식이 신고하기도 했다. 신고자는 자기의 친부가 죽어있는데도 문밖에서 들어오지 않았다. 까만 정장을 말끔하게 차려입은 중년의 남자는 손수건으로 코를 막고 얼굴을 찡그리고 있었다. 들것에 실려 나오는데 눈길 한번 주지 않는 그 중년의 남자는 분명 죽은 이의 아들이었다. 그 남자의 표정은 전혀 슬퍼 보이지 않았다. 아니 짜증 섞인 표정이었다.

반대로 백발의 아버지가 아들 집 문 개방을 요청한 적도 있다. 간암으로 복수가 차 배가 산만큼 부풀어 오르고 손가락 하나 까닥이지 못하는 아들의 집 현관문을 열어달라고 신고했다. 당장 죽어도 이상하지 않을 듯 산송장처럼 누워있는 60대의 아들과 그를 바라보는 80대의 아버지. 아버지의 눈은 슬프게 젖어 있었고, 아들의 눈은 아프게 말라 있었다. 아들이 들것에 실려 구급차에 이송되는 동안 신고자는 말없이 그 옆을 따랐다.

고독사는 주로 이웃이나 사회복지사가 발견하는데 특히 사회복지사의 트라우마가 심각하다. 이들은 항상 부족한 인력으로 관할 구역의 수많은 독거노인이나 혼자 사는 중증장애인을 돌본다. 육체적으로나 정신적으로 아주 힘든 일이다. 특히 삶의 의미와 희망을 잃은 이들의 일상을 돌본다는 것이 결코 쉬운 일이 아니다. 사회복지사들은 진심을 다해 돌보며 이들과 내적 유대감을 형성하기도 한다. 자신이 관리하는 사람들이 이렇게 죽거나 특히 자살하는 경우에는 상당한 정신적 충격을 받는다. 과도한 업무로 인해 스스로 목숨을 끊는 사회복지사의 소식도 접할 수 있는데 이런 현장을 보는 나로서는 그들의 업무 스트레스가 멀지 않게 느껴진다.

커다란 세상이 아무렇지 않은 듯 돌아갈 때 어딘가에서는 쓸쓸히 죽어가는 이들이 있다. 고독사가 특정 세대만의 문제는 아니다. 최근에는 청년이나 중년층에서도 외롭게 죽음을 맞는 경우를 종종 본다. 이들의 고독사는 노인의 그것과 차이가 다소 있다. 주로 스스로 삶의 끈을 놓아버리는 경우인데, 육체적 노쇠함은 없지만 빈곤, 고독, 지병, 현실 부정과 같은 다양한 요인으로 생을 마감한다. 고독과 외로움이 극에 달해 죽어가는 순간에도 누구의 보살핌 한번 제대로 받지 못하는 것이다. 죽은 몸이 캄캄하고 좁은 단칸방

안에서 한참을 썩어가도 세상은 몰라준다. 문밖의 거대한 도시는 화려한 불빛에 흥청거리고, 수많은 사람은 낮과 밤을 풍요롭게 만 끽한다. 고독은 남 말인 듯 단 한 순간도 외로움을 견디지 못하는 사람들이 도시의 길가에 넘쳐난다. 나 역시 그랬다. 아니 지금도 그렇다.

죽음의 공포와 외로움의 고통까지 온몸으로 껴안으며 살아가는 사람들이 있다. 세상은 그들의 존재를 알지만 애써 외면하는 듯하 다. 화려하고 아름다운 도시의 한 귀퉁이에는 아직도 고독과 함께 언제 닥칠지 모를 죽음만을 기다리는 이들이 있다. 눈에 보이는 번 쩍임보다 보이지 않는 캄캄함에 더 관심을 가져야 한다. 넘쳐나는 놀거리와 먹거리에 몰두하는 우리는, 온종일 멍하니 누군가를 기 다리는 사람들을 찾아가야 한다. 다른 세상의 사람들이 아니다. 누 군가의 가족이고 우리의 이웃이다. 죽은 이의 냄새가 아닌 산 자의 말을 들으러 그들을 찾아야 한다.

지탱하는 힘

소방관의 아내

아내는 나보다 여섯 살 어리다. 군 전역 후 처음 가진 직장에서 만난 아내는 나와 사내 커플이었다. 하지만 회사 사람들 몰래 만나는 사이였다. 그 시절 20대 초반이었던 아내는 나의 첫인상이 좋지 않았다고 한다. 나 역시 그 점을 부인하지 않는다. 오랜 군 생활 탓인지 말투나 표정, 행동거지 하나하나가 여전히 군인처럼 딱딱하고 어색했다. 여자라고는 제대로 만나본 적도 없는 나와 만나준 아내가 얼마나 사랑스러웠는지 모른다. 친구나 선, 후배들과의 술자리가 있으면 언제나 아내를 데리고 다녔다. 나를 아는 사람들 모두 무슨 조화냐며 놀라워했다. 내가 여자를 만난다는 게 신기하기도 하거니와 나이가 여섯 살이나 어린 여자를 사귄다니 다들 도둑놈이라며 놀려대며 한마디씩 했다. 그런 말조차 즐거웠다. 아내는 내게 축복이었다.

잘 다니던 직장을 그만두고 소방관이 되겠다고 당시 여자친구였던 아내에게 말했다. 어렵고 힘든 결정이었지만 아내는 두말없이 나를 지지해 주었다. 할 거면 제대로 하라며 자기가 도와준다고까지 말했다. 고마웠다. 합격 때까지 떨어져 있어야 함을 알면서도 아쉬움을 감춘 채 나를 응원했다. 나는 서울로 공부를 하러 올라가면서 아내에게 금방 합격할 거라 호언장담했다. 하지만 시험 합격까지 오랜 시간이 걸렸다. 아내는 그런 나를 기다려줬다. 좌절할 때마다 내 옆을 지켰고, 내가 포기하지 않도록 도와줬다. 자신의 미래를 위해 모아놓은 돈까지 나에게 보내주었다. 어쩌면 아내가 나를 공부시킨 것이나 다름없는 것이었다. 나이는 어렸지만, 생각은 나보다 어른스러움을 안 것도 그때였다.

소방관 시험을 준비하면서 아내의 가족에게 인사를 드렸다. 갖춰진 것이 아무것도 없는 무일푼 백수가 참으로 뻔뻔하게도 미래의 장인, 장모를 뵈러 간 것이다. 아내의 부모님은 보잘것없는 나를 따뜻하게 맞아주셨다. 푸짐한 밥상을 차려주셨는데 얼마나 맛있었는지 정신없이 먹어치운 기억이 난다. 그런 내 모습을 아내의 부모님이 좋아하셨다. 비록 가진 거 없는 놈이지만 밥 한 그릇 뚝딱 해치우고 시원스럽게 말하는 모습이 싫지 않으셨던 모양이다. 나는 사실 시험에 합격하고 인사를 드리려고 했다. 하지만 아내는 그게 무슨 상관이냐며, 자기가 좋으면 다 좋아하신다며 나를 굳이 자기 부모 앞에 세웠다. 결과는 나쁘지 않았다. 오히려 나는 더 동기를 부여 받아 공부했다. 부모님께 인사드릴 정도면 이제 내가 책임져야 하는 사람이라고 생각했기 때문이다.

우여곡절 끝에 소방관이 되고 부산에 터를 잡게 되었다. 나는 기다릴 것도 없이 아내에게 프러포즈를 했다. 무슨 말을 어떻게 해야 멋진 프러포즈가 될까 고민하다가 도저히 내 입으로 말하기가 쑥스러워 다른 사람을 입을 빌렸다. 뮤지컬 공연에 프러포즈 이벤트가 있었는데 거기에 사연을 보내 당첨이 되었다. 공연 도중에 배우가 아내에게 나의 편지를 대신 읽어주는 포맷이었다. 함께 관람하는 사람들의 박수도 받을 수 있으니, 나는 가만히 앉아 있기만 하면 되는 일이었다. 그런데 그조차도 쑥스러워 쥐구멍이라도 숨고 싶었다. 남들 다 하는 프러포즈를 그럭저럭 해냈다는 생각뿐이었다. 그렇게 결혼해서 평범한 신혼생활을 했다. 아내는 아는 사람 하나 없는 부산으로 오로지 나만 보고 내려왔다. 그런 아내가 안쓰럽기도 하고 고마웠다. 이제 모든 것이 순탄할 것 같았다.

하지만 시간이 지나며 아내와 나는 다투는 일이 잦아졌다. 출동이 많은 구조대 일을 하고 돌아오면 나는 집에 누워서 뒹굴거나 나가서 술을 마시는 것이 일상이었다. 아내는 뒷전이었고, 어떨 때는 술자리에 데리고 나갔다. 작은 기업 컨설팅 연구소에 취직하여 직장생활을 하던 아내는 자기도 피곤하고 힘든데 내 뒤치다꺼리까지 하느라 지쳐갔다. 내가 술자리에 갔다가 늦게 들어오는 날에는 늘 다툼이 일어났다. 아내는 쉬는 날이면 무조건 나가 노느라 정신이 없는 나를 원망했다. 그런 아내의 모습을 나는 이해하지 못했다. 남편이 사회 생활하는 것에 간섭이 심하다고만 여겼다.

그러던 중 아내가 임신을 했다. 나는 뛸 듯이 기뻤지만, 그것도 그때뿐이었다. 태교에는 관심이 없었고, 어차피 아이를 낳는 것은 여자이니 알아서 할 거라고 여겼다. 그렇게 딸아이가 태어났다. 아이가 태어난 날, 딸을 한번 안아본 후 아내와 아기를 병원에 놔두고 술을 마시러 나갔다. 죄책감 같은 건 하나도 없었다.

육아는 오롯이 아내의 몫이었다. 아이의 기저귀를 갈거나 목욕을 시킨 기억이 거의 없다. 집안 청소나 가끔 하는 정도지 굳이 내가 손을 대지 않아도 될 일이라 생각했다. 아내는 나에게 아예 시킬 생각도 하지 않았다. 나는 아내가 끙끙대며 아이를 돌보고 있을 때면 항상 소파에 드러누워 TV를 보거나 집 밖에서 술을 마시기 일쑤였다. 이런 내가 아내는 얼마나 미웠을까? 아내가 참지 못하고 폭발했을 때 나는 목숨 내놓고 힘든 일하는 남편보고 아이 돌보는 하찮은 일을 왜 시키느냐며 오히려 큰소리쳤다. 곧 죽어도 나 하고 싶은 거하고 사는 성격에 아내의 타박이 귀에 들릴 리 없었다.

지금 생각해 보면 어리석기 짝이 없는 행동이다. 나는 지금도 이때의 이야기를 하면 입이 열 개라도 할 말이 없어진다. 아내는 이 이야기를 먼저 꺼내지는 않지만 아마 평생 가슴에 남을 것이다. 세월이 흘러 아이가 크고 조금의 여유가 생긴 요즘, 아내와 지난 시절을 이야기할 때마다 나는 미안함이 밀려와 할 말이 없어진다. 이제 와 작게나마 뭐라도 보답하고자 하는데 그조차 쉽지 않음에 다시 고개가 숙여진다.

하나밖에 없는 아이는 훌쩍 자라 청소년이 되었다. 아내의 지극

정성으로 큰 아이는 책을 좋아한다. 아내의 덕이다. 아내는 아이가 옹알이를 할 때부터 책을 읽어주었다. 다니던 회사를 그만두고 아이가 유치원에 들어가는 시기까지 누구에게 단 한 번도 맡기지 않고 함께 있었다.

육아에만 전념했던 아내는 아이가 유치원에 갈 때쯤 자기를 위한 일에 도전을 했다. 공예 수업을 받기 시작하더니 강사 자격증을 따기 위해 서울이나 인천과 같은 먼 곳까지 하루 이틀씩 다녀오기도 했다. 굳이 말리지 않았다. 워낙 깊은 생각을 하는 아내이기에 내가 간섭하지 않아도 될 일이라고 여겼다. 한 두 해쯤 열심히 공예를 배운 아내는 아이가 초등학교에 입학하자 초등학교 방과 후 강사 일을 시작했다. 그간 배운 것을 유감없이 발휘하며 단숨에 자신의 공예 과목을 학교에서 인기수강과목으로 만들어냈다. 아내에게 공예를 배운 아이들은 만족해하며 재수강을 했다. 학부모들의 칭찬도 자자했다. 그 결과에는 아내의 노력이 얼마나 담겨있는지 나는 알았다. 아내는 아이들에게 가르칠 공예작품을 새벽 늦게까지 만들어가며 연습했다. 아이들이 만들기에 힘들지는 않을까 재료 하나하나까지 고르고 또 골랐다. 이런 아내의 노력이 방과 후 강사로서 크게 빛을 발하는 것은 어쩌면 당연했다.

이십대 초반의 앳된 모습으로 나를 만난 사람. 나이 차가 많이 나는 나를 볼 때면 수줍어 고개를 잘 들지도 못했던 사람. 미래가 불투명한 나를 뒷바라지하며 기다려준 아내는 결혼하면 행복하게 해주겠다던 말에 속아 생면부지 부산에서 수십 년째 살고 있다.

가정에 무관심하고, 일에 미치고, 술에 빠진 남편 때문에 몇 번이고 속이 시커멓게 타들어 갔을 아내의 세월에 미안함이 밀려온다. 이 글을 쓰는 내내 살아온 삶이 죄스러워 한없이 부끄럽다. 아내는 요즘 여기저기 아프다는 말을 한다. 사람을 구하기 위한 직업을 가진 내가 세상에서 가장 나를 사랑하는 사람을 제대로 지켜왔는지를 생각하면 부끄러움만 남는다.

소방관의 배우자로 사는 삶은 쉽지 않다. 일상적인 출근 인사가 살면서 나누는 마지막 말이 될 수도 있다. 야간 근무를 하는 배우자의 마음은 고통스럽다. 긴긴밤을 가슴 졸인다. 나의 아내도 그러했고 동료 소방관의 배우자들도 그럴듯하다. 그 시간을 이제는 제대로 바라보고 감싸주려 한다. 그리고 이 세상 모든 소방관의 배우자들에게 경의를 표한다.

엄마와 구급차

오늘도 엄마는 기침을 심하게 한다. 한번 시작된 기침은 날이 갈수록 더 심해졌다. 엄마는 결국 숨이 넘어갈 듯 고통스러운 얼굴을 하며 쓰러졌다. 얼굴이 빨갛게 달아올라 무섭게 보이기까지 했다. 어린 시절 엄마의 이런 모습은 나에게 너무나 큰 충격이었다.

엄마는 천식 환자였다. 그것도 중증이었다. 증상이 언제부터 있었는지 확실치는 않지만 내가 기억하는 가장 어릴 때부터였다. 외할머니 말로는 나를 낳고 나서 엄마가 천식을 앓기 시작했다고 한다. 엄마는 늘 'ㄴ' 자 모양의 천식 호흡기를 가지고 다니며 기침의 조짐이 보인다 싶으면 호흡기를 입에 대고 크게 한번 들이마셨다. 엄마의 기관지는 보통 사람들보다 심하게 약했다. 계절을 가리지 않고 기침과 가래를 달고 살았다.

환절기에는 증상이 심해 거의 죽을 지경까지 갔다. 여름에는 집에 모기향도 피우지 못했다. 피어오르는 연기가 엄마의 기관지를 자극했기 때문이었다. 저녁에 자려고 이불을 펼 때도 조심해야 했다. 약간의 먼지만 일으켜도 기침을 했다. 겨울에는 늘 마스크나 목도리로 입과 코를 가려야 했다. 기침 증상은 특히 밤에 심했는데 누워서는 도저히 기침이 멈추지 않아 늘 벽에 기대어 앉은 채로 잠이 들었다. 이떨 때는 잠을 자지 못하고 밤새 기침을 했다. 엄마가 기침할 때마다 난 심장이 콩닥거렸다. 정말로 죽을 거 같았기 때문이었다. 피가 섞인 가래를 토할 때면 소스라치게 놀라 울음을 터뜨렸다. 형이 나를 데리고 바깥으로 나가 마루에서 함께 울었다. 형제의 울음소리를 들었는지 엄마가 억지로 기침을 참는 듯했지만 이내 다시 고통스러운 기침이 계속되었다.

아버지는 천식에 좋다는 약을 구하기 위해 사방으로 돌아다녔다. 용하다는 한약방을 전전했고 대구의 큰 대학병원까지 엄마를 데리고 갔다. 그래봤자 그때뿐이고 차도가 없었다. 그나마 괜찮은 방법이라면 깨끗한 환경에서 편히 쉬는 것인데 시골 살림에 그게 말처럼 쉽지 않았다. 아버지는 시골 초등학교 앞에서 구멍가게를 하며 농사를 지었다. 밭에 일하러 나간 아버지가 없으면 가게 일은 엄마 몫이었다. 당시 시골 동네가 다 그랬듯 동네 아저씨들은 가게 안에 둘러앉아 막걸리나 소주를 마시며 담배를 피워댔다. 지금이야 실내 금연이지만 그 시절은 그렇지 않았다. 너도나도 담배를 입에 물고 가게 안이 뿌옇게 될 때까지 연기를 뿜어댔다. 그럴 때마다 엄마는 입을 가리고 눈을 찡그리며 기침을 참아야 했다. 나는 가게 안에서 술을 마시는 동네 아저씨들이 미웠다. 장사해서 돈을 벌어야 하는 것이 중요한 지 몰랐던 나는 술을 안 팔았으면 좋겠다는 생각을 매일 했다. 엄마는 내색하지 않았지만 어쩔 수 없다는 눈치였다. 가게에 찾아오는 손님들이 다 마을 어른들이고 일가친척이었으니 술을 마시든 담배를 피우든 관여할 수가 없었다.

가을 운동회를 하는 날이었다. 달리기도 잘했고, 승부욕도 강했던 나는 운동회를 손꼽아 기다렸다. 내가 꼭 1등을 하고 싶은 종목이 있었기 때문이다. 바로 엄마를 업고 달리는 종목이었다. 초등학교 마지막 운동회였던 6학년 가을 운동회에서 1등을 하고 싶었다. 하지만 엄마가 문제였다. 가을에는 천식이 심해져서 집 밖으로 나서기가 어려웠다. 운동장에는 온통 흙먼지가 날렸다. 엄마는 운동회에 나가자는 나의 부탁에 대답하지 못했다. 그러다 운동회 당일 아침에 엄마는 운동회에 갈 수 없다고 말했다. 나는 너무 화가 나서 눈물이 날 것 같았다. 운동회는 시작됐고, 선생님은 사정을 아는지 모르는지 점심시간 이후에 엄마 업고 달리기를 한다며 출전할 학생들은 그때까지 엄마를 데리고 나오라고 말했다. 아버지는 나를 달래며 그냥 달리기만 1등을 하라고 하셨다. 속으로 부아가 치밀었다. 난 꼭 엄마를 업고 뛰고 싶었다.

오후 경기가 시작되었다. 엄마 업고 달리기에 출전할 학생들과 엄마들이 하나둘씩 달리기 출발선으로 모여들었다. 5학년과 6학년만 출전하는 종목이라 선수가 많지 않았다. 나는 학생들 무리에서 빠져 나무 그늘에 혼자 앉아 있었다. 다 꼴 보기 싫었다. 5학년 경기부터 시작했다. 신경 쓰지 않으려 했지만, 나의 시선은 경기장으로 향했다. 마음이 초조해졌다. 그때 아버지가 나를 찾으셨다. 멀리서 나를 부르는 아버지를 보고 벌떡 일어나 뛰어갔다. 나를 발견한 아버지는 얼른 경기 출발선에 가 있으라고 외쳤다. 나는 영문도 모르고 부리나케 달려 경기 출발선에 달려갔다. 다른 친구들과 엄마들이 뒤엉켜 있는 곳에 도착하자 선생님이 "엄마는?"이라고 물었다. 나는 대답을 못했다. 어물거리며 서 있는 나를 보며 선생님이 알 듯 모를 듯 미소를 지었다. 그때 저기 멀리서 엄마가 걸어오고 있었다. 엄마는 따가운 가을 햇볕에도 빨간 스웨터를 걸치고 조심스럽게 운동장 옆을 지나 내 곁으로 다가왔다. 그리고 내 뒤에서서 빨간 스웨터로 나를 감싸 안았다. 나는 세상을 다 가진 듯 신이 났다.

드디어 내 차례였다. 총 4명의 선수가 엄마를 업고 뛰게 되었다. 나는 출발 총소리와 함께 엄마를 둘러업고 내달렸다. 얼마나 빨리 달렸는지 엄마가 내 등에서 들썩였다. 엄마는 비명을 질렀다. 동네 아저씨들이 환호했다. 우리 가게에서 매일 술 마시고, 담배 피우는 사람들이었다. 성큼성큼 단 한 번도 멈추지 않고 운동장을 가로질러 달렸다. 1등이었다. 결승선에서 기다리던 아버지가 나를 와락 안아 들고 위로 올렸다. 엄마는 부끄러운지 내 등에서 내리자마자 총총걸음으로 다시 운동장을 빠져나갔다. 나는 왠지 모르게 눈물이 났다. 기분은 좋았지만, 엄마가 내 생각보다 훨씬 가벼웠다.

그해 가을이 지나가고 겨울이 올 때였다. 아니나 다를까 엄마의 기침은 극에 달했다. 아버지는 어디에 갔는지 보이지 않았다. 형도 학교에서 아직 오지 않았다. 집에 혼자 남은 나는 엄마의 기침이 심해지는 것이 겁이 났다. 그저 엄마의 등을 두드리며 괜찮으냐고 묻기만 했다. 엄마는 급기야 울음을 터뜨렸다. 기침은 더는 기침 소리가 아니라 절규에 가까웠다. 마른기침을 견디지 못한 엄마의 목구멍에는 피가 났다. 엄마는 수건으로 입을 틀어막으며 괴로워했다. 엄마의 기침 소리가 온 동네에 울려 퍼졌다. 동네 아줌마들이 몰려왔다. 초겨울 작은 시골 마을에 비상이 걸렸다. 엄마의 얼굴은 눈물범벅이었고, 동네 아줌마들이 어쩔 줄 모르며 엄마 곁을 지켰다. 아직 학교에서 돌아오지 않은 형이 원망스러웠다.

그때였다. 멀리서 '삐뽀삐뽀'하는 소리가 들렸다. 소리는 점점 가까워지더니 하얀색 승합차 한 대가 집 앞에 멈춰 섰다. 그리고 두 명의 건장한 남자가 차에서 내렸다. 쑥색 군복을 입은 남자 두 명이 승합차 뒷문을 열었다. 그리고 흰색 천으로 덮인 들것을 들고 우리 집으로 들어왔다. 아저씨들은 군화를 신고 있었다. 나는 동네 앞 파출소 방위 아저씨인 줄 알았다. 그때 동네 아줌마 한 명이 말했다. 이러다 애들 엄마가 죽을 것 같아서 신고했다고 한다. 나는 의아했다. 여태 119는 불을 끄는 소방관들이 일하는 곳이라고만 알고 있었기 때문이다. 동네 아줌마들도 119가 이런 것도 하냐며 말했다. 어쨌든 쑥색 군복을 입은 아저씨들은 엄마를 능숙하게 들것에 실었다. 누군가 따라가야 한다고 해서 뒷집 아주머니가 차에 같이 탔다. 다시 사이렌 소리를 울리며 멀어지는 하얀 승합차를 뒤에서 바라만 보았다.

저녁 무렵에야 아버지가 집에 왔다. 소식을 전해 들은 아버지는 가까이 사는 외할머니를 모시고 시내에 있는 병원으로 갔다. 나는 학교에서 돌아온 형과 함께 저녁을 차려 먹고 TV를 봤다. 좋아하는 만화영화를 마음껏 볼 수 있었지만 엄마 걱정에 눈물만 났다. 아버지는 밤늦게 들어오셨다.

"아빠. 엄마 괜찮아요?"

"그래. 구급차가 일찍 데려다줘서 괜찮단다. 병원에 잘 있으니까 내일 형이랑 한번 가봐."

그제야 안심이 된 나는 마음껏 TV를 봤다.

다음 날 형과 나는 시내로 가는 버스를 타기 위해 동네 앞으로 나갔다. 동네 앞 냇가에 다다르자, 형이 엄마 병 빨리 낫게 해달라며 동전을 던지면서 빌자고 했다. 형과 나는 다리 위에서 멀리 동전을 던졌다. 나는 백 원만 던졌다. 형은 오백 원을 던졌다고 했다. 형이니까 많이 던졌나보다 했는데, '혹시 내가 백 원만 던져서 엄마가 낫지 않으면 어쩌지' 하는 걱정이 들기도 했다.

시내로 나와 병원으로 가는 도중 형이 한 선물 가게로 나를 데리고 갔다. 나는 여자애들이나 가는 이런 곳에 뭐 하러 가느냐고 물었지만, 형은 대꾸없이 구석에 진열된 커다란 곰 인형을 집어 들었다. 그리고 나에게 물었다.

"너 돈 얼마 있어?"

주머니에서 5천 원짜리 지폐 한 장을 꺼내 형에게 건넸다. 형은 자기 돈을 더 보태서 곰 인형을 샀다. 형은 그제야 엄마에게 줄 거라고 말했다. 나는 내가 선물을 받는 것처럼 기뻤다. 엄마가 언젠가 큰 곰 인형을 갖고 싶다고 한 게 기억났다. 형은 엄마의 그 말을 생각해 뒀다가 병문안 갈 때 사려고 한 것이다. 형이 너무 어른스러웠다. 우리는 엄마가 곰 인형을 받으며 기뻐할 생각을 하며 병원으로 발걸음을 옮겼다.

그런데 선물을 받은 엄마의 표정이 좋지 않았다. 뭐 하러 샀느냐는 표정이었다. 형은 아무 말이 없었고 나는 입을 삐죽거렸다. 산소 호흡기를 달고 누워있는 엄마는 수척했다. 그런 엄마가 곰 인형을 껴안고 좋아할 줄 알았는데 그러지 않아서 야속했다. 오래 있지 못하고 형과 나는 병원에서 나왔다. 집에 도착해서 아버지에게 형과 내가 곰 인형을 사서 엄마에게 주었다고 말했다. 아버지는 인상을 찌푸리셨다.

"야 이놈들아. 천식 환자한테 털 날리는 인형을 안기면 우짜노?"

그제야 엄마가 왜 그랬는지 이해가 됐다. 형은 난감한 표정이었다. 아버지는 그래도 두 아들이 기특했는지 괜찮다고 토닥여주셨다. 우리는 엄마가 곰 인형을 안고 얼른 집으로 오기만을 기다렸다.

세월이 흘러 나는 119 구조대원이 되었다. 엄마를 병원에 옮길 때 하얀 구급차를 타고 온 쑥색 군복의 아저씨들 정체를 알게 된 것은 소방관이 된 이후였다. 막내 시절 부산진 소방서 구조 대장님이 알려주셨다. 내가 초등학교에 다니던 80년대에는 소방조직도 군인과 같이 군복과 군화를 착용하고 근무를 했다는 것이다. 나는 그때 우리 집에 와서 엄마를 데리고 간 사람들이 소방 구급대원이라는 것을 알았다.

부산진 구조대에 근무할 때 구조대원인 나는 서장님의 지시로 구급대원 일일체험을 하게 된 적이 있었다. 가야119안전센터에서 하루 동안 구급대원들과 함께 근무했다. 그때 갔던 출동 중에 천식 환자가 있었다. 증세가 예전의 어머니와 똑같아서 남 일 같지 않았다. 가족이 없었던 그 환자를 들것에 싣고 구급차에 태운 다음 병원으로 이송했다. 병원으로 가는 동안 가야센터의 구급대원들은 환자를 위해 다양한 처지를 했다. 고농도 산소를 주고, 혈압과 맥박을 체크하고, 다른 합병증은 없는지 확인하면서 환자를 돌보았다. 병원으로 이송되는 짧은 시간이었지만 최선을 다하는 모습이었다.

구조대원들은 사람을 구한 후 피 흘리는 구조대상자를 구급대원에게 인계한다. 그후 이송되는 구급차 안의 일까지 신경 쓰지는 않는다. 그런데 이렇게 구급대원들의 모습을 직접 보니 마음이 찡했다. 이때 내가 본 구급대원들의 모습이 어릴 적 우리 엄마를 살리기 위해 집으로 달려온 쑥색 군복의 아저씨들의 모습과 겹쳐 보였다. 나는 구급대원 동료들에게 깊은 고마움을 느꼈다.

얼마 전 고향 집에 가보니 엄마의 곰 인형이 그대로 있다. 오래되어 털이 빠지고 숨이 죽어 곰이 아니라 갓 태어난 고양이 새끼 같았다. 엄마는 잔뜩 쪼그라든 곰 인형을 여전히 아긴다. 난생처음

두 아들에게 받은 선물이라고 귀하게 여긴다. 나는 형이 사자고 해서 따라간 것뿐이라고 말하고 싶었지만 참았다. 그냥 형제가 준 선물로 알고 있는 것이 좋을 듯해서다. 엄마의 천식은 이제 많이 괜찮아졌다. 그렇게 독하게 해대던 기침이 많이 잦아들었고, 연세보다 오히려 건강하기까지 하다. 그 이유가 하얀 구급차를 타고 온 119 아저씨들의 빠른 처치와 두 아들의 정성이 담긴 곰 인형 덕분이 아닐까 생각해 본다. 분명 그날 구급차에 실려 간 이후 엄마의 증세가 완화되었다. 나는 그렇게 믿고 있다.

동료들을 믿고

조직 생활을 하는 직장인에게 내부의 결속력은 중요하다. 매 순간 어떤 사고가 일어날지 모르는 소방서의 출동 업무는 그야말로 다이내믹하고 예측하기가 어려워 더욱 그렇다. 현장에 투입되는 구조대원들은 팀을 이루어 행동한다. 함께 화재를 진압하거나 구조 작업을 하는 현장에서는 늘 소중한 동료들이 곁에 있다. 어쩌면 목숨을 잃을지도 모르는 현장의 한복판에 서슴없이 서로를 의지하며 함께 들어간다. 그러한 용기는 불현듯 솟아오른 영웅심의 발로가 아니다. 동료에 대한 절대적 믿음이 있기에 가능한 것이다. 이것이 바로 내가 말하는 '결속력'이다.

소방학교에서 동료들을 교육하는 업무를 하기 전에는 구조대에서만 근무했다. 119구조대의 한 개 팀은 여덟 명 정도로 구성된다. 물론 시도마다 차이는 있다. 20년 이상 경력의 베테랑 팀장님을 중심으로 임용된 지 일 년도 안 된 막내 구조대원까지 나이도 다양하고 살아온 인생도 다른 개성 강한 이들이 함께 모여 있다. 특수 부대에서 근무한 군 경력을 인정해 채용하다보니 대부분 남자로만 구성되어 있다. 중앙119구조본부나 수도권 한 곳 정도에 여자 구조대원이 근무하는 것으로 알고 있지만 극히 드문 경우다. 무거운 구조장비를 다뤄야 하고 다소 거칠고 위험한 현장에 투입되는 경우가 많아 이러한 현상이 있다.

구조대원들은 끊임없이 구조와 관련된 교육을 이수하거나 자격을 취득하면서 근무를 하고 있다. 위험하고 거친 구조현장에서의 경험이 더해져 이들을 더욱 튼튼하게 단련한다. 구조대원으로서 자부심 또한 상당하다. 늘 사고의 최전방에 배치되어 가장 힘들고 위험한 임무를 수행한다. 그러나 아무리 일당백의 구조대원이라 하더라도 혼자서 모든 현장 업무를 감당하지는 못한다. 위험에 직면한 현장에서는 영화 속 슈퍼 히어로가 아닌 이상 자신의 목숨을 담보로 혼자서 작업을 수행하기란 불가능하다.

그래서 팀원들의 존재는 이들에게 무엇보다 소중하다. 뜨거운 연기와 화염으로 한 치 앞도 보이지 않는 곳에서도 오로지 동료의 호흡 소리와 공기 호흡기 뒤에서 반짝이는 점멸등만을 의식한 채 서로를 놓치지 않기 위해 신경을 곤두세운다. 수난구조를 해야 하는 물속에서도 마찬가지다. 아무 말도 할 수 없고, 탁한 수질 때문에 한 치 앞도 보이지 않는 차가운 물 속에서도 구조대원들은 본능적으로 팀원의 위치와 움직임을 알아차린다. 작업을 위한 행위와는 별도로 항상 동료의 안전을 매 순간 의식하고 있어야 한다.

교통사고 현장에서도, 건물이 붕괴한 곳에서도, 비교적 간단하다고 생각되는 구조현장에서도 내 옆에 있는 동료들은 존재만으로도 고맙고 힘이 된다.

화재 현장에 투입되면 두 사람의 구조대원이 함께 움직인다. 이때는 경험이 많은 선배 구조대원이 새내기 구조대원과 짝을 이뤄 활동하는 경우가 많다. 특히 신규 채용된 새내기 구조대원에게는 가능한 위험한 구조작업을 지시하지는 않는다. 임용 전 소방학교에서 기본적인 구조 기술을 배웠다고 하더라도 실전 현장에서는 차이점이 분명히 존재하기에 선배들의 활동 모습을 유심히 지켜보며 학습한다. 이들에게 사고 현장은 인명을 구하는 긴박한 현장인 동시에 앞으로 구조대원으로서 갖춰야 할 역량을 기르는 학습 현장이기도 하다. 학습 현장이 매우 위험할 뿐이다.

팀원들은 같이 먹고, 자고, 함께 생활한다. 주·야간 근무나 때론 24시간을 함께 부대끼며 출동에 대비한다. 어쩌면 가족보다도 더 많은 시간을 함께 보낼 것이다. 당연히 유대감이 남다르다. 직책이 있지만 실제로 많은 구조대원이 형, 동생 하며 친밀하게 지낸다. 각각의 모습을 보자면 여느 직장인과 다를 바가 없는 평범한 사람들이다. 기혼자인 선배들은 가족의 생계를 걱정하는 한 가정의 가장일 것이며, 총각인 후배 대원들은 애인과의 다음날 데이트를 기대하는 젊은 청춘이기도 하다. 함께 모여 야식을 시켜 먹으며 실없는 농담도 하고, 좋아하는 프로 스포츠를 함께 즐기며 응원도 한다.

화재나 구조 같은 출동이 없다고 이들의 업무가 없는 것은 아니다. 출동이 없는 하루 일상은 각종 행정 업무에 정신없이 바쁘다. 밀려드는 보고 문서를 작성하고, 계획된 일과표대로 훈련을 해야 한다. 관할구역에 있는 화재 취약 대상 건물에 대한 점검도 매일 이어진다. 전문 교육 이수를 위해 소방학교나 다른 교육기관으로 교육도 받으러 가야 하고, 행사 지원이나 대민 지원 같은 업무도 잊을 만하면 생겨난다. 담당하는 업무에 차이만 있을 뿐 매우 바쁜 하루를 보낸다.

오랜 시간 함께 일한다는 것만으로 무조건 동료애가 돈독해진 다는 것은 아니다. 때론 반목하여 갈등을 빚고, 서로에 대한 이해가 부족하여 다투기도 한다. 조직이라면 어디에나 있을 법한 일이며, 우리도 마찬가지다. 하지만 그렇다 하더라도 이들이 가지는 동료애는 조금은 특별하다. 적어도 내가 동료의 목숨을 책임진다는 것, 그리고 동료가 나의 생명을 지켜 준다는 신뢰가 항상 바탕에 있다.

사소한 갈등이 자칫 현장에서 돌이킬 수 없는 사고로 이어질 수 있다. 나는 내 팀원을 믿고 일을 한다는 불변의 신뢰가 있지 않다면 결코 위험한 현장으로 함께 걸어 들어갈 수 없을 것이다. 그리고 현장에서의 위험은 경험이 많은 선배 대원이나 갓 들어온 어린 후배 대원에게 다르게 찾아오지 않는다. 구조대원은 누구나 사고의 위험에 노출되어 있다. 그래서 나는 괜찮을 거라는 방심은 금물이다. 구조 기법에 대한 훈련을 게을리하지 않아야 하고, 현장에서 위험을 예지하는 본능적 감각을 키우는 방법을 익혀야 한다. 그렇지 못한다면 누군가를 구하고 살려야 할 구조대원이 위험에 처하는 상황이 온다. 최악의 상황이다.

아무리 좋은 구조장비와 훌륭한 지원을 해준다 해도 결국 구성된 팀원들이 무능하고 팀의 결속력이 좋지 못하면 이것은 사상누각에 불과한 것이 된다. 누군가가 죽고 사는 전쟁터나 다름없는 현장에서 팀의 결속력은 나의 동료를 위험에 빠트릴 수도 그렇지 않을 수도 있는 절대적 요소라고 할 수 있겠다.

불의의 사고로 인해 동료를 먼저 떠나보내기도 한다. 크게 다쳐서 건강한 모습을 잃은 동료도 많이 봤다. 부정할 수 없는 소방관의 숙명이다. 잘 알려지지 않을 뿐 매년 우리는 동료를 잃는다. 그렇지 않기를 바라는 마음이 간절하지만, 앞으로도 또 잃을지 모르겠다. 가까운 동료를 떠나보낼 때의 그 비통함은 차마 표현할 수가 없다. 나와 가까운 사이가 아니더라도 불현듯 멀리서 들려오는 소방관의 순직 소식은 커다란 심적 고통을 안겨준다. 그 이유가 바로 죽은 이와 내가 하나로 결속되어 있다는 것이 아니고 무엇이겠는가?

소방관이 되고 나서 적어도 해야 할 일을 일부러 피하거나 주어진 임무를 스스로 거부한 적은 단 한 번도 없다. 현장에 대한 두려움이 왜 없겠느냐마는 그 두려움을 상쇄시키고 나에게 그곳으로 들어갈 수 있는 용기를 주는 것이 바로 나의 팀과 나의 동료들이다. 대단한 무언가를 나에게 주지 않아도 된다. 옆에서 숨 쉬고 있어 주는 것만으로 나는 힘을 낼 수 있고, 나의 시야에서 사라지지만 않아도 괜찮을 거라는 안도감이 생긴다.

나 역시 나약한 인간이며 피와 살이 남들과 다르지 않다. 위험이 다가온다면 한없이 무기력해지겠지만 그 위험에 빠지지 않게 나를 잡아주는 동료들이 있기에 용기 내어 이 일을 할 수 있는 것이다. 어쩌면 타인의 생명을 구하는 일을 위해 나는 나의 생명을 나의 동료에게 일부분 의지하고 있는 것 같다.

일을 마치고 퇴근할 때면 하루를 무사히 보냈음에 감사하고, 그리고 그 하루를 동료들과 함께했음에 감사한다. 나와 나의 동료들은 현장에서 다 같이 하나의 심장으로 뛰고 있음을 확신한다. 부디 이 고단한 일을 끝내는 그 순간까지 계속 함께 숨쉬기를 진심으로 바란다. 각자의 삶은 다르지만, 서로의 존재에 대한 고귀함을 너무나 잘 알기에 오늘도 동료들의 존재에 기대어 일하고 있다.

리더의 자리

2019년 여름은 나에게 아주 특별한 기억으로 남아있다. 특수구조
단에서 근무한 6년의 세월을 뒤로하고, 집과 가까운 기장 소방서
구조대로 발령받았다. 동네에 사무실이 있으니, 출퇴근이 빨라 아
주 편했다. 내가 사는 마을은 내가 지킨다는 묘한 책임감도 생겼
다. 관할 구역이 넓기는 했지만 북적거리는 부산 시내의 다른 소방
서와는 달리 한적한 것이 좋았다. 물론 여기저기 산업단지도 있고,
원자력 발전소도 있어 대형 재난의 위험이 늘 있었지만 그래도 고
향에 온 것처럼 마음이 편안했다. 구조대 사무실 근처에는 널따란
논밭이 있었는데 마치 시골 마을 같은 느낌이었다.

별다른 큰 사건 없이 기장 구조대에서의 첫 번째 여름을 맞았
다. 그런데 생각지 못한 일이 생겼다. 팀장님이 여름철 해수욕장
수상구조대로 나가게 되어 공석이 된 팀장 자리를 내가 대신하게
된 것이다. 우리 팀에서 최고 선임자였던 내가 팀장님이 없는 동안

팀을 책임져야 했다. 나는 당황하여 대장님에게 우려의 말을 비쳤다. 내가 그 자리를 맡을 만한 능력이 안 된다고 솔직하게 말했다. 하지만 대장님은 단호했다. 내가 승낙하고 말고 할 일도 아니었다. 대장님은 나에게 두 달 동안 한시적으로 팀을 맡기셨다. 그렇게 팀장 대행의 역할을 하게 되었다. 나는 자리를 무사히 잘 지낼 수 있을까 걱정이 되긴 했지만 역량이 뛰어난 팀원들을 믿고 한번 잘 이끌어 보자고 각오를 단단히 했다. 이왕 이렇게 된 거 무사히 두 달만 버텨보자고 생각했다. 잘할 것도, 못할 것도 없이 그저 아무 일 없기만을 바랐다.

여느 날과 다름없이 야간 출근을 하고 몇 건의 구조 출동을 한 뒤 대기실에 누워 TV를 보고 있었다. 대원들의 눈이 하나둘 감기기 시작했다. 열대야가 기승이던 여름밤 구조대 건물은 어느 때보다 조용했다. 시계가 새벽 2시를 가리킬 때쯤, 화재 출동 벨이 갑자기 요란하게 울렸다. 불이 난 곳은 구조대 가까이 있는 곳이었다. 상황실 직원의 무전 내용은 다급했다. 5분이면 도착할 거리였다. 공작차는 빠른 속도로 내달렸다. 그 안에서 나와 대원들은 신속하게 장비를 착용했다. 대원들에게 안전에 대한 사항을 주지시키고 들려오는 무전 내용에 집중했다. 팀장은 무전으로 들리는 현장 상황을 예의주시해야 했다. 그리고 적절한 인원과 장비를 배치하기 위한 지시를 해야 했다.

가까이 다가가니 상황은 생각보다 심각했다. 멀리 4, 5층은 되어 보이는 샌드위치 패널 건물이 시뻘건 불꽃에 휩싸여 있었다. 까만 밤하늘보다 더 까만 연기가 하늘 높은 줄 모르고 치솟아 올랐다. 거기다가 현장 진입로는 좁았다. 골목은 소방차가 겨우 한 대 들어갈 만한 넓이였다. 거의 동시에 도착한 정관119안전센터 펌프차 바로 뒤에 구조 공작 차를 정차하고 신속히 현장으로 다가갔다. 펌프차 화재진압대원들이 호스를 전개하며 건물 진입을 시도했다. 최전선의 방수장 화재 현장에서 관창을 들고 맨 앞에 서는 진압대원은 친한 동생인 동석이가 맡았다. 동석이는 구조대에서 근무하다가 화재 진압에 관심을 가지면서 안전센터에서 일하고 있었다.

심상치 않은 불길을 보며 동석이가 걱정됐다. 나보다 더 현장 업무에 뛰어난 동석이가 모를 리 없겠지만 적절하게 판단하고 행동하길 바랐다. 나와 구조대원들도 그가 들어간 현관 쪽으로 이동하여 내부 진입을 위한 통로 확보를 시도했다. 출입문에 다가섰는데 유리로 된 문 사이로 검은 연기가 사정없이 분출되고 있었다. 마치 한 덩어리로 뭉쳐진 것처럼 시커먼 연기가 문밖으로 마구 쏟아져 나왔다. 일단 진입하여 위쪽을 바라보니 상당한 위력의 화세가 빠르게 아래쪽으로 번지고 있었다. 2층까지 먼저 진입한 동석이가 분무 주수 물을 넓게 분사하며 화재를 진압하는 기법하며 내려오는 불과 맞섰다. 긴박한 순간이었다. 신고자는 내부에 사람이 없다고 말했지만, 내부 진입을 시도하지 않을 수 없었다. 하지만 구조대원과 화재진압대원들은 곧바로 철수해야 했다. 동석이는 사력을 다해 물을 뿌렸지만, 물은 불에게 밀리고 있었다. 나는 화재진압 팀장님께 철수를 건의했고, 진압 팀장님 역시 즉시 동의하여 우선 바깥으로 빠져나왔다. 밖으로 나와 비교적 불꽃이 덜 보이는 출입구를 찾아 재진입을 하려 주위를 둘러보았다. 그때였다. 엄청난 기세로 타오르던 4층 외부 샌드위치 패널이 찌그러지는 소리와 함께 건물 떨어져 나와 아래로 떨어지기 시작했다. 나는 추락하는 패널을 보고 팀원들에게 소리쳤다. "피해라!" 대원들은 몸을 낮추거나 옆쪽으로 피했다. 하지만 우리 팀 에이스 대철이의 머리와 어깨로 패널이 떨어졌다. 순식간의 일이었다. 주짓수로 몸이 단련되어 있는 엄청난 덩치의 대철이의 몸이 휘청거렸다.

"대철아! 괜찮나?"

비틀거리는 대철이에게 다가가 외쳤다. 다행히 다친 곳은 없었다. 대철이의 헬멧이 보호했다. 패널이 가격한 헬멧은 심하게 긁혀 있었다. 나는 안도의 한숨을 쉬었다.

당황하고만 있을 때가 아니었다. 불기운은 어느새 건물 아래쪽 전체를 덮치고 있었다. 가까이 붙어 있던 펌프차를 신속하게 뒤로 뺐다. 자칫 소방차에 불이 옮겨 붙을 수 있는 상황이었다. 그사이 결국 불꽃은 건물 전 층을 뒤덮었다. 내부 진입이 더는 불가능했다. 인근 건물이나 야산으로 화재가 번지는 것을 막는 연소 확대 방지를 해야 했다. 대응 1단계 소방서 전 대원이 총동원되는 비상 상황가 발령되고 뒤이어 수많은 펌프, 탱크, 구급차가 도착했다. 인근 금정 소방서 인력까지 출동이 내려졌다. 우리 구조대 역시 비상소집되었다. 나는 다른 팀 대원들이 도착할 때까지 우리 팀을 이끌고 어떻게든 연소 확대를 막아야 했다. 구조대원의 손에는 관창이 아니라 도끼가 들려있었고, 우리가 할 수 있는 최선의 일은 불이 번지지 않게 하는 일이었다.

주변에는 크고 작은 공장들이 다닥다닥 붙어 있었다. 뒤쪽에는 바로 산이라 산불로 번질 가능성도 보였다. 나는 팀원들과 함께 왼쪽 공장으로 이동했다. 화재가 난 건물과 옆 공장 사이에 천막으로 만들어진 작은 창고가 보였다. 창고 문을 강제로 열고 들어가 보니 많은 알루미늄 통이 보였다. 시너였다. 화학약품을 만드는 공장인 듯했다. 시너는 휘발유보다 더 불이 잘 붙는 물질이다. 나는 머리카락이 곤두섰다. 나를 포함한 구조대원 4명은 누가 먼저랄 것도 없이 시너 통을 들고 나르기 시작했다. 불과 10여 미터 떨어진 옆 건물에서는 불꽃이 벽을 타고 시너 창고 위로 언제든지 번질 기세였다. 높게 쌓여 있는 시너 통을 나르기에는 인력이 더 필요했다. 나는 뛰어나가 뒤이어 도착한 직원들에게 소리쳤다. "이쪽으로!" 나의 외침을 듣고 달려온 진압대원들과 함께 쌓여 있는 시너 통을 큰길로 모두 들어냈다. 그사이 다른 센터 진압대원들은 신속한 방수로 외벽의 불길을 진압했다. 불은 벽을 기어가듯 번지고 있었는데 다행히 진압대원들의 강력한 방수가 불길을 누그러뜨렸다.

그렇게 두어 시간 지났을 때쯤, 구조대장님과 함께 비상 소집된 기장 구조대 구조대원들이 도착했다. 천군만마를 얻은 기분이었다. 구조대장님과 나는 두 팀으로 나뉘어 활동했다. 대장님은 진압 팀에서 호스를 받아 직접 진압에 나섰다. 대장님은 거침없이 물을 쏘아대며 1층 창고의 불길을 모조리 잡아냈다. 나는 대원 두 명과 함께 건물 뒤쪽으로 이동하다가 깜짝 놀라고 말았다. 증축된 것으로 보이는 뒤쪽 창고에 어마어마한 양의 한약재들이 쌓여 있었다. 바짝 마른 약재들에 불길이 옮겨 붙는다면 큰일이었다. 신속히 무전으로 지휘부에 보고했다. 호스를 요구했지만 이미 다른 곳에 모두 사용되고 있었다. 다행히 구조대장님이 무전을 듣고 뒤쪽으로 호스를 연장해 왔다. 일촉즉발이었다. 엄청난 양의 약재를 모두 밖으로 빼낸다는 것은 무리였다. 신속히 동력절단기를 가지고 와 창고의 외벽을 넓게 절단하고 그 사이로 물을 마구 뿌렸다. 아직 불이 번지지 않았지만, 그냥 놔둘 수 없었다. 구조대원들은 내부로 진입해 쌓여 있는 약재들을 밖으로 끌어내기 시작했다. 창고의 천장은 무너질 듯 찌그러져 있었지만, 신경 쓸 여력이 없었다.

옆 건물 옥상에서는 화재진압대원들이 우리 쪽으로 불이 넘어오는 것을 막는 엄호 주수를 하고 있었다. 천장을 타고 물이 아래로 떨어졌다. 불을 끄면서 뜨겁게 데워진 물이 방수복을 적셨다. 모든 구조대원이 마른 약재를 해 집으며 들어냈다. 그렇게 하기를 한 시간, 구조대장이 앞쪽 건물의 불길이 거의 잡힌 것을 확인했다. 우리는 최소 인원만 남기고 다른 위험지역을 확인하기 위해 나왔다.

큰길 가로 나온 나는 순간 앞이 캄캄해지는 것을 느꼈다. 숨이 가빠지고 몸에 힘이 빠졌다. 뭔가 이상을 느낀 나는 자리에 주저앉았다. 그리고 무거운 장비를 모두 벗었다. 겨우 숨을 쉴 만했지만, 기력이 나지 않았다. 나를 본 후배 대철이가 걱정하며 다가왔다. 나는 손사래를 쳤다. 이 와중에 동료들에게 짐을 지우기 싫었다. 멀리 보이는 구급차로 기어가듯 했다. 나를 본 구급대원이 나를 구급차 안에 눕혔다. 산소포화농도를 확인하고 맥박과 혈압을 쟀다. 심한 탈수와 탈진이었다. 구급대원이 주는 이온 음료를 마시고 휴식을 취했다. 체력이라면 자신 있었던 내가 탈진이라니 부끄러움이 밀려왔다. 그런 생각에 더 누워있을 수 없어 다시 장비를 착용하고 대원들이 있는 곳으로 갔다. 다행히 큰불은 거의 다 잡았다. 하지만 곳곳의 잔불들은 여전히 타오르고 있었다. 그렇게 우리는 몇 시간을 더 불과 싸웠다.

멀리서 아침이 밝아왔다. 나와 대원들 모두 지쳐있었다. 여덟 시간 가까이 사투를 벌였으니 그럴 만도 했다. 의용소방대가 주는 빵을 먹었다. 그리고 주변을 정리했다. 건물은 까맣게 탄 골조만 징그럽게 남아있었다. 내부의 엄청난 약재를 다 들어내기 위해 중장비가 동원되었다. 우리는 잔화 정리를 화재진압팀에 맡기고 철수했다. 그렇게 뜨거운 여름밤 불과의 사투는 일단락되었다.

구조대원이라면 화재 현장에서도 당연히 맡은 바 임무를 훌륭히 수행해야 한다. 우리 팀 대원들이 자랑스러웠다. 비록 임시였지만 팀의 리더로서 처음 맞서 싸운 큰 불이었다. 화재 현장에서 리더의 판단력과 역할이 얼마나 중요한 일인지 알게 되었다. 리더의 무게만 가득 느꼈지만 그래도 스스로 대견했다. 아무도 다치지 않았기 때문이었다. 구조대원으로서 잊을 수 없는 현장 경험이었다. 2019년 뜨거웠던 여름의 불을 함께 끈 나의 팀원들에게 이제야 고개 숙여 감사의 말을 전한다.

식당 주임님

나는 식탐이 많다. 먹고 마시는 행위가 주는 행복을 너무나도 사랑한다. 특히 요즘에는 먹방이다, 맛집이다, 하면서 먹는 행복을 공유하는 콘텐츠가 넘쳐난다. 더구나 어릴 적 우리가 요리사나 주방장이라고만 불렀던 사람들은 '셰프'라 불리며 많은 사람에게 선망받는 직업이 되었다. TV에도 많은 셰프가 나와 사람들에게 요리하는 즐거움과 먹는 기쁨을 매일 알려준다. 따라 하기가 쉬워 여기저기서 다양한 요리 방법이 넘친다. 스스로 요리를 만들어 공유하며 SNS에 올리면서 한껏 자랑도 한다. 그야말로 안팎으로 맛있는 거 천지인 세상이다.

소방서는 교대 근무를 한다. 1년 365일, 사고에 대비해서 늘 직원들이 상주한다. 당연히 사무실에 있을 때는 먹는 문제를 구조대 안에서 해결한다. 다른 직장인처럼 근처 식당이나 조금 멀리에 있지만 있는 무언가를 찾아 나서지는 못한다. 혹여 출동이 걸린다면 그 즉시 소방차에 시동을 걸고 나가야 하기 때문이다.

처음 소방관이 되고 부산진 소방서 구조대에 발령받아 근무를 시작할 때였다. 어느 날 고향에 있는 어머니와 전화 통화를 했다. 출동이 어떻고, 구조가 어떻고 떠들어대는 나에게 어머니는 대뜸 이렇게 물었다.

"딴 건 모르겠고, 그래서? 밥은 누가 해주는데?"

그랬다. 먹고 살자고 하는 일이니 부모는 자식이 타향에서 뭘 먹고 사는지가 중요했다.

소방서 각 센터나 구조대에는 식사를 책임져 주시는 주임님이 있다. 주임님이라는 호칭은 각 시도 소방서마다 다르긴 한데 실장님이나 영양사님이라 부르기도 한다. 호칭이야 어떻든 간에 소방관들의 식사를 책임지는 일을 하는 것은 같다. 길게는 십 년, 이십 년 동안 함께 일을 해온 분들이라 소방관들과는 한 식구나 다름없는 사람들이다.

외부의 사람들은 식사로 나오는 음식이나 맛에 대하여 많이 물어보는데, 사람 입맛이 천차만별이고 먹는 사람마다 맛이 같지는 않아서 딱 부러지게 말하지는 못하겠다. 하지만 그다지 까다로운 입맛이 아니고서야 맛이 없다고 하는 직원은 여태 본 적이 없다. 한 식구처럼 살면서 오랫동안 소방서 밥을 만들어 온 분들이다 보니 척하면 척, 직원들 입맛 맞춰서 음식을 만들어낸다. 몸 쓰는 일을 하는 소방관들은 식욕이 좋아 그다지 투정하는 법이 없다. 그저 한 끼 식사 거하니 차려 놓는 것만으로도 감사하게 먹는다.

소방서 음식에 대해 이야기하면 내가 근무했던 기장 소방서 구조대의 주임님 얘기를 안 할 수 없다. 아름답게 웃는 모습에 성격도 얼마나 밝고 재미있는지 늘 구조대원을 친구처럼 대해 주시는 분이다. 가끔 실없는 농담이라도 하면 자지러지게 웃는데 소방서 구조대에 활력을 주는 산소 같은 분이다. 이분의 음식 솜씨는 두말하면 입이 아프다. 차려내는 식단마다 맛집 수준이다. 어디서 배워왔는지 일품요리가 마구 올라온다. 오죽하면 동료들과 내가 밥 먹으러 출근한다고 했겠는가? 먹어 본 음식 중 기억나는 것만 나열하자면 다음과 같다.

황태구이, 곤드레나물밥, 부챗살 스테이크, 마파두부, 고추 잡채, 전복 삼계탕, 꼬막 비빔밥 등등… 외식으로 사 먹어야 입에 들어갈 만한 음식들이 매일 나온다. 구경하기 힘든 일품요리들이 수시로 등장하니 어지간한 식당은 명함도 못 내민다. 부식 예산이 넉넉하지 못하지만 주임님은 늘 알뜰하게 재료를 꼼꼼히 고르고 그런 식재료에 정성까지 더해 음식을 만드셨다. 나를 포함한 일곱 명의 팀원은 먹기 전에 감탄하고, 먹으면서 감동하고, 먹고 나서도 감사를 드린다.

더 놀라운 것은 음식의 양이다. 구조대원은 출동과 훈련으로 온종일 육체노동을 한다. 운동량이 많은 직업을 가진 사람들에게 식사란 어찌 보면 질보다 양일 수도 있다. 주임님은 매 끼니 상다리가 부서지도록 음식을 만들어 내놓는다. 웬만한 운동선수들보다 더 큰 덩치를 자랑하는 기장 구조대 2팀 대원들은 주임님 음식량에 놀라고 또 음식 맛에 기쁨을 감추지 못한다. 태릉선수촌의 국가대표 식단이 부럽지 않을 지경이다. 먹는 기쁨이 사라질 때도 있다. 바로 출동 벨 소리가 들릴 때다. 주임님이 정성스레 마련한 음식을 뒤로 하고 뛰어나갈 수밖에 없는 순간이 야속하다. 밥을 먹다가 출동이 걸리면 그나마 낫다. 맛이라도 봤으니 말이다. 코를 자극하는 맛있는 음식 냄새를 맡으며 식당 문턱을 넘는 순간에 들려오는 출동지령에 구조대원들은 탄식한다. 아무리 출동이 119 본연의 임무라 할지라도 산해진미를 앞에 두고 주린 배를 부여잡고 돌아선다는 것은 여간해서는 견디기 힘든 고통이다. 어떨 때는 염치를 불구하고 후다닥 한 입 욱여넣고 급하게 달려 나온다. 그래봤자 현장으로 달리는 구조차 안에서 입맛만 더 다시게 된다.

인사 발령이 나서 기장 구조대를 떠나던 때는 혹시나 주임님께 선물이라도 드릴까 하고 고민했다. 내가 책을 좋아하니 책을 하나 사서 드렸다. 그럴만한 시간이 있는지 모르겠지만 요리하시는 시간이 아니라면 식당에 책 한 권 놓고 보는 것도 나쁘지 않을 듯해서다. 한 줄 메시지도 같이 넣어서 드렸다.

'주임님이 해주신 건 밥이 아니라 즐거움이었습니다.'

떠나는 날 식당에 들러 책을 드리는데 주임님 눈에 눈물이 그렁그렁했다. 주임님은 앞서 발령 나서 전출 가는 구조대원들을 보며 늘 눈물지은 마음 여린 분이다. 내가 떠나오는 마당인데도 죄송스럽고 감사했다. 밥 해주고 먹는 사이가 보통 사이는 아닌가 싶었다.

소방관은 집보다 사무실에서 먹고 자는 시간이 더 많다. 누군가를 구하고 살리는 일을 하는 우리는 힘들고 지칠 때 주임님이 해주시는 맛있는 밥 한 끼에 몸과 마음이 든든해진다. 그리고 다시 기력을 찾는다. 근무 중 밥 먹는 시간이 얼마나 즐겁고 신나는지 모른다. 한 끼 먹는 거 별게 아니라고 생각할 수도 있지만 살자고 하는 일이고 먹어야 사는 삶이다. 그래서 먹는 시간은 분명 귀하고 소중하다. 그런 귀한 시간을 식당 주임님이 만든다. 그래서 이분들은 그냥 밥해주는 사람이 아니다.

초임 소방사 시절, 동료의 죽음에 오열하던 식당 주임님의 모습이 아직도 생생하다. 그분의 심정이 어찌 남의 마음이었겠는가? 때로는 엄마처럼, 때로는 친한 이모나 누나처럼 구조대원들을 살뜰히 챙겨주는 마음을 생각하면 절로 고개가 숙여진다.

기장 소방서를 떠나 새로 부임한 특수구조단 낙동강 수상구조대에는 당시 주임님이 계시지 않아 구조대원들이 직접 식사를 해결했다. 음식을 가리지 않으니 이것도 나쁘지는 않았지만 아무래도 직접 차려주는 밥만 하겠는가? 밥 먹으러 출근한다는 말이 새삼 다시 떠오른다. 돌고 도는 소방서 생활이다. 그 밥을 먹으러 다시 기장 소방서로 출근하는 날이 또 올 거라고 믿는다. 요즘같이 차가운 날씨에는 주임님이 해주는 뜨끈한 재첩국이 더욱 그립다.

최고의 구조대원

"형님. 범석이가…"

휴대전화 넘어 들려오는 후배 병욱이의 목소리가 가느다랗게 떨리고 있었다. 범석이의 죽음을 전하는 말을 나는 더는 들을 수 없었다. 각오하고 있었지만, 막상 소식을 들은 후 나는 온몸이 얼어붙은 듯 아무 말도 할 수 없었다. 전화를 끊고 마른 침만 연신 삼켰다. 곧이어, 범석이의 부고를 알리는 문자 메시지가 왔다. 쿵쾅거리는 심장 소리가 귓전에 크게 들렸다. 미세하게 떨리는 손을 애써 진정시켰지만, 휴대전화 문자는 읽지 못했다. 현실을 부정하는 생각들이 머릿속에 마구 솟구쳤다가 이내 정신 차리기를 여러 차례 반복했다. 겨우 정신을 차리고 기어 나오는 목소리로 팀장님께 범석이의 부고를 알렸다. 그길로 바로 경기도 남양주에 있는 장례식장으로 향했다. 해운대 해수욕장에 파견을 나가 근무중이던 그때, 2014년 6월이었다.

범석이와의 인연은 2009년으로 거슬러 올라간다. 소방서에 들어온 지 2년 차인 내가 전국 소방기술경연대회 최강소방관 분야의 선수로 출전하며 범석이를 처음 만났다. 일 년에 한 번씩 소방관으로서의 체력과 기술을 겨루는 대회에 부산 소방관 대표로 범석이와 함께했다. 범석이는 소방서 근무 경력으로 보자면 나보다 선배다. 2년 먼저 임용되었고 현장 경험도 풍부하며 체력과 기술을 겸비한 그야말로 부산 소방 구조대원 중에서 '에이스'였다. 나는 그런 범석이를 익히 들어 알고 있었다. 처음 본 범석이는 듣던 대로였다. 작은 키지만 탄탄하고 균형 잡힌 몸을 가지고 있었다. 함께 훈련하던 첫날 산악 달리기를 하는데 나와의 거리가 100미터가 넘게 차이가 날 정도로 빨랐다. 내가 못 뛴 것이 아니었다. 군 시절 산악 달리기라면 나름 자신이 있는 나였다. 하지만 범석이는 나보다 더 뛰어났다. 처음 출전한 마라톤 풀코스 대회에서 서브-3 ^{3시간 이내 기록으로 들어오는 것}을 달성할 정도였으니 체력이 어마어마했다.

범석이는 다섯 살 많은 나를 먼저 형님으로 대하면서 친근하게 다가와 줬다. 고마웠다. 고되고 지루한 훈련을 마치고 함께 막걸리를 마시며 우리는 더욱 돈독해졌다. 범석이는 순수하고 착했다. 술자리에서 남자들 사이에 흔히 있을 법한 욕 한마디도 하지 않았다. 무엇보다 철저한 자기관리와 구조대원으로서의 자부심이 대단했다. 두 달여 동안 함께 몸을 부대꼈고, 많은 이야기를 나누었다. 그리고 각자의 미래를 위해 매일 미친듯이 함께 연습했다.

전국 대회에 출전하여 입상권으로 분류되었던 범석이는 아쉽게

4위를 했다. **이 대회에서 우승하여 특별승진을 한 구조대원이 현재 로드FC 소방관 파이터 신동국 구조대원이다.** 비록 입상은 못 했지만, 함께 출전한 전국의 구조대 모두 범석이에게 찬사를 보냈다. 성실한 훈련 자세와 타인을 배려하는 마음이 어디에서나 돋보였기 때문이다. 그러는 동안 어느새 나와 범석이는 형제처럼 가까워졌다. 대회가 끝난 그날, 함께 술잔을 기울이며 수난구조에 대한 나의 평소 생각과 꿈을 이야기하자 범석이는 진심으로 응원해 주었고 언제든 함께하겠다고 약속했다. 나이는 어렸지만 존경심이 들 만큼 진정성이 있었다.

그 후 내가 소방학교로 발령받아 교관으로 근무하는 중에 '레스큐스 위머 강사 과정'을 기획하게 되었다. 미국의 우수한 수난구조 전문가들을 초빙하여 바다에서 일어나는 수난사고에 대한 선진기술을 배울 좋은 기회였다. 나는 범석이에게 가장 먼저 소식을 알렸다. 무조건 범석이가 함께 할 교육이었다. 그는 기쁘게 나의 제안을 받아들였다. 그리고 3주의 교육 기간 동안 놀라운 체력과 정신력으로 모든 훈련을 완벽하게 수행했다. 특히 밤늦게까지 파도치는 바다에서 훈련하고 12시가 다 되어 숙소로 돌아오는 날이 많았는데, 그 와중에 다음날 강의 발표 과제를 준비하는 게 여간 곤욕이 아니었다. 범석이는 졸린 눈을 비벼가며 강의 자료를 찾아서 새벽까지 과제를 준비했다. 그리고 나서 막걸리 한 병을 시원하게 비우고 새벽 늦게야 잠자리에 들었다. 아침에는 가장 일찍 일어났다.

꼼꼼하게 남을 배려하는 범석이의 성격은 교육 기간 중에도 빛을 발했다. 한 번은 주 교수로 참여한 '조지프 마크리' 교수님이 식사를 함께하고 있었는데, 범석이가 어디서 구해왔는지 플라스틱 포크를 전했다. 무슨 일인가 싶어 통역을 통해 물어보니 교수님은 수년 전 훈련 도중 손을 다쳐 젓가락으로 식사하기가 불편했던 것이었다. 모두가 힘든 훈련으로 허기져서 허겁지겁 밥 먹기 바쁜 그때 범석이는 교수님의 불편한 젓가락질을 보고 어딘가에서 포크를 구해다 드린 것이다. 교수님은 범석이에게 감동했고, 교육 기간 내내 그를 '포크 맨'이라고 불렀다.

그다음 해 범석이는 중앙119구조본부^{이하 중구본}로 발령이 났다. 경기도 남양주에 있는 중구본은 당시 명실상부한 대한민국 최고의 구조 전문 기관이었다. 구조대원이라면 한 번쯤 근무해 보고 싶은 곳이었고, 당연히 부산의 에이스인 그는 자천타천으로 중앙 무대로 당당히 떠난 것이었다. 하루가 멀다고 범석이와 연락을 하며 지냈다. 중앙의 생활이 녹록치 않음을 범석이는 고백했다. 나는 그런 범석이를 응원하고 격려했다. 내가 아는 범석이는 전국 최고의 구조대원이 되기에 충분했다. 중앙에서도 당연히 에이스가 되어야 했다. 범석이는 늘 그랬듯 물러서지 않으며 자신이 할 수 있는 최선의 노력을 다했다. 멀리 부산에도 그의 소식이 들렸다. 중구본의 구조대원들은 부산에서 웬 미친 녀석이 올라왔다고 했다. 우스갯소리였겠지만 범석이라면 당연히 그런 소릴 들을만 했을 것이다. 내가 아는 범석이는 현실에 안주하지 않고 정말 미친 듯 노력하는 놈이기 때문이다.

이제 막 특수구조단으로 옮기게 되었을 때 범석이에게 전화가 왔다. 장난기 가득한 목소리였다.

"행님! 테크니컬 다이빙 함 배워 보실래예~?"

"테크… 머? 그기 먼데?"

"마… 그런 거 있어예. 저 믿고 함 하입시다~"

"니가 하자면 하지 뭐."

범석이의 이 전화가 소방관으로서 내 운명을 바꾸었다. 소방뿐만 아니라 국내 다이빙계에서도 유명한 중구본의 한 선배에게 테크니컬 다이빙을 배우게 된 것이다. 말 그대로 새로운 스쿠버다이빙의 세계로 들어서게 되었다. 부산에서 경기도 남양주와 강원도 바닷가로 수십 번을 오가며 다이빙을 배웠다. 그런 고된 과정을 범석이는 늘 나와 함께 했다. 비싼 테크니컬 다이빙 장비를 당장 구할 수 없어 범석이의 장비로 연습했다. 범석이는 힘들어하는 나에게 아낌없는 조언을 하며 나를 격려했다. 자격 테스트에 떨어져 낙심하던 나에게 무엇이 부족하고 보완하여야 하는지 조언하며 함께 고민해 주었다. 그 순간만큼은 소방 선배였고 존경하는 구조대원이었다. 지방에서 어렵게 배워 실력이 한참 부족한 내가 덕분에 멋진 다이빙을 배울 수 있었다. 그러기에 더욱 열정적으로 다가갔다. 모두가 함께 서로의 앞날을 즐겁게 이야기했다. 자연스럽게 형제처럼 더 가까워졌다. 함께 수난구조 분야에서 중요한 역할을 해보자며 장밋빛 미래를 그렸다. 힘들지만 즐거웠다. 범석이는 특유의 미소로 내게 말했다.

"행님~~! 같이 하길 잘 했지예?"

나는 호탕하게 웃으며 범석에게 외쳤다.

"고맙다 부라더!"

그 후 2013년 가을 어느 날. 부산의 한 수영장에서 운동을 하고 나오는데 전화기가 울렸다.

"강윤아. 범석이가 많이 아프단다."

레스큐 스위머 강사 과정을 함께 한 선배님이 떨리는 목소리로 범석이 소식을 내게 전했다. 암에 걸렸다고 말했다. 얼마 전 통화에서 범석이는 가슴이 답답한 듯 통증이 있어 병원에 간다고 했었다. 그의 체력을 모를 리 없는 나는 크게 걱정하지 않았다. 괜찮을 거라 가볍게 얘기했던 기억이 났다. 직접 전화해서 물어봤다. 범석이는 차분하게 설명해 주었다. '혈관 육종암'. 생전 처음 듣는 병 이름이었다. 나는 무슨 말을 할지 몰라 한참 침묵했다. 범석이는 이내 밝은 목소리를 되찾고, 걱정하는 나를 오히려 위로했다. 눈물이 차오르는 걸 억지로 참으며 겨우 전화를 끊었다. 그렇게 한참 주차장 한복판에 혼자 서 있었다.

괜찮을 거라 믿었다. 병을 얻었다는 슬픔은 잠시였다. 범석이를 아는 모든 사람이 그렇게 생각했다. 부산은 범석이의 고향이자 소방 생활을 시작한 곳이다. 이곳의 옛 동료 모두가 범석의 회복을 믿었다. 이듬해 봄 세월호 사고로 온 나라가 들썩거릴 때 범석이 아들의 돌잔치가 부산에서 치러졌다. 옛 동료들로 가득 찬 돌잔치

연회장에서 범석이는 당당하고 우렁차게 말했다. 반드시 병을 이겨내겠다고. 다시 중구본으로 건강하게 복귀하겠다고. 비록 항암 치료로 깡마른 모습이었지만 미소와 당당함은 그대로였다. 그 자리에서 나와 부산의 동료들은 범석이와 진한 포옹을 나누었다. 하나뿐인 아들의 생일을 축하하고 범석이를 격려했다. 그 와중에도 범석이는 이런 말을 했다.

"세월호 현장에 내가 가야 했는데 아쉽네예. 행님…"

범석이의 마음은 중구본 동료들이 고생하고 있는 세월호 구조 현장에 가 있었다. 범석이다웠다. 나는 네 몸이나 잘 챙기라며 타박하듯 말했다. 진도 앞바다에서 동료들이 밤낮없이 고생하고 있다는 것을 익히 알고 있었지만, 진도 쪽 일보다 범석이의 몸이 우선이었다. 돌잔치의 분위기는 즐거웠다. 거기에 모인 사람들 모두 범석이의 쾌유를 믿어 의심치 않았다. 범석이는 당장이라도 술잔을 기울일 기세였다. 오랜만에 다 같이 웃고 즐겼다. 암? 그까짓 거 범석이 녀석이라면 분명히 이겨낼 거라고 생각했다.

그로부터 한 달쯤 지난 어느 날이었다. 해수욕장 수상구조대에 파견되어 준비하고 있는데 범석이가 전화를 해왔다. 목소리가 조금 힘들게 들렸다.

"행님. 남양주 올라와서 내 더블 탱크 가지고 가이소."

"더블탱크? 그건 왜?"

"깨끗하게 정비해놨으니까 행님 당분간 쓰이소… 행님 탱크 없잖아예…."

"마 됐다. 니꺼를 만다꼬 내가 쓰노…."

"주는 거 아입니다. 빌려주는 거라예. 다 나으면 다시 반납받을 거니까 얼른 와서 가지고 가이소!"

힘든 목소리였지만 완강했다. 범석이는 길게 말하지 않았다. 그의 말을 거절할 수 없었다. 가지러 가는 날 나와 본다고 하기에 얼굴이나 볼 겸 다음 날 급하게 올라갔다. 하지만 범석이는 나오지 않았다. 중구본 직원에게 전해놓은 탱크를 나는 무심히 차에 신고 부산으로 내려왔다. 고맙다는 말이라도 하려고 전화를 하니 전화기가 꺼져 꺼져 있었다. 부산으로 내려오는 동안 두어 번 더 걸어 봤지만 신호음 조차 울리지 않았다.

그리고 얼마 후, 범석이는 돌아올 수 없는 곳으로 떠났다. 나는 오열했다. 장례식장 밖 계단 아래 한 귀퉁이에서 후배의 가슴팍에 안겨 미친 듯이 울었다. 목이 찢어지는 듯했다. 믿기지도 않았고 믿을 수도 없었다. 겨우 진정하고 앉아 있으면 주위에 누군가가 또 울었다. 그렇게 같이 또 한참을 울었다. 범석이가 왜 이렇게 되어야 했는지 누가 이유를 말해줬으면 했다. 밤새 장례식장을 지키는 동안 내 속에 커다란 무언가가 덜컥 빠져나가는 것 같았다. 영정 속 녀석의 얼굴은 평온해 보였다. 모든 게 정지해 버린 듯했다.

떠나는 마지막 날 화장을 하기 위해 들어가는 범석이의 관을 바라보며 또 울었다. 한여름의 뙤약볕 아래 흐르는 눈물이 흐르자마자 얼굴에 말라붙었다. 그렇게 그는 우리 곁을 영영 떠났다.

범석이의 병은 희귀병이었다. 그래서 처음에는 순직으로 인정받지 못했다. 병과 업무의 연관성이 없다는 것이었다. 하지만 범석이가 떠나고 난 후 많은 분의 도움으로 순직을 인정받았다. 어떠한 이유로 범석이가 그런 병을 얻었고 그 병이 직무와 또 어떤 연관이 있는 것인지 밝히는 데 오랜 시간이 걸렸다. 나는 그러한 일에 도움 된 바가 없어 상세히 말하기가 몹시도 송구하고 괴롭다. 다만 범석이의 명예가 조금은 지켜진 듯하여 다행일 뿐이다. 떠난 이의 유산을 가지고 살아가는 것이 오히려 죄인 듯하고, 생전에 고인과 친했다고 이렇다 저렇다 말하는 것조차 미안하게 여겨진다.

내가 있는 위치나 경력 그리고 생각까지도 범석이의 영향을 받지 않은 것이 없을 정도로 나는 범석이를 좋아했다. 한참 어린 동생이었지만 진심으로 그를 존경했다. 가끔 소방서 생활이 힘들 때면 술에 취해 전화했다. 어려운 현실을 한탄하며 범석이에게 위로를 받곤 했다. 그런 범석이가 떠난 후 내가 할 수 있는 일이라고는 단지 잊지 않는 것뿐이었다. 레스큐 스위머를 함께 했던 동료들과 술을 마실 때면 늘 범석이의 술잔을 한 잔 더 따라 놓고 첫 잔은 범석이를 위해서 건배했다. 그것이 유일한 우리만의 추모 방식이었다. 그렇게 마신 술에 취해 그리워 또 눈물을 흘렸다. 어디선가 녀석이 이 모습을 보고 내가 잊지 않고 있음을 알아줬으면 했다.

나는 요즘도 범석이가 준 탱크로 다이빙을 하고 있다. 거기에 범석이와 함께한다는 문구를 프린트해서 붙여놓았다. 그가 정성 들여 칠해 놓은 하얀색 페인트는 내가 사용하는 동안 여기저기 긁히고 벗겨졌다. 세월의 때가 묻은 범석이의 탱크는 세상 무엇과도 바꿀 수 없는 가장 소중한 장비다. 나는 이 탱크를 죽을 때까지 간직할 것 같다. 내게 남겨진 유일한 범석이의 유산이니까 말이다. 장비를 사용할 때마다 녀석이 더욱 생각난다. 가끔 사람들이 장비에 관해 물어보는데, 칠이 벗겨진 하얀 탱크에 범석이가 따로 장착해 놓은 밸브가 특이하기 때문이다. 그럴 때면 나는 일부러라도 범석이 이야기를 해준다.

"나는 이 장비의 주인이 아닙니다. 내가 아는 최고의 구조대원이 쓰던 장비였는데 지금은 제가 빌려 쓰고 있지요. 언젠가 돌려줄 겁니다."

헌신과 봉사

야간 근무를 한 다음 날. 나는 무료함을 달래려 노트북을 켠다. 유튜브에서 영화 정보를 전달해 주는 채널을 발견했다. 그 채널에는 '테이킹 챈스Taking Chance'라는 영화를 간략하게 소개하는 15분짜리 영상이 나왔는데 어디서 많이 본 듯했다. 기억을 더듬어 보니 수년 전 친형이 추천해서 본 적이 있는 미국 영화였다.

영화의 줄거리는 대략 이렇다. 이라크 전쟁에 참전해 싸우던 미 해병대 '챈스 펠프스' 일병은 적과의 교전 중에 동료를 구하려다 그만 전사하게 된다. 같은 해병대 행정장교인 '마이크 스트로블' 중령이 챈스 일병의 시신을 고향의 가족에게 운구하는 임무에 자원하게 된다. 영화는 넓은 미국 대륙을 횡단하는 챈스 일병의 시신과 스트로블 중령의 긴 여정을 담담히 그린다. 그리고 그 여정에서 전사한 군인에게 경의를 표하는 미국 시민들의 모습을 비춘다.

이 영화를 보고, 군인 신분으로 보냈던 젊은 시절과 제복을 입고 구조대원으로서 일하는 현재의 모습이 함께 겹쳐졌다. 나의 모습을 챈스 일병에 비춰 보았다. 젊은 군인의 죽음이 안타깝기는 했지만 부러움도 함께 생겨났다. 제복을 입은 자들에게 경의를 표하는 미국인들의 모습이 남 보기 좋으라고 하는 행동만은 아닌 듯했다. 군인, 경찰, 소방관과 같이 사회에 봉사하는 직업군을 대하는 일반 시민들의 태도가 우리와 분명히 달랐다. 평소의 존경뿐만 아니라 사후 그들에 대한 부분에서 특히 차이가 있다.

미국의 소방관이나 경찰, 군인이 사고 또는 범죄 현장 그리고 전장에서 목숨을 잃는다면 어떨까? 그가 순직하고 치러지는 영결식에는 대통령은 물론이고 고위 정치인이나 인기 연예인이 참석하는 모습을 종종 볼 수 있다. 운구차로 소방차나 경찰차를 이용하기도 한다. 도시의 교통을 통제한 채 시내 한복판을 가로지르고, 도시의 시민들은 누가 먼저랄 것도 없이 도로변에 나와 떠나는 영웅을 배웅한다. 쓰고 있던 모자를 벗고 가슴에 손을 올린다. 누구도 교통 통제에 대한 불만을 말하지 않는다. 수만 명을 수용할 수 있는 거대한 미식축구 경기장에서 영결식을 한다. 자신이 사는 도시를 지키다가 떠나는 이의 마지막 모습을 보기 위해 그들이 가장 좋아하는 스포츠의 경기장도 기꺼이 비워 놓는다. 당연히 그날의 경기는 다음 날로 연기된다.

우리나라의 시민의식이 낮다거나 예우가 소홀하다고 말하는 것이 아니다. 우리나라의 많은 국민도 제복 공무원에 대한 아낌없는 격려와 존중을 표현해 준다. 늘 고맙게 생각하고 내가 그런 과분한 관심을 받을 만한 일을 하는 사람인지 스스로 돌아본다. 요즘은 소방관에 대한 인식이 상당히 개선되어 대다수 시민은 협조적이고 친절하다. 하지만 여전히 우리를 화나게 하는 사람들도 있다. 특히 현장에서 구조대원에게 그것밖에 못 하냐는 식의 시비를 거는 사람들을 만나기도 한다.

실제로 최근에 그런 일을 겪었다. 기장 구조대 시절 고층 아파트에서 뛰어내리겠다는 자살 소동 신고로 출동을 갔는데 추락 예상 지점에 안전을 위해 에어매트를 설치하고 있을 때였다. 나를 비롯한 여러 명의 구조대원이 힘겹게 장비를 펴고 있었다. 그런데 옆에서 취객이 다가와 하릴없이 우리를 바라보며 담배를 피우는 것이었다. 구조현장은 가까이 있는 것만으로도 위험이 동반되는데다가 한 사람이 사느냐 죽느냐 하는 긴박한 상황이다. 구조활동에 방해되는 행동은 더 큰 위험을 초래할 수 있다. 그런데 한두 걸음도 안 되는 지척에서 구조대원의 동선을 방해하고 담배 연기를 내뿜으며 불안하게 휘청이고 있으니 그 모습을 용납하기가 쉽지 않았다.

"여기 계시면 위험하니까 멀리 물러나 주시기 바랍니다."

어린 나이로 보이는 취객에게 정중히 설명했으나 취객은 혀가 꼬인 목소리로 시비를 걸기 시작했다.

"아니. 장비를 그렇게밖에 못해요?"

무슨 의도인지 모르겠지만 술기운에 하는 말이라 생각하고 무시하려 했으나 그의 행동은 갈수록 가관이었다. 물러나기는커녕 오히려 내가 그에게 했던 말에 빈정이 상했는지 계속 시비를 걸어왔다. 다행히 자살 소동은 불미스러운 일 없이 마무리되었지만, 장비를 철수하고 돌아오는 순간까지 취객의 시비가 이어졌다. 팀장님과 후배들 모두 분을 삭이며 묵묵히 철수하려는 찰나 끊임없이 빈정거리는 그에게 내가 결국 폭발했다.

"야. 이놈아! 저리 가라고!"

결국 큰소리로 취객에게 소리쳤다. 팀장님과 후배들이 나를 말리며 차에 태웠다. 나는 분을 참지 못했다. 높은 곳에서 뛰어내리려는 사람이 있는데 그 아래에서 우리의 구조활동을 명백히 방해했다. 이런 행위는 법적으로도 엄한 처벌을 받을 수 있다. 그런데 거기에 더해 적반하장의 상황이 발생했다. 사무실로 돌아왔는데 119 상황실로 그 취객이 민원을 제기한 것이다. 구조대원인 내가 자신에게 욕하며 험악한 상황을 만들었다는 이유였다. 어이가 없고 분통이 터졌다. 함께 지켜본 동료들은 화가 머리끝까지 치밀었다. 팀장님은 당시의 상황을 상황실에 차분히 설명했다. 나는 정 그렇다면 시시비비를 가리기 위해 만나자고까지 말했다. 하지만 다음 날 어떠한 연락도 받지 못했다.

이렇듯 술에 취해 휘청거리는 사람들을 대하느라 사고 현장에서 119구조대원의 애가 타는 일이 비일비재하다. 취객을 직접 상대하는 구급대원들은 말할 것도 없다. 특히 여자 구급대원에 대한

막말과 욕설은 빈번하게 발생한다. 심지어 폭행을 하는 사람도 있다. 도대체 자신을 도와주려는 사람들에게 무슨 억하심정으로 그리 무례하단 말인가? 타인을 위해 목숨까지 바쳐가며 일하는 우리들이다. 대접까지는 바라지도 않는다. 하대하고 무시하는 말을 넘어 폭언과 욕설을 들을 때면 온 몸에 힘이 빠지고 분노가 치밀어 올라 며칠을 속앓이하게 된다. 물론 대다수의 시민은 우리에 대한 애정 어린 관심과 응원을 보내준다. 하지만 이렇게 억울한 상황이 있을 때면 여전히 힘들고 어려운 일을 하는 사람들을 하찮게 보는 속내가 사람들에게 있는 게 아닌가 하는 생각을 버릴 수가 없다.

미국에 응급처치 관련된 유학을 다녀온 동료 소방관의 경험을 들어본 적이 있다. 유학 중 자신을 가르치는 교수가 하루는 소방관 제복을 입고 학교로 오라고 해서 그렇게 하고 갔더니 가까운 편의점으로 데리고 갔다. 그곳에서 음료수를 하나 계산하려고 하니 편의점 주인은 교수에게만 돈을 받고 소방관 제복을 입고 있는 나의 동료에게는 돈을 받지 않았다고 한다. 소방관은 언젠가 자신이나 자신의 가족을 도와줄 수 있으므로 음료수 하나쯤은 당연히 공짜free라는 것이다. 몇 번을 사양하는 데도 주인은 돈을 받지 않았고, 같이 간 교수는 오히려 그러한 미국 문화를 보여주기 위해서라며 기꺼이 공짜 음료수를 마시라고 권했다고 한다. 초임 소방관 급여가 5만 달러가 넘는 미국 소방관들이 음료수 하나 값 낼 돈이 없어서 그런 호의를 받는 것은 아니다. 자신에게 호의를 베푸는 시민의

뜻을 충분히 헤아리고, 그 후 현장에 가서 시민들에게 진심 어린 봉사^{service}로 갚아 줄 뿐이다.

거창한 대접을 받고 싶어서 뜨거운 불 속이나 위험한 현장을 뛰어다니는 소방관은 아무도 없을 것이며, 범죄자의 칼이 두렵지 않은 경찰이나 쏟아지는 총알이 무섭지 않은 군인 역시 없을 것이다. 그 일을 하는 이유는 이것이 내 직업이기 때문이다. 주어진 임무이기에 해내는 것 그 이상도 그 이하도 아니다. 일하다가 다칠 수도 있고 까딱 잘못하면 제 명에 못산다는 것을 잘 알고 있기에 일의 무게가 절대 가볍지 않다. 위험을 알면서도 그 위험 속으로 스스로 걸어 들어가야 한다는 데 이유가 있다. 내가 소방관이니 대우받아야 한다는 이야기를 할 생각은 추호도 없다. 다만 제복을 입고 일을 하다 떠난 이들에 대한 예우에 대해선 꼭 한 마디 하고 싶다.

타인을 위해 희생하고 목숨을 잃은 이들에 대한 예우가 있을 때 살아남은 자들은 그들을 위로하고 다시 현장으로 뛰어들 용기를 가진다. 가족과도 같은 동료의 목숨을 앗아간 위험한 현장으로 복귀하기 위해서는 내가 무릅쓰는 위험의 가치에 대한 많은 사람의 공감이 필요하다. 그럴 때 우리는 더 용기가 생기고, 이 일을 꿈꾸는 젊은이들에게 자신있게 말할 수 있다. 나의 모든 것을 걸 만큼 소중한 일이라고 말이다. 그렇지 않다면 '다치고 죽으면 나만 손해'라는 인간의 이기적 본성이 제복의 빛을 가린다. 내가 가장 우려하는 일이다.

헌신과 봉사

Thank you for your service!

미국 시민들이 현역이나 예비역 군인을 보면 자연스럽게 다가가 전하는 말이라고 한다. 표현이야 어찌 됐든 남들이 하지 않는 위험한 일을 하는 자들에 대한 존경의 표시라고 생각된다. 예전에 독서 모임에 갔다가 내가 소방관이라는 것을 알고 나에게 굳게 악수를 청하며 고맙다는 말을 연신 해주는 사람을 만난 적이 있다. 떨리는 목소리로 자신은 진심으로 소방관을 존경하며, 직접 보게 된다면 꼭 고맙다는 말을 해주고 싶었다고 했다. 처음 겪어보는 일이라 잠시 당황했지만, 말로 표현할 수 없을 만큼 뿌듯했고 감동적이었다. 타인이 내 일에 대한 존중을 표해주는 것만큼 영광스러운 일이 또 있을까? 설령 나에게 닥칠 위험을 알지라도 이렇게 나를 알아주는 사람들이 있다면 기꺼이 타인을 위해 희생하는 게 마땅하지 않겠는가?

인간은 기억되기를 바라는 존재다. 수많은 영웅이 자신을 알아주는 이를 위해 목숨을 바쳤다. 아니 알아주지 않아도 그렇게 했다. 제복을 입고 타인에게 봉사하며 살아가는 사람들이 있기에 이 사회가 안전이라는 틀 안에서 움직일 수 있다. 보호되어야 할 삶의 테두리를 지키는 사람들에게 혹시 기회가 된다면 꼭 이 한마디를 전해주기를 부탁하고 싶다.

"고맙습니다."

별이 된 동료들

매년 평균 열 명 정도의 소방관이 순직한다. 어느 시도, 어디 소속으로 일하는 누가 어떤 현장에서 어떻게 죽었는지에 대해서는 같은 소방관들이 가장 정확하고 빠르게 소식을 접한다. 결코 남의 일이 아니기 때문이다. 동료가 쓰러진 그 자리에 내가 있을 수도 있다. 또한, 나의 몸이 찰나의 순간에 불타 사라질 수도 있다. 소방관이 되고 나서 매년, 매달 동료의 사망 소식을 듣는다. 그들의 남겨진 가족이 우는 모습이 내 가족의 모습과 겹쳐짐을 느낄 때 더욱 아프다. 내가 소방관으로 근무한 지난 17년 동안 현장에서 동료를 잃은 적이 없다는 것을 그나마 행운으로 여기며 살고 있다. 누군가를 구하러 들어간 위험천만한 현장에서 동료의 죽음까지 본다는 것은 심각한 외상 후 스트레스를 유발한다. 지금부터 내가 전하는 소방관의 순직 사고는 이미 언론에 의해 많이 알려진 이야기다. 같은 소방관의 관점에서 그리고 동료의 시선으로 담담하게 말해보겠다.

2001년 3월 4일, 아직 추위가 가시지 않은 차가운 어느 날. 누군가 지른 불에 골목길 주택이 화마에 휩싸였다. 불이 난 연립주택은 좁은 골목에 불법으로 주정차된 차들 때문에 소방차는 진입이 어려웠다. 그럼에도 불구하고 현장에 도착하여 목숨을 건 사투 끝에 상당수 화재를 진압했다. 사람을 구한 뒤 상황이 마무리되어 갈 때쯤, 현장에 있던 서울 서부 소방서 현 은평 소방서 구조대원들은 한 할머니의 외침을 듣게 된다.

"안에 사람이 있어요!"

자기 아들이 주택에서 나오지 못했다는 것이었다. 지체 없이 아홉 명의 소방관이 주택 내부로 진입한다. 얼마 지나지 않아 완전히 불에 탄 주택은 무너져 내렸다. 붕괴한 건물더미에 소방관 아홉 명이 매몰되었다. 세 명은 구조되었지만, 여섯 명은 그대로 무너진 주택 잔해에 깔렸다. 차가운 콘크리트 더미 아래에 깔린 동료들의 시신 여섯 구를 또 다른 소방관들이 끄집어냈다. 절기상 봄이었지만 하늘에서는 눈발이 날렸다. 대한민국 소방역사에서 가장 슬픈 출동으로 기록되고 있는 '서울 서대문구 홍제동 주택화재 사고'다.

여섯 명의 소방관이 이 사고로 세상을 떠났다. 타고 남은 건물 잔해에 깔려있던 소방관들은 '방수복'을 입고 있었다. 방수복은 말 그대로 물을 막는 옷이다. 불을 막는 옷을 입어야 할 소방관들은 비옷을 입고 불 속으로 뛰어든 셈이다. 이 사고로 '방화복'이 지급되었다. 더욱 놀라운 것은 집에 불을 지른 범인이 할머니가 구해달라고 했던 아들이라는 사실이다. 범인은 방화 후 이미 현장을 떠나고 없었는데 얼마 후 경찰에 잡혔다.

소방관 박동규, 김철홍, 박상옥, 김기석, 장석찬, 박준우는 대전 현충원에 묻혔고, 1계급 추서되었다. 살아남은 소방관은 온몸에 화상의 흔적을 남긴 채 동료를 잃은 슬픔을 간직하고, 여전히 소방관의 삶을 살고 있다.

2008년 여름 새벽, 영업이 끝난 서울 도심의 한 나이트클럽에 불길이 치솟았다. 불길은 순식간에 나이트클럽 내부를 휘감고 돌았다. 동이 트는 여름 새벽하늘을 시커먼 연기와 시뻘건 불꽃이 뒤덮었다. 소방차 30여 대와 소방관 200여 명이 현장으로 달려갔다. 현장에 도착한 소방관들은 사력을 다해 화재를 진압했다. 3층 건물 가운데 2층과 3층 전체를 화마가 집어삼키고 있었다. 영업이 끝난 나이트클럽이었지만 소방관들은 내부로 진입했다. 인명 검색을 해야 했다.

나이트클럽 안으로 진입한 소방관 세 명은 충실히 인명 검색을 진행했다. 단 한 명이라도 사람으로 보이는 무언가가 있다면 숨을 쉬지 않더라도 데리고 나가야 했다. 하지만 가혹한 운명이 곧 그들을 덮쳤다. 샌드위치 패널로 된 나이트클럽 천장과 외벽이 무너져 내린 것이다. 외벽 패널은 화재 열기와 무거운 조명 기구들의 무게를 견디지 못하고 순식간에 무너졌다. 무너진 천장 잔해에 두 명이 깔렸고, 한 명은 몸을 날려 피했다. 두 명은 잔해에 깔린 채 서서히 죽어갔다. 다른 한 명은 사력을 다해 외부로 빠져나오려고 했다.

하지만 무너진 잔해가 통로를 막아 결국 빠져나오지 못했다.

한 시간쯤 뒤, 다른 동료들에 의해 세 명의 소방관이 숨진 채 발견되었다. 잔해에 깔리지 않은 한 명은 공기호흡기의 공기가 모두 소진되어 연기에 질식된 것으로 보였다. 이들은 2001년 홍제동 화재의 담당 소방서였던 당시 서부 소방서의 후신인 은평 소방서 소속이었다. 아무도 없는 현장에 들어가 변을 당한 것도 같았고, 무너진 건물 잔해에 깔려 순직한 것도 비슷했다. 서울 은평 소방서는 육 년의 세월을 두고 비슷한 사고로 소방관 아홉 명을 잃었다. 순직한 조기현, 김규재, 변재우 소방관은 1계급 추서되어 하늘의 별이 됐다. 조기현은 형제 소방관이었다. 김규재는 열세 살, 열한 살짜리 두 아들을 남기고 떠났다. 변재우의 어머니는 일 년 전에 남편을 잃고, 곧이어 딸도 심장마비로 죽었다. 변재우는 세상에 남은 유일한 혈육이었다. 어머니는 자신이 죽었어야했다며 통곡했다. 지켜보던 모든 사람이 따라 울었다.

2016년 태풍 차바가 울산을 뒤덮었다. 많은 비를 동반한 태풍이 울산 울주군 청량면의 양동마을로 들이닥쳤다. 인근 온산119안전센터인 구급대원 정희국과 강기봉은 근처를 지나다가 '회야 강 인근에 사람이 차에 갇혀 있다'라는 신고를 받고 현장으로 달려간다. 강물이 넘쳐 강변은 무릎까지 물이 차 있었다. 정희국과 강기봉은 강가의 주차장으로 내려가 차에 갇힌 사람을 찾았지만 아무도 없었다. 그렇게 인명검색을 하는 사이 강물은 순식간에 불어났다. 둘은 강둑 위로 나오지 못하고 정희국은 전봇대에, 강기봉은 가로수에 몸을 의지한 채 버틴다.

불어난 강물은 무서웠다. 벌건 황토색으로 변한 강물이 매 순간 엄청난 무게로 둘의 몸을 짓눌렀다. 힘이 빠진 강기봉은 더 버티지 못하고 말했다.

"선배님. 더 이상 못 버티겠어요."

정희국은 강기봉에게 외쳤다.

"같이 물에 뛰어들자."

흐르는 강물에 몸을 맡기고 뭍으로 헤엄쳐 나가려는 계획이었다. 그렇게 잡고 있던 전봇대와 가로수에서 손을 놓는다. 하지만 강물의 무서운 위력이 둘을 집어삼킨다. 잠시 후 정희국은 물 위로 떠올랐지만, 강기봉은 보이지 않았다. 그러다가 얼굴이 스치기를 잠시, 그것이 마지막 모습이었다. 정희국은 멀리 떠내려가다 가까스로 살았고, 강기봉은 다음날 더 먼 곳에서 죽은 채 발견됐다.

삼 년 뒤, 정희국은 울산의 한 저수지에서 숨진 채 발견되었다. 스스로 물속으로 걸어 들어가 목숨을 버린 것이다. 친동생과도 같았던 강기봉을 떠나보낸 후 심각한 외상 후 스트레스에 시달렸다고 한다. 정신과 치료를 받고 우울증 약을 복용했지만, 아무런 소용이 없었다. 친형제와 같은 동료를 잃었다는 괴로움은 정희국의 삶에 의지를 꺾어버렸다. 그렇게 정희국은 강기봉의 곁으로 갔다. 장례를 치르기 위해 정희국의 옷장을 정리하던 동료들은 모두 오열했다. 정희국의 옷장 안에는 먼저 떠난 강기봉의 근무복이 가지런히 걸려 있었다. 정희국은 태풍이 앗아간 후배를 단 한 순간도 잊지 않고 있었다.

먼저 순직한 강기봉 소방관의 아버지 역시 소방관이다. 소방관 아버지는 강기봉의 순직 조의금을 다른 소방관들을 위해 기부했다. 강기봉은 1계급 추서되었다. 정희국은 떠난 지 사 년이 지난 2020년 봄에 '위험직무순직'으로 인정되었다. 현장에서 활동하다가 사망한 경우가 아니라 스스로 목숨을 끊은 정희국은 순직으로 인정받지 못하고 있었다. 남은 동료들과 가족들은 정희국의 순직 인정을 위해 백방으로 노력했고, 국가는 그의 죽음을 순직으로 최종 판명했다. 그간 스스로 목숨을 끊은 공무원에 대하여 '일반 순직'은 인정한 적이 있으나 '위험직무순직'으로 인정한 것은 정희국이 처음이었다.

내 기억 속에는 많은 동료의 죽음이 있다. 하지만 여기까지다. 오랜 시간이 지난 이들의 죽음을 생각하며 글을 쓰는 내내 가슴이 미친 듯이 아리고 눈물이 하염없이 솟아올라 견디기 힘들었다. 이들이 죽은 현장은 내가 마주하는 현장의 모습과 닮았다. 이들을 살리기 위해 절규하는 동료들의 모습도 내가 아는 모습이다. 사고 현장은 시간과 공간을 뛰어넘어 살아남은 구조대원에게 다시 나타난다. 그들이 사라져간 곳이 불 속이든, 물속이든 먼저 간 동료의 모습은 결코 남은 이의 기억에서 사라지지 않는다. 매일 반복되는 출동의 일상이 그들의 존재를 희미하게 만들어도 우리는 기억한다.

먼저 간 동료들이 남기고 간 것이 무엇인가를 알아야 한다. 살아남은 자들은 이들의 고귀한 희생의 결과물을 고스란히 받은 것이기 때문이다. 홍제동 주택 화재 사고로 소방 장비가 개선되었고, 조직이 개편되었다. 정희국 소방관은 위험직무순직 판결을 받음으로써 소방관의 외상 후 스트레스가 얼마나 위험한지 많은 사람에게 알려졌다. 이들이 남기고 간 유산이 같은 일을 하는 우리에게 미치는 영향이 결코 적지 않기에, 우리는 절대 그들을 잊지 않아야 한다.

세상 사람 모두가 잊어도 우리는 잊지 말아야 한다. 멀리 밤하늘의 별이 되어 어딘가를 비추고 있을 순직 소방관들의 영혼이 부디 편히 쉬기를 바란다. 그리고 그 별이 내는 빛이 또 다른 죽음을 맞닥뜨린, 아직은 살아있는 산 자들을 보호해 주기를 기도한다. 그렇게 산 자들이 자신을 보호한 빛을 바라보며 부디 감사하기를 또 바란다.

여자, 엄마, 구급대원

구조대원으로 삶을 살며 많은 현장을 보고 겪었지만, 그것이 소방 현장의 다가 아님을 누구보다 잘 알고 있다. 그중에서도 구급 현장은 구조대 일과는 다르다. 기계적이고 협업이 주를 이루는 구조 현장과는 달리 구급대는 의학지식이 풍부해야 하고, 구급대원 본인의 직접적인 판단력이 있어야 한다. 응급처치현장은 어느 현장보다 가슴 아픈 일이 많다. 간호사나 응급구조사 등 관련된 자격을 갖추고 경력을 쌓아야 임용 조건에 부합한다.

소방학교에서 현장 교관으로 근무할 때 여자 선배와 근무한 적이 있었다. 그분은 교관으로 구급 업무를 후배들에게 가르쳤다. 책을 좋아하는 선배는 나와 책에 관한 이야기를 많이 했는데, 나는 두 아이의 엄마이기도 한 선배가 대단하다고 생각했다. 아내로서, 엄마로서 삶과 죽음이 교차하는 현장에 들어가는 구급대원의 삶이 과연 어떨까 하는 생각이 들었다. 그분에게 구급현장에 관한 이야기를 몇 가지 들을 수 있었다. 선배가 직접 겪은 현장의 경험에 대해 허락을 얻고 선배의 입장으로 써서 소개해 보려고 한다.

2003년 9월쯤이었던 것 같다. 잊을 수 없고, 말만 꺼내도 눈물이 나는 기억이다. 나는 지금도 그때의 현장을 지날 때면 눈을 감거나 시선을 다른 곳으로 돌린다. 그만큼 나에게는 잊히지 않는 출동이다.

오후 5시 30분쯤 구급 신고가 들어왔다. 임신 9개월 된 산모인데 호흡곤란 증세가 심하니 신속하게 출동하라는 지시가 떨어졌다. 내가 근무하는 삼락119안전센터에서 현장인 덕포초등학교까지는 600미터 거리다. 신속하게 현장에 도착해서 안으로 들어가니 배가 불룩한 산모가 숨을 힘들게 내쉬며 남편의 손에 부축을 받으며 걸어 나오고 있었다. 얼른 산모의 손을 맞잡고 안색을 살폈다. 혈색이 창백하고 입술과 손톱이 청색이었다. 숨을 제대로 못 쉬고 있다는 증거였다. 순간 환자의 상태가 심각하다는 것을 느꼈다. 구급차까지 5미터도 안 되는 거리였지만 걸을 수 있을까 걱정되어 운전 반장님과 상의하여 환자를 들것에 실어 이동했다.

산모에게 울며 매달리는 첫째 아이는 이웃집에 맡기는 것이 좋을 것 같다고 보호자인 아이 아빠에게 말했다. 그리고 산모가 다니는 병원이 어디인지 물었다. 가정형편이 어려워 임신

초기에 조산원에 한번 갔다 온 이후 한 번도 병원에 가 본 적이 없단다. 탄식이 절로 나왔다. 급한 대로 산모를 구급차에 태웠다. 산소 포화도를 측정하니 5미터도 이하였다. 90퍼센트 이상은 되어야 정상범위인데 이 정도면 심각한 저산소혈증이다. 내가 숨을 못 쉴 것 같은 느낌까지 들었다. 산모에게 산소마스크를 씌우고 심호흡을 따라 하게 했다. 그리고 심전도를 부착했다. 그리고 상황실에 무전을 했다.

"9개월 된 임산부인데 호흡곤란이 심함. 수용 가능한 병원 섭외 바람."

상황실도 현장의 긴급성을 파악하고 다급하게 답했다.

"인큐베이터 사용이 가능한 병원을 알아보고 있으니 잠시 대기 바람."

우선 개금동에 있는 종합병원 방향으로 구급차를 돌렸다.

첫째 아기 때 이상이 없었냐고 물었더니 엄마 심장이 조금 부담이었다고는 했지만, 아기도 엄마도 건강했다고 말했다. 오늘도 이른 저녁을 먹고 근처에 산책을 나왔다가 갑자기 호흡곤란을 호소했다고 한다.

그때였다. 갑자기 산모의 호흡곤란이 더 심해지더니 피가 섞인 기침을 토하며 심장이 멈춰버렸다. 순식간에 심전도 모니터는 가느다란 일직선의 가로선을 그렸다.

뚜. 뚜. 뚜.

45도 기울어진 반좌 위 들것에 환자를 바로 눕혔다. 그리고 심폐소생술을 시작했다. 심폐소생술 중에도 환자의 입에서는 피거품이 계속 솟구쳐 올랐다. 나는 정신없이 혈액을 흡인하고, 엠부수동식 인공호흡기를 짰다.

"엄마! 힘내세요. 병원에 거의 다 왔어요! 제 말 들리세요?"

하나, 둘, 셋, 넷…

"엄마! 제발 힘내요!"

나는 다급한 마음이 들어 기관원 반장님께 외쳤다.

"반장님 제일 가까운 병원으로 바로 가주세요! "

긴박한 상황에서도 환자의 뱃속 아기의 심장은 계속 뛰고 있었다. 나는 울음을 삼키며 간절한 마음을 담아 속으로 외쳤다.

'아가야. 너도 엄마에게 말해줘. 엄마 힘내라고….'

어느덧 가까운 병원에 도착했고, 미친 듯이 응급실로 들것을 밀고 들어갔다. 뛰쳐나오는 의료진에게 큰 소리로 말했다.

"출산 예정이 10일 전인데 갑자기 호흡곤란이 왔어요! 산소포화도 60퍼센트 이하고, 산소마스크로 산소 주고 오다 5분 전에 갑자기 피가 섞인 기침을 하면서 심정지가 왔어요. 아직 아기는 태동이 있습니다!"

즉시 응급실 의료인들이 급히 산모 검사와 태동 검사를 동시에 했다. 정말 도플러 태동 검사기를 작동하자 심장 소리가 크게 들렸다. 아기는 아직 자기가 살아있다고 말하고 있었다. 하지만 산모는 아무 반응이 없었다.

잠시 후, 의사가 보호자에게 말했다.

"산모와 아기 중, 선택해야 할 것 같습니다."

영화나 드라마에서 들을 법한 말이었다. 보호자는 아니었지만 내 심장이 덜컥 내려앉는 듯했다. 하지만 의사는 차분하게 다시 설명했다. 산모를 살리기 위한 약물을 투여해야 하는데 그러면 태아가 위험해질 수 있다고. 가만히 듣던 환자의 남편은 작은 목소리로 말했다.

"아내를 살려주세요."

나는 구급대로 복귀했다. 그리고 두 시간 후 저녁 여덟 시쯤 다른 출동으로 그 병원 응급실에 환자를 이송하러 다시 가게 됐다. 응급실 간호사에게 아까 산모에 관해 물었다. 간호사는 슬픈 목소리로 대답했다. 산모를 살리려고 조치하다 결국 둘 다 살리지 못했다고… 머릿속이 하얗게 되는 기분을 느꼈다. 아무 말도 할 수 없었고, 한참을 멍하니 그 자리에 서 있었다.

며칠을 울었다. 운전원 반장님도 울었다고 했다. 일주일 뒤 그 집을 찾아갔다. 현관 입구에 집을 내놓는다는 전단이 붙어 있었다. 남편은 허탈한 표정으로 우릴 맞았다. 난 죄송하다고 말했다. 최선을 다했는데, 정말 미안하다고… 그러다 결국 또 울어버렸다.

그날 이후 난 2010년 북부 소방서를 떠날 때까지, 덕포초등학교 앞 주택을 지날 때면 눈을 감거나 머리를 돌려버린다. 그날의 기억을 지울 수 없으니 말이다.

여자, 엄마, 구급대원

여기까지가 선배의 이야기다. 사람의 죽음을 대하는 소방관들의 경험은 거의 모두 큰 슬픔을 동반한다. 사람이 다치고 죽는 일을 매일 같이 보는 우리지만 현장의 일이 다 자기 일처럼 느껴진다. 선배역시 두 아이를 낳고 기른 엄마였다. 선배는 산모의 고통을 오롯이자신의 고통인 듯 느꼈을 테다. 그것이 트라우마가 되어 여전히 기억 속 어딘가에 깊은 슬픔으로 남아있다.

글을 쓰며 선배와 오랜만에 통화를 했다. 지금은 소방서의 구급담당 홍보와 교육을 맡은 간부로 근무하고 있다. 선배는 말한다. 여자 구급대원으로 일하는 것은 힘들지 않았다고. 하지만 아이를키우는 엄마로서 일하기는 쉽지 않았다고. 나는 그 마음을 온전히다 알 수 없다. 하지만 여자가 아니라 한 사람의 열정적인 구급대원으로서의 선배가 얼마나 강인한 사람인지는 다시 한번 알게 되었다.

응급환자이송
응급 출동

Chapter 5.

당신의 마지막

인생의 끝날

삶은 영원하지 않다. 살아있는 생명이라면 언젠가 그 삶이 다하여 생을 마감한다. 자연의 섭리이자 우주 만물 불변의 법칙이다. 나는 여러 죽음을 보며 남녀노소, 신분 고하를 막론하고 결코 피할 수 없는 죽음이라는 것에 대해 생각해 볼 수 있었다.

수년 전, 외할아버지가 돌아가셨다. 어릴 적 외탁을 했어서, 나를 무척 아껴주신 외할아버지의 죽음이 큰 충격이었다. 이별을 선뜻 받아들이기 힘들었다. 깨끗하게 염을 하고 하얀 수의를 입은 외할아버지의 얼굴은 편안해 보였다. 자손들의 슬퍼하는 모습과는 다르게 외할아버지는 오히려 옅은 미소를 띠고 있었다. 아흔이 넘은 나이까지 큰 병 한번 앓으신 적이 없고 평소 자기관리가 철저하신 분이었다. 상갓집에 문상 온 일가친척들은 호상이라 말했다. 내가 생각하기에도 그런 듯했다.

인생의 마지막 순간이 모두 같을 수는 없겠지만 우리가 흔히 알고 있는 죽음은 천수를 누리고 편안한 미소를 띠며 잠들 듯 떠나는 것이다. 하지만 119구조대원인 내가 본 죽음은 이런 죽음과는 거리가 멀었다.

교통사고로 짓이겨진 차체 안에서 피 흘리며 쓰러져간 죽음, 뜨거운 화염과 짙은 연기 속에서 타죽고 질식하는 죽음, 차디찬 물속에서 떠오르려 발버둥 치다 그대로 가라앉아버린 죽음이 내가 본 죽음이었다. '호상'과는 비교할 수 없을 만큼 가슴 아픈 죽음이다. 누구에게나 같은 모습으로 오지 않는다는 것을 알았다. 또한 인생의 어느 순간 불현듯 찾아오기도 한다는 것을 알았다. 스스로 목숨을 내던지는 것이 아니고서야 급작스럽게 찾아오는 죽음을 바라는 사람은 없을 것이다. 생각해 볼 것은, 이렇게 찾아오는 사고에 의한 죽음이 사람들은 마치 자기와는 상관없는 다른 세상 이야기처럼 느낀다는 것이다.

누구나 어떤 계기가 생기기 전에는 자신과 가족 또는 주변인의 죽음을 깊게 생각하지 못한다. 그럴 만도 한 것이 병들고 시들어가는 인간의 육신이 언젠가 죽는다는 것은 막연한 미래의 이야기일 뿐이기 때문이다. 죽음이 내 주변 어딘가에 나를 감싸고 늘 따라다닌다고 생각하는 사람은 많지 않다. 하지만 인생은 그리 간단하지가 않다. 인생의 마지막 날은 지금 당장이 될 수도 있고, 한 시간 뒤가 될 수도 있으며 하루 뒤 아니 한 달 뒤, 언제일지 아무도 모를 일이다. 불길한 생각을 하자는 말이 아니다. 지금 이 순간이 얼마나 소중한가를 알기 바라는 뜻에서 하는 말이다.

　내가 현장에서 본 사람들의 모습은 불과 몇십 분 전까지만 하더라도 뼈와 살이 온전했고, 들숨과 날숨이 코와 입으로 들락거리며 신체 기능이 정상적으로 작동했던 사람들이었다. 이들 역시 부지불식간에 들이닥칠 사고의 순간을 알지 못했고, 그 찰나의 시간을 기점으로 죽음에 가까이 가리라고는 꿈에도 상상하지 못했을 것이다. 그렇다. 인생의 마지막은 결코 온전한 신체를 깨끗이 염하고 누워서 끝나지만은 않는다는 것을 깨달아야 한다.

　언젠가 누가 나에게 물었다. 당장 내일 또는 한 달 후가 당신 인생의 마지막 날이라면 무엇을 하겠느냐고. 솔직히 그 질문을 받는 순간 말문이 막혔다. 살면서 단 한 번도 그런 생각을 가져본 적이 없었다. 자기 삶의 마지막을 진지하게 고민해 본 사람이 얼마나 될까? 내 삶이 적어도 40년, 50년 후에야 끝날 거라고 장담할 수 있는 아무런 근거가 없는데도 말이다.

　삶이 존재하는 이유는 그 존재 자체만으로도 소중하고 값진 것이기 때문이다. 반대로 보자면 죽음에 이르는 순간 삶이 얼마나 소중한지 그제야 알게 된다는 말일 수도 있다. 스스로 겪지 못한다면 타인의 삶을 보고 간접적으로나마 알 수도 있다. 삶이 힘겹거나 지칠 때 병원 중환자실이나 응급실에 한번 가 보라는 말은 괜히 하는 말이 아니다. 살기 위해 온몸에 링거 바늘을 꽂은 채 죽음에 이르지 않으려고 사투를 벌이는 사람들. 그런 이들이 즐비한 중환자실의 병상을 보고있자면 삶이 주는 순간의 감사함을 간절히 느끼게 된다.

물론 내가 본 죽음의 현장은 일반적이지 않다. 하지만 그곳에서 죽어간 사람들은 평범한 사람들이었다. 그들의 육신이 우리와 다르지 않듯 그들의 죽음도 우리에게 얼마든지 일어날 수 있음을 알아야 한다. 우리는 이러한 사고에 대한 무지를 '안전 불감증'이라고도 한다. 나는 괜찮을 것이고 내 생에서는 사고가 일어나지 않을 거라는 확신을 다들 어찌 그리 쉽게 하는지 모르겠다.

이러한 안전 불감증은 백화점이 무너져 내리고, 다리가 끊어지며, 바다 위의 배가 뒤집혀 한 번에 수백 명이 죽어버리는 참사가 되어 이미 우리에게 나타났다. 세월의 간격을 두고 복사해서 붙이듯 연이어 발생했다. 사고는 그렇게 찾아온다. 공식처럼 말이다.

오늘 하루에 감사해야 한다. 아무렇지 않은 듯 흘려보내는 지금, 이 순간이 누군가에게는 숨 한 모금 더 쉬면서 살기 위해 발버둥치는 그런 순간일 수가 있다. 당신의 코와 입으로 들어오는 공기에 감사해야 한다. 당신의 눈에 보이는 세상과 그 세상을 볼 수 있는 두 눈동자에 감사해야 한다. 이 책을 넘기는 당신의 손끝 감각과 움직이는 손가락에 감사해야 한다. 잠자리에 들기 전 하루를 무사히 보냈다는 것과 온전한 당신의 삶에 감사해야 한다. 삶의 순간을 함께 하는 가족과 친구, 직장 동료의 무탈함에도 한없이 감사해야 한다.

언젠가 자신의 인생이 마지막 날에 가까이 다가가고 있음을 느낄 때 평범하게 지나온 일상이 세상 무엇과도 바꿀 수 없는 위대한 삶이었다는 것을 깨닫게 될 것이다.

장애를 얻은 뒤

부모님은 내가 돌이 지나자마자 친가가 있는 곳에서 외가가 있는 동네로 이사를 와 장사를 했다. 농사도 함께 지었는데 부모님은 우리 집과 외갓집의 농사일로 늘 바빴다. 어린 나는 주로 외갓집에 맡겨졌는데 외갓집에는 외할아버지와 외할머니 그리고 외삼촌과 외숙모가 있었다. 어느 날 나는 알 수 없는 장면을 보았다. 외할머니가 외숙모에게 손짓, 발짓으로 무언가를 열심히 설명하고 있는 것이었다. 외숙모는 그런 외할머니에게 어떠한 대꾸도 없이 가끔 고개만 끄덕이며 묵묵히 밥을 짓고 반찬을 만들었다.

　농사일을 마치고 집에 돌아오는 아버지는 늘 외삼촌과 함께였다. 외삼촌은 까맣게 그을린 피부에 코가 우뚝 솟아있고 눈이 커서 잘생긴 얼굴이었다. 외삼촌은 아버지와 저녁을 함께 하며 소주를 즐겨 마셨다. 두 분이 식사하며 나누는 대화는 없었지만 아버지는 외할머니와 마찬가지로 손짓으로 말했다. 외삼촌은 아버지의 그런 손짓과 입 모양을 보고 웃어 보이거나 아무런 표정이 없었다. 그 후 외삼촌과 외숙모가 청각장애인이라는 것을 알게 되었다.

두 분의 장애는 선천적이었다. 외삼촌은 어려서부터 듣지도, 말하지도 못했다고 한다. 하지만 명석해서 가르쳐 주지도 않는 글을 혼자 깨우쳤다. 손재주도 좋아 농기계를 분해, 조립하는 것을 쉽게 익혔다고 한다. 일흔이 넘은 지금도 농사일을 하고 콤바인, 트랙터 같은 농기계를 능숙하게 다루며 동네 큰일을 도맡아 하고 있다. 외할머니는 이런 외삼촌을 늘 안타깝게 바라본다. 자식의 장애를 당신의 탓으로 생각하는 것이다. 늘 외삼촌보다 하루만 더 살다 죽기를 바란다. 어릴 때는 외할머니의 그 말이 무슨 뜻인지 몰랐다.

몇 년 전 천안에 있는 중앙 소방학교에 출장을 갔다 오는 길에 어머니가 다급하게 전화를 해왔다.

"아이고, 야야! 외삼촌이 마이 다쳤단다. 우짜노!"

어머니는 놀란 목소리로 외삼촌의 사고 소식을 전했다. 가을 추수철에 일손이 부족한 동네 이웃집에 가서 벼를 타작하다가 기계에 손이 빨려 들어가 손가락이 세 개나 절단된 것이다. 사고의 경위를 들어보니 크게 다친 손을 움켜쥐고 혼자서 집까지 걸어왔다. 출혈이 심해 걸어오는 도중에 길에 피를 뿌리면서 말이다. 어머니는 말을 전하는 도중에 슬픔을 참지 못했다. 청각 장애가 있는 오빠가 손가락까지 순식간에 잃었으니, 어머니의 심정이 어디 온전했겠는가? 나는 그런 어머니를 진정시키고 부산으로 가는 길에 외삼촌이 입원해 있는 병원에 들렀다.

외삼촌은 의외로 편안해 보였다. 나는 외삼촌을 평소 학 같은 분이라 여겼다. 장애를 안고 태어난 외삼촌의 인생이 가여워 그런 게 아니다. 정말이지 외삼촌은 학 같이 고결하고, 아름다운 분이었다. 나는 아무 말 없이 그냥 외삼촌을 바라만 봤다. 외삼촌은 나에게 사고 경위를 손으로 말해 주었다. 잘린 손가락의 통증이 있는지 팔을 들지 못했다. 하지만 나는 외삼촌이 어떻게 타작하는 기계에 손이 들어갔는지 충분히 알 수 있었다. 마지막에 붕대로 칭칭 감긴 다친 손가락을 반대쪽 집게손가락을 세워 가리키며 손가락이 잘려 나가는 동작을 표현할 때 난 고개를 숙이고 펑펑 울 수밖에 없었다. 6인 병실에 함께 있는 다른 환자들이 안타깝게 바라보며 나를 달랬다. 외삼촌은 그런 내 얼굴을 만지며 학처럼 웃으셨다.

외삼촌은 그 후 다친 손에 장갑을 끼고 다닌다. 난 그 모습을 볼 때마다 가슴이 아려온다. 이미 선천적인 장애를 가지고 사는 분이 아니던가? 거기에다 후천적인 장애까지 얻었다. 외삼촌의 삶이 나에게 왔다면 나는 과연 감당할 수 있었을까? 구조대 막내 시절 천흥이 형이 뿜어져 나오는 피를 뒤집어쓰며 기계에서 빼내려고 했던 젊은 여인의 팔이 생각났다. 팔이 절단되는 일을 막았을지는 모르겠지만, 아마 그렇지 않더라도 이전에 사용하던 팔의 기능을 다 하지는 못할 것이다. 커다란 컨베이어 벨트에 끼여 팔을 절단한 공장 인부도 생각난다. 짓이겨지고 비틀어진 채 기계에 끼어있는 인부의 팔을 꺼냈을 때 그 사람의 팔은 살가죽에 겨우 의지한 채 어깻죽지에 매달려 덜렁거리고 있었다. 교통사고 현장에서 본 신체 훼손도 그에 못지않았다. 목숨이 붙은 채로 꺼낸 그 사람들을 나는 '구조했다'라고 보고서에 썼지만, 과연 나는 그 사람들의 인생을 진짜 구한 것이 맞을까?

질병으로 인한 장애가 줄어드는 대신, 교통사고로 인한 장애 발생 비율은 오히려 꾸준히 증가하고 있다. 2014년 교통사고로 인한 부상자는 대략 170만여 명이며 그중 장애인 발생 건수는 19만여 명으로 나타나 부상자 열 명 중 한 명은 장애인이 되는 것 출처-한국교통사고장애인협회으로 추정되고 있다.

공장이나 공사 현장, 농수산업에 종사하는 사람까지 포함한다면 사고로 인하여 후천적인 장애를 얻게 된 사람들의 수는 더 많아진다. 장애인의 절반이 후천적인 이유로 장애를 얻는다. 갑자기 찾아온 사고로 신체 일부를 잃거나 마비되는 중증장애인이 되는 경우를 우리는 어렵지 않게 볼 수 있다.

영화 슈퍼맨의 주인공이었던 미국 배우 크리스토퍼 리브는 말을 타다가 떨어져 경추를 크게 다쳤다. 그는 목 아래로 모든 것이 마비됐다. 베스트셀러 '지선아 사랑해'의 저자 이지선 씨는 교통사고가 난 차에 불이 붙어 온몸에 3도 화상을 입고 고통스러운 화상 치료를 받았다. 그후에도 화상의 흉터는 사라지지 않았다. 이들은 모두 아름답고 건강한 외모를 가지고 있었던 사람들이었다. 하지만 사고는 유명 연예인도, 슈퍼맨이라고 불리던 사람도, 젊은이도 비껴가지 않았다. 후천적 장애라는 받아들이기 힘든 현실이 이들에게 찾아왔다.

하지만 이들 모두 자신의 장애를 극복하고 이겨내기 위해 피나는 노력을 했다. 슈퍼맨 크리스토퍼 리브는 장애인이 되었다는 좌절과 절망에서 벗어나 재단을 만들고 자기 같은 마비 환자를 도우면서 평생을 보내다가 얼마 전 세상을 떠났다. 그는 스스로 사고 이후 진정한 슈퍼맨이 되었다고 말했다. 화상으로 온몸이 변해버린 이지선 작가 역시 자신의 장애를 받아들이고 지금은 대학교수로 재직하며 보란 듯이 멋진 인생을 살고 있다.

나는 감히 생각해 본다. 외삼촌은 자신의 장애를 장애라고 생각하지 않았을지도 모른다고. 평생을 말 못 하고 듣지 못하며 사는 것 역시 장애라 생각하지 않았을 거라고. 손가락을 잃은 그 순간의 고통은 헤아릴 수 없이 아팠겠지만, 사라진 손가락이 없어도 인생이 그리 힘들지 않다고 여기지는 않았을까 생각해 본다. 장애를 삶의 일부로 받아들이고 살아가야 한다는 것을 외삼촌은 자신이 말을 못 한다는 사실을 알았을 때부터 깨달았을지 모르겠다.

외모와 육체가 자기 삶의 전부일지도 모르는 연예인이 그 기능이 마비된 것을 알았을 때 느끼는 절망감이란 겪어보지 않은 나로서는 알 길이 없다. 하지만 그들이 지옥과도 같은 절망의 시간을 빠져나오는 것을 보며 그들의 용감한 삶에 대해 감히 무어라 할 말이 없었다. 이전의 육체를 그리워하며 씨름하지 않고, 지금의 몸을 하늘이 준 선물로 오롯이 받아들이며 감사함을 이야기하는 그들의 모습에 경외감을 느낀다.

여전히 사고는 멈추지 않는다. 고도로 발달한 인간의 문명은 오히려 인간의 신체를 위협하는 기계적인 무서움도 동시에 가지고 있다. 때로는 끔찍하고 때로는 가슴 아픈 사고 현장을 볼 때마다 인간이 겪어야 할 고통이 왜 이다지도 가혹할까 생각이 들어 마음이 아프다. 부디 세상 모든 살아 숨 쉬는 생명체가 보호받기를 바란다. 그리고 자신의 삶을 한없이 사랑하기를 바란다.

이별하지 않기 위해

이별이라는 단어가 주는 느낌은 슬프다. 함께 나눈 시간에 대한 그리움과 그런 시간이 더는 없을 것이라는 아쉬움이 동시에 일어나기 때문이다. 그리움과 아쉬움이 클수록 이별이 주는 슬픔도 클 것이며, 슬픔이 클수록 이별의 잔상도 오래간다. 이별의 대상이 누구냐에 따라서도 감정이 다르다. 사회적인 관계, 즉 친구나 동료보다 가족과의 이별의 슬픔이 더 크다. 가족과의 이별은 슬픔을 넘어서 충격으로 다가올 수도 있다.

　내가 다닌 초등학교는 전교생이 200여 명 남짓한 작은 시골 마을 학교였다. 학년마다 한 반밖에 없었다. 나는 1학년 때부터 6학년 때까지 중간에 한두 명 정도 전학 간 친구를 제외한 서른 두 명과 6년 동안 같은 학급에서 함께 공부하고 놀았다. 중학교에도 다 같이 진학했다. 그런데 중학교에 입학한 지 일주일만에 부모님이 근처 도시로 이사하게 되어 큰 중학교로 전학을 가야 했다. 난생처음 경험한 이별이었다. 무려 6년 동안 같은 교실에서 함께 공부하고 놀았던 친구들과의 이별은 견디기 힘든 슬픔이었다.

특히 그중에는 한 동네에서 나고 자란 친구들이 서너 명 있었다. 이사하던 날 눈물, 콧물 범벅이 되어 친구를 붙들고 서럽게 울었다. 어린 나만의 아쉬움이 아니었다. 고향마을이자 삶의 터전이었던 그곳을 떠나는 부모님도 눈물을 흘렸다. 작은 마을에서 오랫동안 정들었던 이웃들과의 이별이 슬펐을 것이다. 동네 아줌마들은 엄마와 나를 번갈아 껴안아 주며 눈물을 지으셨다. 이별의 아픔은 누구나 같다는 것도 그때 처음 알았다.

이별도 내성이 생기는 것일까? 아니면 나이가 들며 이별의 감정을 느끼는 것이 무뎌진 것일까? 청소년기를 지나 이십 대가 되며 나는 많은 이별을 겪었지만, 초등학교 시절, 그때의 이별만큼의 감정을 느낀 적이 별로 없었다. 금방 생겼다가 사라지는 감정이었고, 사람 만나고 헤어지는 것이 무슨 대수일까 하는 생각도 했었다. 어쩌면 그렇게 생각하는 게 남자다운 거라 여겼는지도 모르겠다. 하지만 나의 이런 생각이 재정립되는 일을 겪게 된다.

스물한 살 때 친할머니가 돌아가셨다. 아흔이 넘는 나이였지만 크게 아픈 곳 없이 노환으로 세상을 떠났다. 임종은 나의 친형이 혼자 보았다. 할머니는 돌아가시기 한 달 전부터 큰집에서 우리 집으로 거처를 옮겨지내는데 그날은 할머니와 형 둘만 집에 있었다. 형은 그때 할머니가 주무시듯 돌아가셨다고 말했다.

할머니의 죽음이 내가 겪은 첫 번째 가족의 죽음이었다. 그리고 죽음으로 인한 첫 번째 이별이었다. 나는 할머니의 죽음이 실감 나지 않았다. 죄송스럽게도 상이 치러지는 며칠 동안 눈물도 나지 않았다. 이상했다. 할머니와의 추억이 생생한데도 할머니의 죽음이 슬프게 다가오지 않았다. 오히려 사촌 매형들이 주는 술을 마시며 즐겁게 웃기까지 했다. 나뿐만 아니었다. 문상 온 손님이 대부분 그랬다. 큰아버지 두 분과 나의 아버지, 고모들만이 상복을 입은 채 침통해 있었다. 하지만 할머니가 누운 관이 묏자리 안으로 들어갈 때는 나도 모르게 눈물이 났다. 할머니가 어릴 적 아무도 모르게 나를 불러 주머니에 넣어 주었던 용돈이 생각났다. 그것이 내가 눈물을 흘리게 했던 할머니에 대한 그리움이었던 것 같다.

그리고 10년 뒤, 나는 다른 형태의 죽음을 보게 된다. 큰어머니께서 돌아가신 것이다. 소방관이 된 지 얼마 지나지 않아서였는데 교통 사고가 났다. 할머니의 죽음 다음으로 가장 가까운 이의 죽음이었다. 나는 할머니의 죽음과 다르게 많은 눈물을 흘렸다. 큰어머니에 대한 그리움과 죽음에 대한 슬픈 마음이 할머니의 죽음보다 더 커서가 아니었다. 큰어머니의 죽음은 전혀 생각지 못한 것이었기 때문이다. 교통사고에 의한 죽음은 가족들이나 친척들도 겪어 보지 못한 충격이었다. 나에게는 할머니의 죽음과 큰어머니의 죽음이 조금 다르게 느껴졌다. 생을 떠나는 형태에 따라, 떠나보내는 이의 슬픔의 무게도 달라지는 것 같았다.

큰어머니의 죽음 이후 나는 교통사고 현장에서 맞닥뜨리는 죽음의 모습을 볼 때마다 구조대상자 가족들이 불현듯 떠오른다. 얼굴을 전혀 모르는 사고자 가족들의 형상이 어렴풋하게 잠시 잠깐 머릿속을 스친다. 그 긴박한 구조의 시간에 말이다. 피를 흘리며 쓰러져 있는 사람의 가족들은 꿈에도 이런 사고를 생각하지 못했을 것이다. 만약 구조대상자가 죽는다면 남아있는 가족들은 큰 이별의 슬픔을 겪을 것 같았다. 교통사고뿐만 아니다. 이미 우리 사회는 무시무시한 대형 재난으로 순식간에 수백 명의 목숨을 잃는 현장을 몇 번이나 겪었다. 그런 사고는 가족이 아니더라도 누구나 슬프고, 아프다.

사고 현장에서 죽어가는 이들을 살려내야 하는 구조대원들은 사람과 사람의 이별을 막기 위해 사투를 벌인다. 죽음은 이별의 가장 극단적인 형태다. 수명이 다해 죽는 것은 그나마 죽음에 대한 마음의 준비와 슬픔을 이겨낼 수 있는 환경을 만들 수 있지만, 사고에 의한 죽음은 그렇지 못하다. 그래서 우리는 살려야 한다. 죽음이라는 고통스러운 이별을 막아내야 한다. 구조대원이 할 수 있는 가장 힘든 일이자 가장 고귀한 일이 바로 그것이다. 한 사람을 사지에서 구해냄으로써 그 사람을 알고 있는 많은 사람과의 슬픈 이별을 막아낼 수도 있다.

물론 모든 이별을 없앨 수는 없다. 우리는 신이 아니다. 하지만 단 하나의 이별이라도 막을 수 있다면, 우리는 그곳으로 달려간다.

설령 우리의 죽음이 또 다른 이별이 된다고 하더라도 그것이 소방관의 일이다. 이 일은 위험하다. 때로는 목숨을 담보로 한다. 불길이 걷히고 사람들의 환호가 사라진 후에도 우리 안에 남는 건 화상 자국과 상처, 그리고 가끔 찾아오는 악몽이다. 그러나 우리는 멈추지 않는다. 우리가 멈추는 순간, 누군가의 이별은 피할 수 없게 되니까. 이별을 담보로 또 다른 이별을 막아내는 일. 그 안에 담긴 무게를 우리는 잘 안다. 그렇기에 오늘도 우리는 준비한다.

이별은 슬프다. 죽음으로 인한 이별은 더욱 슬프다. 끝내 받아들이겠지만 떠나보내는 사람은 떠난 이를 오랫동안 그리워한다. 어릴 적 경험한 친구들과의 이별이 더욱 짙게 떠오른다. 살면서 겪게 되는 무수한 이별의 순간은 결국 내 인생의 끝에 오게 될 죽음에 대한 연습은 아닐까 하는 생각도 해본다.

이별하지 않기 위해

낮은 곳 바라보기

어느 날 차를 타고 수영장을 가고 있었다. 동네 근처의 한적한 수영장이 한동안 문을 닫게 되어 시내 멀리 있는 사설 수영장으로 가던 길이었다. 내 차는 시내의 왕복 8차선의 큰길로 접어들었다. 점심시간을 갓 지난 도로는 한적했다. 그런데 어느새 앞서가는 차들이 가다 서다 반복하더니 밀리기 시작했고, 내 차는 밀린 차들로 더는 움직이지 못하고 그대로 멈춰 섰다. 빨리 가고 싶은 마음에 마음이 조급해졌다. 잠시 뒤, 서서히 움직이는 앞차를 따라 조금씩 전진했다. 어느 정도 갔을까? 차량정체의 원인을 내 눈으로 확인할 수 있었다.

작은 손수레에 종이 상자 같은 폐지가 높게 쌓여 있었다. 옆에는 파란색 트럭 한 대가 서 있었고 트럭 운전자로 보이는 중년의 남자는 누군가에게 고래고래 소리를 지르고 있었다. 무슨 사달이 났는가 싶어 옆을 지날 때 목을 길쭉하게 빼고 쳐다봤다. 폐지가 쌓여 있는 손수레 뒤쪽으로 허리가 휜 노인이 서 있었다. 한눈에 봐도 고령으로 보이는 노인은 무어라고 고성에 삿대질까지 해대는 트럭 운전자의 거친 말을 가만히 듣고만 있었다. 추측하기로는 가장자리로 힘겹게 손수레를 끌고 가는 노인이 뒤에서 오는 트럭과 어떤 실랑이가 있었던 것 같았다. 자세한 사정이야 알 수 없었지만, 깊게 팬 주름에 금방이라도 울 것 같은 노인의 서글픈 표정이 기억에 오래 남았다.

서울지방경찰청의 통계자료에 따르면 폐지를 싣고 가다가 도로에서 교통사고를 당해 사망하는 노인의 수가 최근 3년간 21명에 달한다고 한다. 2020년 여름에는 천안에서는 폐지를 줍고 가던 할머니가 차에 치여 숨졌다. 그때 지나가던 20대 여성도 다쳤다고 한다. 그 여성은 할머니의 폐지가 수레에서 떨어지자 줍는 것을 도와주다가 변을 당했다. 단순한 교통사고 이야기를 하고자 하는 것이 아니다. 사회적 약자가 늘 사고의 위험에 많이 노출되어 있었음을 말하고 싶다. 사고는 누구에게나 일어날 수 있지만, 사고가 일어날 수 있는 환경은 모두에게 같지 않다.

기장 조대에서 근무할 때였다. 공장 기계에 사람 다리가 끼었다는 신고를 받고 출동했다. 공장 입구에 들어서자 인부로 보이는 사람들이 문 앞에 모여 있었다. 가까이 다가가 경위를 묻자 다들 넋이 나간 표정이었다. 사람이 기계에 끼어있는데 왜 다들 공장 밖으로 나와 있을까 궁금했다. 가까이 보이는 사람을 붙들고 자초지종을 물으니, 손으로 공장 안을 가리키며 겨우 말문을 열었다.

"저기 왼쪽으로 돌아 들어가면 있어요."

나는 그쪽으로 우리를 안내해 달라고 말했다.

"아이고. 나는 도저히 못 들어가요."

남자는 당장이라도 울듯이 손사래를 쳤다. 어쩔 수 없이 나는 후
배와 함께 무섭게 생긴 기계들이 다닥다닥 붙은 공장 안으로 걸어
들어갔는데, 얼마 가지 않아 공장 바닥에 사람의 형체가 보였다.

그때였다. 발에 무언가가 밟혀서 부서지는 소리가 났다. 나는 발
을 들어 신발 바닥을 봤다. 흰 색의 물체가 신발 바닥에 붙어 있었
다. 뼛조각이었다. 주위를 둘러보니 사람의 뼈로 보이는 조각이 공
장 바닥 여기저기에 널려 있었다. 그 주위로 핏물이 벌겋게 뿌려져
있었다. 더 가까이 다가가자 기계에 끼인 사람이 형체를 알아보기
힘들 만큼 온몸이 찢긴 채 쓰러져 있었다.

나일론 끈을 만드는 공장이었다. 공장의 규모는 그리 크지 않았
지만, 커다란 기계들이 빽빽하게 들어차 있었다. 가느다란 실을 모
아서 꼬아 손가락 굵기의 끈으로 만들어내는 기계였다. 실을 꼬는
롤러에 다리가 끼어 몸이 말려 들어갔다. 기계의 엄청난 힘은 남자
의 다리부터 찢어발기기 시작했다. 좁은 롤러 사이로 사람의 몸이
무시무시한 기계의 힘에 의해 우겨 들어가면서 온몸이 산산조각
났다. 기계 소리 때문에 귀마개를 막고 일하는 다른 동료들은 기계
로 말려 들어가는 동료의 비명을 듣지 못했다고 한다.

손상된 육신은 사람의 몸이라고 볼 수 없을 만큼 훼손이 심했

다. 상체와 하체는 절단이 된 채 약간의 근육 덩어리에 의해 겨우
붙어있었다. 상반신은 바닥에 거꾸로 떨어져 있었고, 하반신은 여
전히 롤러 사이에 끼어있었다. 근육 사이로 드러난 골반 뼈가 부서
지면서 주위로 튀었고, 내장은 배 밖으로 다 쏟아져 나와 있었다.
그 아래로 검붉은 피가 바닥 전체를 덮었다. 하반신은 롤러와 함께
계속 돌았는지 배배 꼬여 나일론 끈에 엉켜 있었다. 처참했다. 나
와 동료 구조대원이 떨어져 나가 있는 하반신 신체 부위를 한곳으
로 모았다. 마스크를 쓰고 있었지만 뜨끈하고 비릿한 사람의 피 냄
새를 고스란히 맡았다. 잠시 후 경찰이 와서 현장을 확인했다. 이
런 경우 사고의 경위를 정확히 조사하기 위해 훼손된 사체를 바로
옮기지 않는다. 우리는 경찰에게 인계하고 현장을 떠났다.

　사고를 당한 사람은 60대 남성으로, 성실했으며 착한 사람이었
다고 한다. 동남아 이주 여성과 늦게 결혼해 열심히 살아가는 한
집안의 가장이었다. 이런 사고를 당하는 사람들은 생업을 위해 주
말에도 위험한 기계 사이를 오가며 일한다. 우리는 노동 현장에서
사고로 숨진 이들의 소식을 뉴스로 접하고는 한다. 초고층 주상복
합 아파트 건설 현장에서 추락사한 일용직 노동자 부산 엘시티 추락사고,
지하철 안전 문을 수리하다가 사망한 외주업체의 젊은 직원 서울 구의
역 사고, 화력발전소에 설비 점검을 하다가 컨베이어 벨트에 껴서 사
망한 비정규직 근로자 태안 화력발전소 사고 등 사고의 현장에서 변을 당하
는 이들은 낮은 곳에서 살아가는 이들이다. 컵라면 하나로 끼니를

때우고, 힘들게 번 하루 일당을 맘껏 써보지도 못한 채 아끼고 또 아끼는 사람들이다.

힘들고 어려운 산업 현장에서 일하거나 남들이 하지 않는 일을 하는 사람들은 더 많은 위험에 노출되어 있다. 그들은 그러한 위험을 감수하면서도 일을 할 수밖에 없다. 살아야하기 때문이다. 아니 살아내야 하기 때문이다. 우리는 그들이 일하는 곳의 위험한 환경을 조금이라도 더 안전하게 만들 수는 없는지 살펴봐야 한다. 일하는 사람들에게 위험을 고스란히 감내하라는 것은 도리가 아니다.

인식의 개선도 있어야 한다. 모든 일은 누군가가 해야 할 일이고, 사회에 필요한 일이다. 모두가 각자 맡은 곳에서 최선을 다하는 우리의 이웃이고 가족이다. 어렵고, 힘들고, 더러운 일이라고 해서 그들이 목숨이 위협받는 환경을 그대로 두어야 한다는 법은 어디에도 없다.

산업재해로 인한 사고 사망자가 한 해에만 971명 고용노동부 통계, 2018이다. 하루에 3명 가까운 사람이 일터에서 죽어 나간다. 세계 10위권의 경제 대국이자 선진국과 어깨를 나란히 하는 IT 강국인 대한민국은 여전히 산업재해의 후진국이다. 이것은 아직도 우리의 산업 환경은 산업화 초기 시대의 환경에서 벗어나지 못하고 있음을 말해 준다. 보이는 곳만 화려하고 번지르르하다. 화려한 거리의 뒤편에는 기름때 묻은 손으로 기계를 조작하며 위험천만하게 일을 하는 노동자들이 있다. 그들이 만들어낸 제조품으로 우리는 현대 사회가 주는 편리함을 만끽하면서 살아간다.

내가 존경하는 작가 김훈 선생은 한 때 산업재해 사고를 줄이는 운동을 하는 '생명안전 시민 넷' 공동대표를 맡은 적이 있다. 평소 나서지 않기로 유명한 김훈 선생이 직접 발 벗고 이 일에 앞장서 행동하고 있는 것을 보며 산업재해의 심각성을 새삼 느끼게 되었다. 나 역시 김훈 선생처럼 앞서 나서지는 못하더라도, 관심 어린 눈으로 그곳에서 일하는 이들에 대한 인식의 개선과 환경의 변화를 위해 말할 것을 스스로 다짐해 본다.

다시 태어나도 소방관

얼마 전 지인으로부터 다시 태어나도 소방관을 하겠냐는 질문을 받았다. 나는 미국에서 한 번 더 해 보고 싶다고 대답했다. 특히 미국의 대표적인 도시, 뉴욕의 소방관이 되고 싶다. 9.11 테러 당시 무너져 내리는 세계무역센터로 걸어 들어가며 보여준 그들의 용기는 나 같은 소방관뿐만 아니라 세계인들의 마음을 울렸다. 당장 죽을지 모르는 사지로 단 한 명의 희생자라도 더 구하기 위해 스스럼없이 들어갔고, 그 후 그렇게 차가운 콘크리트에 묻혀 그라운드 제로Ground Zero에 기념되었다. 9.11의 뉴욕 소방관 사례는 비록 다른 나라 이야기지만 소방관이 가져야 할 마음가짐을 가장 잘 보여준다. 죽을 줄 알면서도 위험천만하게 무작정 달려들어 일해야 한다는 말이 아니다. 우리의 일이 쉽지 않은 것을 잘 알기에 그것을 온전히 수행할 수 있는 몸과 마음을 만들어야 한다는 의미다. 단순히 먹고 살기 위한 직업이 아니므로 이 일을 하기 위한 마음속 무엇이 없으면 안 된다는 뜻이기도 하다.

매년 많은 사람이 소방관 채용 시험에 응시한다. 공무원이라는 직업이 주는 안정적인 생활이 이들에게 가장 큰 매력이 아닐까 생각한다. 나 역시 그랬다. 부인할 수 없는 현실이다. 하지만 소방관이 되고 나서 이 직업이 주는 무게감을 느껴보니 소방관이 되고 싶은 사람들에게 꼭 해주고 싶은 말이 몇 가지 있다. 나보다 더 소방을 더 잘 설명할 수 있고, 이론과 실전을 겸비한 동료들이 전국에 아주 많다. 그분들에 앞서 소방을 동경하는 후배들에게 말을 전하는 것이 우습게 보이기도 할 테지만, 이 직업에 도전하고자 하는 사람들에게 조금이라도 도움이 되고자 몇 가지 생각을 꼭 전하고 싶다.

첫째로 몸을 단련하기 바란다. 소방관이 되고 싶다면 진심으로 이렇게 해야 한다. 소방관이 일하는 곳은 90퍼센트 이상이 현장이다. 누군가를 살려야 하고, 당신도 살아야 한다. 그러기 위해 단련된 육체는 조건이 아니라 필수다. 20kg에 육박하는 공기호흡기를 매고, 엄청난 수압이 밀려 나오는 관창과 함께 한 치 앞도 보이지 않는 뜨거운 불 속으로 들어가야 한다. 호흡은 금방 가빠지고, 관창을 든 손은 힘이 빠진다. 그때 누군가를 둘러메고 나오는 상황까지 생긴다면 당신은 평범한 체력 이상의 소유자이어야 할 것이다. 소방관 시험에 합격하고 소방학교에서 기초 교육을 받을 때도 혹독한 체력 훈련을 한다. 그것은 당신을 괴롭히기 위한 얼차려도 아니고, 당신의 몸을 아름답게 만들기 위한 퍼스널 트레이닝도 아니다. 오로지 살고 죽는 현장에서 살아야 하고, 살려야 하는 일에 적합한 몸을 만들 뿐이다. 부탁한다. 당신이 소방관이 되고자 한다면 지금 당장 운동을 시작하길 바란다.

둘째로 정신 수련이다. 소방관의 마음은 하루에도 몇 번을 요동친다. 짧은 시간에 희노애락을 수없이 본다. 현장에서 안전하게 화재를 진압하고, 사람을 구하고, 응급처치를 잘한다면 기쁠 것이다. 그렇지 않고 구조대상자의 죽음을 막지 못하거나, 처참한 죽음의 현장을 본다면 분노와 슬픔의 감정을 느낀다. 살아가며 살고 죽는 모습을 이렇게 자주 본다는 것은 당신의 정신을 힘겹게 할 수 있다. 최근 소방관의 자살이 증가하고 PTSD 외상후 스트레스 증후군 증상을 호소하는 직원들이 늘어나고 있다. 트라우마는 심각한 질병을 동반한다. 몸과 마음을 피폐하게 만든다. 당신도 트라우마에 시달릴 수 있다. 그래서 당신의 마음이 당신의 몸만큼이나 단단해지기를 바란다. 지금이라도 당신 스스로 그러한 환경에 처했을 때 견뎌낼 수 있는 충분한 마음가짐이 되었는지 스스로 물어보기를 바란다.

마음을 다스리는 나만의 방법을 하나 말하자면 그것은 독서다. 책을 통해 세상의 다양함을 온몸으로 느끼고, 또 책 속에 나오는 사람들의 이야기를 통해 타인의 인생을 깊게 들여다 본다. 특히 역경을 이겨내고 인생을 성공으로 이끈 사람들의 이야기를 읽으면 다가올 어려움에 대한 내성을 키울 수 있다. 나 역시 책을 통해 힘들었던 시절을 이겨냈다. 무엇이 되었든 당신의 손에 항상 책이 들려있기를 바란다.

　마지막으로 자부심이다. 소방관의 업무는 단순한 일^{JOB}이 아니다. 하나부터 열까지가 타인을 위해 봉사하는 마음을 기본적 토대로 하여 이루어지는 업무들이다. 단순한 노동^{labor}이 아니라 사람을 살리는 고귀한 행위^{action}이며 더 나아가 공동체를 위한 희생과 봉사다. 대한민국 소방조직은 대단한 권력 집단도 아니며 어떠한 권위도 없다. 내가 속한 조직을 폄훼하는 말이 아니다. 이곳은 오로지 죽음의 순간에 몰린 사람들을 살리기 위한 사명만 있는 곳이다. 이런 이유로 소방이 사람들에게 많은 사랑을 받는 것일 수도 있다. 그러기에 우리에겐 직업적 자부심이 충만해야 한다. 그것만이 우리를 움직이게 한다.

　뜨겁고, 차갑고, 두렵고, 불안정한 사고의 현장으로 걸어 들어가는 용기는 직업에 대한 자부심에서 나온다고 감히 말할 수 있다. 누구나 이 일을 할 수 없는 이유 역시 그것이다. 어렵게 시험을 치르고 소방관이 되었는데 막상 일을 하는 도중에 그만두는 동료들을 심심찮게 봐왔다. 우리 일에 대해 자부심이 부족하고 준비가 소홀하다면 더 이상 이 일을 할 수 없는 지경에 이른다. 삶의 끝자락에 매달려 있는 사람들을 구한다는 고귀한 자부심이 있어야 한다. 죽어가는 이의 심장을 다시 뛰게 하는 일을 한다고 생각하면 금방 가슴이 벅차오르지 않는가? 이런 자부심이 훗날 당신의 손에 묻은 피를 더럽거나 부끄럽다고 느껴지지 않게 할 것이다.

소방관은 매력적인 직업임이 분명하다. 하지만 단호하게 말할 수 있다. 위의 세 가지를 갖추지 못한다면 소방관이 되더라도 많은 어려움을 겪을 것이다. 내가 UDT라는 특수부대를 경험하며 남들보다 소방관으로서 갖추어야 할 무언가를 미리 얻었다고 생각해서 하는 말이 아니다. 나는 오히려 이 일을 하며 몸과 마음이 몹시 힘들었다. 나를 아껴주는 가족과 동료들이 있었기에 어려운 시기를 이겨낼 수 있었다. 그리고 스스로 매일 다짐하며 채워온 자부심이 마음을 다스리는 데 도움이 됐다.

많은 돈을 벌 수는 없지만 적지 않은 급여를 받는 것도 사실이다. 남들이 다 쉬는 휴일이나 야간에 일하며 받은 보상이니 당연한 일이다. 하지만 너무 돈에 매몰되지 않았으면 한다. 수백 퍼센트의 상여금이나 대단한 복지는 없지만, 먹고 사는 데 지장은 없다. 착실히 모으고 재테크를 한다면 작은 부자는 될 수 있다. 돈이 주는 안락함을 모르지 않기에 이 부분을 꼭 말하고 싶다. 흥청망청 쓴다면 모자랄 것이고 아껴 저축한다면 보상받을 것이다. 하는 일에 비해 받는 급여가 많고 적은 것은 탓하지 않기를 바란다. 선배 소방관들은 더 열악한 환경에서 적은 급여로 어렵게 이 조직을 이끌어 여기까지 왔다. 소방에 대한 인식이 지금과 달랐을 때부터 소방을 위해 일했기에 지금의 우리가 있는 것임을 알아야 한다. 만족스럽지 않더라도 돈을 바라보고 일을 하지 않기를 바란다.

다시 미국의 소방관들 이야기를 해보자. 사실 나는 그들이 부럽지 않다. 나에게는 뉴욕의 멋진 소방관들 못지않게 멋지고 강한 동료들이 있다. 서로 의지하고 도와가며 사지를 함께 다니는 나의 형제들이 세계 어느 나라의 소방관들보다 자랑스럽고 귀하다. 글을 읽는 이들 중에 소방관이 되고 싶은 사람이 있다면 앞선 나의 이야기를 곱씹어 보기를 바란다. 당장 수험생활에는 도움이 되지 않을지라도 소방관이 되고 싶은 마음을 다잡아 주지 않을까 싶다. 언젠가는 나와 같은 주황색 옷을 입고 내가 근무하는 곳으로 오기를 바란다. 당신과 함께 현장을 누비는 날을 기다려 본다. 당신과 내가 한 몸이 되어 움직이는 날을 기대한다.

더 전하고 싶은 이야기

오년 전에 쓴 이 원고를 다시 꺼내 든 지금, 마음 한편이 무겁다. 어떤 기록은 이미 잊힌 사건이고, 어떤 문장은 당시 나의 심정이다. 그날의 현장, 연기, 사이렌, 울음, 침묵. 모든 게 아직도 선명하다. 책을 처음 쓸 때는 누군가 '알아주었으면' 하는 마음이 컸다. 우리가 겪는 현장의 진실을, 우리가 마주하는 선택의 무게를, 우리가 매번 감수하는 이별들을 말이다. 하지만 시간이 흘러 다시 펜을 잡으며 깨닫는다. '알아주기를 바라는' 마음이 아니라, 단지 '남기고 싶었던' 마음이었다는 걸 말이다.

누군가는 소방관을 영웅이라고 말하지만, 나는 지금도 그 말이 불편하다. 우리는 그저 어떤 이의 오늘을 지키기 위해 불 속으로 들어가는 평범한 사람들이다. 조금 더 먼저, 조금 더 가까이 이별 앞에 설 뿐이다. 그 앞에서 두려움은 당연하고 망설임은 인간적이다. 그래도 우리는 구조현장으로 갔다. 한 사람이라도 더 구하기를, 한 사람이라도 덜 이별하기를 바라면서. 그게 우리가 선택한 일이었다.

이 글은 살려낸 순간들이다. 그 안에는 구하지 못한 현장의 기억과 잊을 수 없는 사람들의 눈빛도 있다. 그리고 무엇보다 함께한 동료들이 있다. 그들이 있었기에 나는 이 이야기를 끝까지 쓸 수 있었다. 독자분들께도 진심으로 감사의 마음을 전하고 싶다. 글을 모두 읽었다는 건, 우리 곁에 있는 누군가의 싸움을 상상해 보았다는 뜻일 것이다. 그 상상이 언젠가 누군가를 향한 관심이 되고, 응원이 되고, 또 다른 구조가 될 수 있으리라고 나는 믿는다.

나는 스스로 묻는다. 이 많은 사연을 왜 다시 꺼내려 하는가. 이미 지나간 구조현장, 수없이 겪었던 불길과 이별, 그리고 여전히 이어지는 질문들을 왜 구태여 꺼내서 낱낱이 적어두려 하는가. 사실 이 글은 나의 흔들림을 기록한 것에 가깝다. 나는 살리고 싶은 마음과 놓쳐야만 했던 현실 사이에서 매번 길을 잃었다. 출동 후 돌아오는 길마다 괜찮은 척 했지만, 그날의 냄새와 울음 섞인 소리는 오래도록 가슴에 남았다. 책상 앞에 앉을 때마다 마음 한가운데에 아직 정리되지 못한 어떤 이름들이 떠올랐다.

여전히, 구조하지 못한 사람들의 꿈을 자주 꾼다. 잠에서 깨면 한참을 멍하니 앉아 있다. 그리고 조용히 다짐한다. 이 일을 계속할 수 있을지 스스로 확신하지 못했던 날들과 구조현장에서 돌아오고도 마음은 타버린 채로 남았던 모든 시간에 이 책이 닿아 있다. 어쩌면 이 글들은 내가 버티기 위해 남겨둔 자리인지도 모른다.

책을 통해 누군가는 위로받기를 바라지만, 솔직히 고백하자면 가장 위로가 필요했던 건 나 자신이었다.

이제 책장을 덮는 당신에게 조심스레 묻고 싶다. 어떤 불길은 마음 안에서 오래도록 꺼지지 않는다는 걸 알고 있느냐고. 당신에게 있는 불꽃이 누군가를 지키는 온기가 된다면 당신 역시 그 사람의 구조대원이 되어줄 수 있으리라 믿는다.

나의 이야기가 당신의 마음에 잠시라도 머무르게 해주어 고맙다. 우리가 사는 세상을 조금 더 따뜻하게 만들어주는 사람에게 건네는 진심이다. 그래서 오늘도 출동한다. 당신의 하루가 무사하길 바라는 마음으로.

나는 대한민국 소방관이다. 나는 119구조대원이다.

2025년 여름, 부산에서

김강윤

119 구조대원의 알려지지 않은 이야기

당연한 오늘은 없다

초판인쇄 2025년 10월 31일
초판발행 2025년 10월 31일

지은이 김강윤
발행인 채종준

출판총괄 박능원
책임편집 구현희
디자인 공진혁
마케팅 문선영
전자책 정담자리
국제업무 채보라

브랜드 크루
주소 경기도 파주시 회동길 230 (문발동)
투고문의 ksibook1@kstudy.com

발행처 한국학술정보(주)
출판신고 2003년 9월 25일 제406-2003-000012호
인쇄 북토리

ISBN 979-11-7457-195-3 03810

크루는 한국학술정보(주)의 자기계발, 취미 등 실용도서 출판 브랜드입니다.
크고 넓은 세상의 이로운 정보를 모아 독자와 나눈다는 의미를 담았습니다.
오늘보다 내일 한 발짝 더 나아갈 수 있도록, 삶의 원동력이 되는 책을 만들고자 합니다.